SF

天の光はすべて星

フレドリック・ブラウン

田中融二訳

早川書房

6348

THE LIGHTS IN THE SKY
ARE STARS

by

Fredric Brown

Translated by
Yuji Tanaka
Published 2008 in Japan by
HAYAKAWA PUBLISHING, INC.
This book is published in Japan by
direct arrangement with
BARRY N. MALZBERG.

目次

一九九七年　7
一九九八年　55
一九九九年　131
二〇〇〇年　277
二〇〇一年　299
エッセイ「物語は続く、それこそ螺旋のように」／中島かずき　305

天の光はすべて星

一九九七年

まだあと二、三日滞在するつもりだったが、その日の昼すぎ、あるものがわたしの気を変えさせた。というのは、弟のビルの家の浴室の鏡に映ったわたし自身の姿だ。すっ裸で、ぽたぽた滴《しずく》を垂らしながら、一本しかない足で立って、栓を抜いた浴槽から湯が流れ出る耳ざわりな音を聞きながら、その夜かぎり出ていこう、とわたしはきめた。

まるでその浴槽から流れ出る湯のように、わたしの中から時間が流れ出ていた。ドアにとりつけたひょろ長い鏡の中に見えるわたし自身が、そのことを物語っていた。あまりにもまざまざと。

鏡は嘘をつかない。もし鏡が、おまえは五十七くらいに見えると言うなら、正直かけ値なし、そう見えるんだ。で、もし何かやりたいことがあるか、どこか行きたいところがあるなら、さっさとやるか行くかしたほうがいい。自分の中に残っている時間を、本気で使おうとしたほうがいい。なにしろ、そいつが流れ出すのを止めるわけにはいかないんだから。浴槽から湯が流れ出るのを止めたいなら栓をはめればいい。が、自分の中から流れ出る時間を止める栓なんてものはありゃしない。いや、いくらか流れをおそくすることはできる。つまり摂生《せっせい》というやつだ。そして老人病をなだめすかしながら、来世紀にはいるぐらいまで命をつなぐことはできるだろう。だが、いくらそんなふうにしたって、やっぱり七十になりゃ年寄りだ。

十三年たったらおれも七十か、とわたしは思った。その前に、もう年寄りになっちまってるかもしれない。今までの生き方が生き方だし、おまけに片足はもう墓の中に突っこんでいるんだから。たとえではなく、実際に。

浴室のドアに等身大の鏡をとりつけるのは悪い趣味だ。ヒューマニズムに反している。若い連中には自惚《うぬぼれ》のもとになり、年寄りは惨めな気持ちにさせられる。

身体を拭いてから、義足をつける前に、浴室のヘルス・メーターにとび乗って体重をはかってみた。五十七キロ強。——まずまずだな、とわたしは思った。六キロ減ったうち、半分はとり返したことになる。あまり無茶しないように気をつければ、二、三週間もしたら残り半分もとり戻せるだろう。とにかく、すっかりとり返すまでこの家に落ち着いていなくちゃいけないって法はない。

わたしはもう一度鏡の中の自分を眺めたが、今度はさっきほどひどくは見えなかった。

隆々と盛りあがった筋肉より、しんの強い、針金のような力をそなえた持久力のある体だ、それが義足をはめて、完全武装の体になった。あるいは、すくなくとも、そう見えた。その上にのっかってる顔だって、まんざらじゃない。そこにも、一種の力がうかがわれた。

わたしは服を着て階下へ行ったが、すぐには話をきり出さなかった。夕食がすんで、マーリーンがイースターとビリー――ビル二世を寝かしつけに二階へ上がるまで待った。きっともめるだろうし、子供たちをその中に巻きこみたくなかったのだ。同じビルでも親父のほうとマーリーンの夫婦なら、こなせる自信がある。はじめから終わりまで、うんうんうなずきながら二人の言うことを聞いて、それでもとにかくおれは出ていくんだ、と言ってやればすむが、子供たちから、「ねえってば、マックス伯父さん、行かないでよう」とこられたんじゃ、どうしようもなかろうじゃないか。

ビルはすわって熱心にテレビを見ていた。

ビル。おれの実の弟。てっぺんが禿《は》げて、残った髪の毛も灰色になりかかり、空想なんてものにはおよそ縁のない弟。根っからの善人だ。晩婚だったが、しごく無事に結婚生活を送っている。まともな落ち着いた仕事について、まともな落ち着いた意見の持主だ。

だが、まるっきり趣味ってものの持ち合わせがない。好きなのはカウボーイの音楽だ。今もすわってそれを聞いている。

空のあっちのほうから放送されているんだ、この番組は。自転する地球の周囲を二十四時間で一周しながら、いつも必ずカンザス州の上——カンザス特産の丈の高いトウモロコシの葉並の二万二千マイルの高みを通過する軌道に乗った、世界で二つめの人工衛星のテレビ放送局から。

地球むけのカラー立体放送だ。カウボーイ・ハットをかぶり、ギターを掻き鳴らしながら、テキサス訛りで歌っている男。

　果てない平原、またがる駿馬《しゅんめ》
　ほかにおいらは何にもいらぬ……

どう見ても、その男には駿馬より駄馬のほうが似合いだった。何かやれば黙るというなら、何だってくれてやる。

ところがビルときたら、そいつが大好きなんだ。

わたしは見晴らし窓のところへ行って、外の宵闇を見透かした。丘の上にあるビルの家のその窓に面して、三十マイルさきにシアトルの町のすばらしい眺めが横たわっている。こういう晴れた夜には、ことにすばらしい景色だ。一年のうち秋に、まれにではあるが訪れる暖かい、明るい夜。

眼下にはシアトルの町の灯。頭上の空にはきらめく光。

背後ではカウボーイの歌。やっとそれが終わり、ビルは椅子の肘についたスイッチをぱちりと切って、コマーシャルの間、音をとめた。

急に静かになったところで、すかさず、わたしは言った。「ビル、長いこと世話になったな」

ビルの反応は、あらかじめわたしがどうかそう出ないようにと祈りながら、きっとそう出るにちがいないと覚悟していたとおりだった。かれはテレビのところへ歩いていって、もとから完全にスイッチを切ってしまった。

せっかくのカウボーイ音楽を犠牲にしようというのだ。ただわたしと言い争うために。わたしをもう少し長くひきとめるために。

なお悪いことに、ちょうどそのときマーリーンが部屋に入ってきた。どうやら子供たちは、ほんの申しわけばかりも世話を焼かせずに、ベッドにはいってしまったらしかった。マーリーンが階下に下りてきて加勢する前に、ビルを降参させてしまっておく作戦だったのだ。今や連合軍をいっぺんに相手にしなければならなくなった。それにマーリーンはわたしが言ったことをすでに聞きとがめていた。

彼女は、「だめよ」と言った。きっぱりと。それからソファにすわって、わたしをみつめた。

わたしは、「だめなことないさ」と言った。——おだやかに。

「いけません。うちへ来てまだ三週間にもならないのよ。まだすっかり治っちゃいないじゃありませんか。何てったって、あと二週間は休まなけりゃ。そんなことくらい、本人が一番わかってるでしょ？」

「すっかり治りきるまで休むことはないさ」とわたしは言った。「しばらくは、無理せずにやっていくよ」

ビルは椅子に戻った。かれは「いいかい、マックス——」とまで言ったが、わたしがまともに向き直ると、あとの文句につっかえてしまった。かれはマーリーンのほうを見、わたしもそっちを向いた。

マーリーンは言った。

「まだよそへ出られるほどよくなっちゃいないわ。ご自分で承知のくせに」

「なら、きっと玄関を出たところで気絶してひっくりかえるだろう。そしたら二人して家の中へかつぎこんでくれ。それでまたしばらく厄介になることにする——ということにしようか？」

彼女はにらんだ。ビルは咳ばらいをした。わたしはそっちを向いた。かれは、「いいかい、マックス——」というところまでいって、早くもまたいきづまった。

マーリーンが言った。「なんてまあ、よく動きたがるあんよなの」

「うん。といっても、動きたがってるのは片っぽだけだけどな」とわたしは言った。「ところで、あんたたち。もしまだこの話をつづけるつもりなら、二人一緒のところにすわってくれないか。二人がかわるがわるしゃべるたんびに、そっち向きこっち向きしなくてもすむように。ビル、おまえのほうがソファの奥さんのそばに行ってすわったらいいだろう」

かれは立ちあがって移動した。優美な歩きっぷりではなく、途中でつまずいた。が、ビルの長所は優雅な身のこなしなんかにあるんじゃない。その点ではマーリーンと対照的だ。結婚する前ダンサーだったマーリーンは、動作のいちいちが素晴らしく優雅だ。彼女がイースターのおむつをとりかえるところなんぞ、まるでそのままバレエだった。しかも本人はちっともそんなことを意識していない。そこに何とも言えないよさがあるのだ。

マーリーンは言った。「いいこと、これだけは承知しといてね、マックス。あたしたち、あなたがうちにいてくださることが嬉しいのよ。あたしたち、あなたが好きなのよ。兄弟だからって無理してるとか、そんなこと全然ないの。それにおかねはちゃんといただいてるし、家計のほうもずいぶん助かってるの」

「家計のたしになるはずがない」とわたしは教えてやった。「今みたいに、実際にかかるだけって言い張って、一セントにいたるまで明細を出してるんじゃね。もしはじめにわたしのほうから言い出したように、無条件で一週間五十ドルってことにしていたら、あるいは——」

「もしこれからそういうことにしたら、あと二週間うちにいてくださる？」

しまった、ひっかかった。けれども、わたしは言った。「いや、ありがとう。だが、そうはいかない」

わたしは反撃に出た。「いいかね——」と、わたしは言った。「わたしとあんたたちと、今はまだ一対二だ。だが、あんたたちはもっと加勢を呼ぼうと思えば呼べる。わたしがイースターとビリーを、二人いっしょに目の中に入れても痛くないほど可愛がっていることは承知だろうし、きっと二人ともまだ本当に寝入っちゃいまい。あの子たちをここへ連れてきて、わたしが出ていくってきかないんだと言って聞かせ、だけどうんと泣けば、ちっちゃな塩からい涙の滴でわたしを軟化させられるかもしれないと、どうしてけしかけてやらないんだね？」

マーリーンはわたしをにらみつけた。「義兄《にい》さん——あなたって」

わたしはビルに向かってにやりと笑った。「マーリーンがへどもどしてるのは、ちょうど今おれが言ったことをそのままやろうとしていたんだが、さきに言われたんじゃそうもできなくなった、それだからなんだ。子供たちを下へ連れてくるのに、どんな口実をつけたらいいか、たぶんその辺まで考えをめぐらしていたと思うよ」わたしはマーリーンを見た。「でも、そりゃよくないことだよ、マーリーン。いや、わたしに対して不公平だというんじゃない——そんなことはどうでもいいことだ。子供たちに対して正しいやり方じゃない、と言いたいんだよ。なんの目的もなしに、いたずらに子供たちの感情をかき乱すことになる。というのは、子供たちとわたしとどちらの気持ちをどれほどかき乱そうと、とにかくわたしは今夜かぎりお暇《いとま》するんだから。そうしなくちゃならないんだよ」

ビルは、ため息をついた。かれはそこにすわって、わたしを悲しそうな目で見つめていた。鬢《びん》の毛が白くなりかかっているおれの実の弟。かれは言った。「するとなんだな、それじゃ、ぼくは実は兄さんがユニオン・トランスポート会社で仕事にありつけるように話を進めていたんだが、だめだな？　いい仕事なんだが」

「おれはロケットの技術屋だぜ、ビル。トランスポート会社じゃロケットは使わない」

「事務系の仕事なんだよ、兄さん。機械をいじくれないんなら、ロケットだって成層圏ジェット機だって、何の違いがある？」

「ジェット機は、おれは好きじゃない。それが違いさ」

「ロケットはもうだんだん影が薄くなりかかってるじゃないか、マックス。それに——いったい、一生ずっと技術者をしているわけにもいかないだろう」

「なんで、いけない？　それどころか、おあいにくさま、ロケットは影が薄くなったりしやしない。それ以上進歩したものができないかぎり」

ビルは声をたてて笑った。「たとえばミシンのようなものが、かい？」

えい、クソッ、あのミシンにからまるエピソードは、どうやら一生おれにつきまとうらしい。

けれどもわたしはビルに微笑で応じた。もう今では、その話はわたしにもおかしく思えるようになっていたから。あるいは、そのときすでにおかしなことだったのかもしれない。わたしはそのために二週間の時間と千ドル近くの現金を費やしたけれども、自分自身をとことんまでお笑いぐさにするためなら、けっして高すぎる値段じゃない。

ビルはまた咳ばらいしたが、マーリーンがそれ以上むだ口をきく手間をはぶいてくれた。彼女は言った。

「いいわ、ビル、好きなようにさせてあげましょうよ。どうせ、あたしたちがどんなこと言ったって、この分じゃ受け付けっこないんですから。それなら、せっかくの最後の晩をわざわざ台なしにすることないわ」

わたしは部屋を横ぎって、彼女の肩を軽くたたいた。「ありがとう、マーリーン」とわたしは言った。「ひとつ乾杯といこうかね？」

一瞬、彼女は疑う風情だった。わたしは、つとめてゆっくり言った。

「大丈夫だよ、マーリーン。わたしはアルコール中毒じゃない。すくなくとも普通の社交として酒が飲めないということはないし、ときとしては人に迷惑をかけない程度に浮かれるほど飲むことだってできるさ。さあ、いささか話は急になったけど、わたしの門出《かどで》を祝ってマティニでもつくろうかな？」

彼女はおどり上がった。「わたしがつくるわ、義兄《にい》さん」彼女は部屋を出ていき、その歩きぶりはそのままダンスだった。ビルの目も、わたしの目も、その後ろ姿を追った。

「いいかみさんだ」とわたしは言ってやった。

「マックス、なぜ結婚して身を固めないんだい」

「この年でか？　おれはまだ若すぎるよ」

「本気の話だぜ」

「本気だとも」

どうもわからん、というようにビルはのろのろと、首を横に振った。こっちだって、かれとかれの生き方に首をかしげたいところだから、いわばお互いさまだ。

マーリーンが酒を運んできたので、お互いに相手を憐れみ合うのはそれでやめにした。わたしたちは手にしたグラスを触れ合わせた。

「お元気でね、マックス」とマーリーンが言った。「どこへ行くか、おきめになったの？」

「サンフランシスコへ」

「またトレジャー・アイランドでロケットの機械いじり？」

「たぶんね。だが、すぐにじゃない。まず最初に休む、と、さっき言ったのは額面どおりなんだ」

「だったら、なぜ働き始めるまでうちで休んでないの？」

「ちょっと調べてみたいことが起こったんでね——ひょっとすると、わたしが手を貸してやれるかもしれないことが。昨夜テレビのニュースで知ったんだが」

ビルは言った。「あててみようか？　上院議員に立候補して、木星にロケットを飛ばすとか言ってる頭の具合のおかしいあの女だろう。やれやれ、木星か。火星と金星に行って、それが何のとくになったろう？」

おれの哀れな弟。金は充分にあるが、夢というものをもたないかわいそうな弟。何も、何も見えていないおれの弟。

わたしは言った。「ところで、二人とも、わたしは午前二時のジェット機に乗るつもりだ。今まだ八時だから、あと六時間ある。そこでこういうのはどうだい？　せっかくわたしというとびきり上等の子守《こもり》をかかえながら、一度もその便宜を利用しなかったが、いまが最後の機会だよ。ヘリで、あんたたち二人っきりでシアトルへ散歩に出かけるってのは？　ナイト・クラブでもどこでも、しんから気晴らしになるところへ。で、一時半ごろに帰ってきて、飛行機に間に合うようにジェット機空港までビルが送ってくれるってことにしたら」

マーリーンは、とがめるような目つきをした。「最後の夜だってのに、わたしたちが出かけたほうがいいって——」

「出かけるも出かけないも、あんたたちの気ままにしたらいい。わたしとしては、出かけてくれたほうがいいんだ。すこし考えたいことがあるし、これからの計画もたてたい。それに荷作りもあるしね。まあ、行ってこいよ」

　わたしはどうにか二人を説き伏せた。


　スーツケースはドアのそばに——荷作りはすんで。重くはない。わたしは身軽に旅行し、身軽に生きる主義だ。ものを所有するということは人間を束縛するし、それでなくても人間は必要以上に束縛されているじゃないか。

　わたしは二階へ、わたしの寝室——というか、とにかくここ三週間わたしの寝室だった部屋で、わたしのものをどけてしまった今、また客間に逆戻りした部屋に戻った。こんどは明かりをつけなかった。わたしは荷作りするときと同様、そっと音をたてずに抜き足さし足、部屋を横ぎった。というのは、すぐ隣りの部屋にビリーとイースターが眠っているからだ。そして窓を開け、そこから手すりつきの二階のベランダに出た。

　美しい夜だった。暖かい、澄みきった夜。レイニアー山が遠くに見える。と言っても、近くの遠くだ。

　頭上には、遠くの遠くにきらめく光——満天の星だ。あまりに遠くて、行きつくことができないと言われている。その星だ。が、嘘だ。きっと行ける。ロケットで行けないとしたら、他の何かで。

何かしら方法があるはずだ。

おれたちは月世界へ行ったじゃないか？　え？　それから火星へも。金星にだって。

その冒険に参加できたとは、何という果報者だったろう、わたしは。人類が突然宇宙にとび出した、あの輝かしい一九六〇年代。最初の第一歩、いや、星の世界にむかって最初の三歩を踏み出したあのとき。

わたしはそこにいた。わたしもその仲間に加わっていたのだ。一等宇宙飛行士マックス・アンドルーズ。

それが、今は？　星に行き着くために、おれたちはどんな努力をしている？

うん、星だ。いや、待ってくれ。だいたい、星ってなんだか知ってるか？

太陽も星だ。そして空の星はみんなそれぞれ太陽なんだ。それら太陽であるところの星の多くは、その周囲を回る惑星をしたがえていることを、わたしたちは知っている。ちょうど地球や火星や金星や、その他太陽系に属する惑星が太陽のまわりを回っているように。

ところで、そういう星の数ときたら、ちょっとかぞえきれないほどだ。

大げさに言ってるんじゃない。むしろ控え目な形容だと言っていい。わたしたちの銀河系宇宙の中だけにだって、約十億の恒星がある。――十億だぜ。おまけにその大半には惑星のおまけがついているんだ。かりに一つずつとして、十億の惑星だ。もしその惑星の中に、千について一つずつ地球と同じ種類に属するもの——呼吸できる大気に包まれ、地球と同じぐらいの大きさで、中心の恒星から地球と太陽との間隔と同じぐらいの距離にあり、したがって温度も重力も地球上と大差ない惑星があるとしたら、銀河系宇宙の中には人間が移住して正常な生活をいとなみ、繁殖し、開拓できる惑星が、すくなくとも百万あるということになる。

百万個の世界が、わたしたちが行って占領し住みつくのを待ち受けているんだ。が、それすらまだほんの序の口——手はじめにすぎない。今いった数はわたしたちの銀河系宇宙の中だけのことだ。それは大宇宙に対して、ちょうど太陽系が銀河系に対するのと同じくらいちっぽけなものにすぎない。

銀河系ぐらいの宇宙は、そこらにごろごろしている。大宇宙の中には、銀河系の星の数よりもっとたくさんの、銀河系ぐらいの大きさの宇宙があるんだ。つまり十億の太陽からなる宇宙が十億個だ。

人間が住める惑星が百万個の百万倍。というと、どういう勘定になるか、わかるか？全人類——大人も、子供も、女も、男も、それぞれ一人について二十五個ずつ惑星を山わけできるってことになる。

一人では人口を殖やすわけにはいかないだろうから、男女一組の二人につき五十個ずつとしよう。はじめ二人だった人口がだんだんふえて、一個の惑星につき平均三十億になったら、それ以上ふやさないことにしても、それが五十個だから……。いや、むろんそこへ行くのが先決問題にはちがいないが、いったん行きついたらたちまち繁殖してしまうにちがいない。なにしろ大昔からこのかた、繁殖するのは人間の得意中の得意——じゃなかったっけ？

ひょっとすると、行ってみたらもう先に何かが住んでいたなんてことになるかもしれない。そうなったらそれで、また面白いじゃないか。いったいどんな生物が住んでいるのか、それを知るだけだって。

午前三時十五分、サンフランシスコ着。やくざなジェット機め、遅れやがった。なにしろジェット機ときたら、いつだって遅れるにきまってるんだから。

わたしはエンジェル・アイランドでタブロイド紙を買い、ユニオン・スクエアでヘリ・タクシーを拾った。下町で、ヘリが発着できるのはそこだけだ。体力をためしてみるために、わたしはマーク・ホプキンズ・ホテルまで歩いてノブ・ヒルの坂を登った。すこし息切れしたが、たいしたことはなかった。

マーク・ホプキンズ・ホテルは古いし、ぼろだが、安い。シングルの部屋なら一日十五ドルで借りられる。わたしがまだ子供の時分には、港と橋の景色がすばらしいので有名だったけれども、今じゃまわりにもっと高いビルが建って、ほとんどすっかり目隠しされちまった。だがカリフォルニア・ストリートとメイスン・ストリートの交差点に面した七階以上の部屋をとれれば、北東にかけてチャイナ・タウンの低い建物の屋根を見下ろし、さらにロケットが発着するトレジャー・アイランドを一望することができる。たぶん今夜も出ていくか到着するかするロケットがあるだろうし、たとえ遠くからでも夜のロケットの離着陸の光景は美しい見ものだ。このところいく月もの間ぜんぜんロケットを見ていないので、恋しいような淋しいような気分だった。なにしろ長らく、御無沙汰しすぎていた。

で、わたしは見物に一番具合のいい隅の、うんと上の階に部屋はないかときいた。

フロントの男は、折あしくわたしの注文に合うような部屋は空いていないと言ったが、十ドル握らせると効き目はあらたかで、もう一度帳簿をひっくり返してみて、たった一時間ばかり前の真夜中に出立した客があって、まだあと片づけがすんでいないけれども、それでよかったら……と言った。わたしはその部屋にきめた。

部屋はたしかに散らかっていた。出立した客というのは男女連れで、見たところ明らかに酒盛りをやったあげく、ベッドとタオルを何本かつかったほか華々しく一戦まじえたらしい跡があった。夜の半分しか滞在しなかったにしろ、払っただけのものは、ちゃんともとをとっていったと言ってよかろう。

だが、そんなこと、わたしはちっとも気にしやしなかった。わたしは窓のところへ椅子を引っ張っていってどっかと腰を据え、トレジャー・アイランドの灯とその上の空を眺めながら、エンジェルで買ったタブロイド紙を読んだ。わたしが関心をもっていること――特別選挙についてはほとんど記事がないので、わたしの目は紙面の上をざっとすべっただけだった。

しばらくしてそれをそばへ置き、ただ一機でもロケットが見えてこないものかと心待ちにしながら、いろいろなことを考えた。わたしはビルの子供のビリーのことを考えた。六つの男の子は、まだ夢をなくしていない。ビリーはいまでも宇宙飛行士になりたいと思っている。星を自分のものにしたい、と。そうさせたのはわたしのせいなのか、それとも立体テレビのスペース・オペラなのか、とわたしは考え、それからそんなことは要するにどうでもいいのだ、と考え直した。問題は、あの子に夢があるかどうか、それをもちつづけるかどうかだ。あの子もまた星に憑《つ》かれた男、〝星屑〟になるだろう。狂信者がまた一人。一人にしろ、ふえることはやっぱりふえることだ――。おれたちみたいな人間の数が充分なだけにふえたら……。

暁の空が白み、霧が港のほうへながれはじめた。もし離陸するか着陸するかするロケットがあってももう見えないだろう、とわたしはさとったので、眠った。椅子に腰かけたままで、横になりたくもなく、しわくちゃにかき乱されたベッドに潜りこむ気にもならずに。それでも、ぐっすり眠った。

ホテルのメイドがドアをノックする音で目がさめた。

窓の外はもう日がかんかんに照って、腕時計を見ると十一時だったから、わたしは七時間眠っていたわけだ。椅子から立ちあがると、体がこわばっているのがわかった。

けれどもわたしはメイドが行ってしまわないうちにドアを開けて、ちょっと出るが、その間に部屋を掃除しておいてくれればありがたい、と言った。体がこわばったまま、よごれたまま、髭も剃らずにわたしは階下へ朝飯を食いにいった。体を洗うのと髭剃りは、浴室の掃除がすみ、新しいタオルがきてからでいい。きっとメイドはわたしが部屋をこんなに散らかしたのだと思うだろう、と思ったが、メイドからどう思われようとどうでもいいことだ、と思い直した。

戻ってみると部屋はきれいに整頓されていて、わたしはシャワーを浴びて髭を剃った。体のこわばりはもうほぐれていて、おれの調子は上々だ、とわたしはきめこんだ。

トレジャー・アイランドに電話をかけて、技術部長のロリイ・バースティーダーを出してもらった。かれの声が聞こえてきたので呼びかけた。

「マックスだよ、ロリイ。景気はどうだい？」

かれは言った。「どのマックスだね？」

「おれさまだよ」とわたしは教えてやった。

ロリイは吠えた。「マックス――アンドルーズ！　こん畜生め、去年じゅうどこをほっつきまわってた？」

「あっちこっちさ。ニューオーリンズに一番長く」

「今どこからかけてるんだ？」

わたしは教えてやった。

「ふっ飛んでこい、たった今、ここへ。すぐ手伝ってもらおう」

わたしは言った。「まだあと一週間ほど働きはじめたくないんだ、ロリイ。さきに、ちょいと調べてみたいことがあるんでね」

「ああ。選挙のこと——だな？」

「ああ。昨日、耳に入ったばかりなんだが、シアトルで。どうなんだ。形勢は？」

「とにかくこいよ、話してやるから。いや——待てよ、今晩は何か予定があるのか？」

「ない」

「じゃ、おれとかみさんと晩飯をつき合え。おれたちの住居はまだバークリーだから、おまえのホテルから、ここがちょうど中間だ。おれは六時にひける。その時間に門のところで落ち合って、一緒にご帰館といこうや」

「よかろう」とわたしは言った。「ところで、今日の午後のロケットの発着は？」

「一つきりだ。パリ行きのが五時十五分に離陸……。オーケー、ガードマンに電話をかけて、五時におまえを入れるように言っとこう」

ロリイの女房のベスは、とびきり上等の料理人だ。といって、ビルの家の食事がうまくなかったというわけじゃない。が、マーリーンはどっちかというと飾りたてるのが好きで、料理の味も味だが、見た目が気になるほうだ。ベス・バースティーダーのほうは昔ながらのドイツ料理だが、彼女がつくる蒸し団子ときたらふんわりと柔らかく軽くて、うっかりすると浮かんで皿から流れ出しそうなのを、とろりと濃いソースでようやくおさえている、といった具合だった。しかも、肉ときたら仔牛のものかと思うくらい柔らかい。

わたしたちは、それをエールといっしょに胃の腑《ふ》に流しこみ、それから椅子にそっくりかえってくつろいだ。立ちたくても、立ちあがれそうにないほどだった。

わたしは言った。「さあ、選挙の話を聞かせろよ、ロリイ」

「うん、まあ、望みなきにあらずだろう」

「そうじゃないんだ。おれがきいてるのは。もっとも、それもききたいことのうちだが。なにしろ、おれは昨日のニュースでほんの二言三言聞きかじっただけなんだよ。おれが知っているのは、ギャラハーとかいう女がカリフォルニア州選出の上院議員選挙に立候補して、もし当選したら木星に行って帰ってくる探検を計画する法案を提出して、それが議会を通過するように尽力すると公約してるってことだけなんだ」

「そのとおり」

「おいおい、そのとおりって、それっきりなんだよ、おれにわかっているのは。細かい点はどうなってるんだ？　第一、なぜ特別選挙なんかをする？　上院議員が任期中に死んだ場合は、州知事が誰かを指名して残りの任期をつとめさせることができるようになっているんだとばかり、おれは思っていたんだが」

「おまえの常識は十年も時代おくれだよ。一九八七年の選挙法改正で――もし上院議員が任期の半分以上を残して死亡した場合には、その選出州で次議会の開会前に期日を定めて補欠特別選挙をやらなければならないことになっているのさ」

「ああ、そうか、それならそれでいい。ところで、だが――いったいギャラハーって女はなにものだい？」

「エレン・ギャラハー。当年四十五歳。六年だか七年だか前、在任中に死んだロサンジェルス市長の未亡人さ。それから自分が政界に打って出た、前からかなり積極的に動いていたが、あくまで亡夫の遺志を継ぐって範囲を出なかった。以後カリフォルニア州下院の議員を二期、それから今度は上院議員選挙に乗り出したってわけだ。おつぎの質問は？」

「動機は何だ？　おれたちと同じ〝星屑〟の仲間なのか？」

「いや。だがカリフォルニア工科大学のブラッドリーの政友なのさ。知ってるか？」

「書いたものを読んだことはある。書き方はちょっとかたいが、なかなかいいことを言ってたっけ」

「ああ、おれたちの仲間は仲間だよ、条件つきでな。まだ相対論者たちの顔色をうかがってるところがあるし、光速以上のスピードは出せないと思いこんでる。が、とにかく木星探検を看板にしてギャラハーを売り出したのはやっこさんだ。しかし、どうしてあの女が当選するまで秘密の扉をきっちり閉めきっておかなかったのかな？　カリフォルニアってとこはまだまだ保守的な土地柄だから、いきなりああ蓋をあけちまったんじゃ、元も子もなしってことになりゃしないかと思うんだが」

「そうならないように、おれたちが何とかしてやろうじゃないか。誰だ、対抗する相手は？」

「レイトン――ドワイト・レイトンってサクラメントの男だ。もと市長で、ちょっとした顔役だ。目的のためには、多少あくどいことをやるくらいは平気だろう。むろん保守派だ」

わたしは想像しただけで虫酸《むしず》が走った。「それだけか？」

「テレビの時間をうんと買ってる。口先はうまい。やっこさんが言うには、こうだ。〝――人類はもっとも貴重な資源のウラニウムを、不毛の月や火星のやくざな植民地を維持するために、湯水のようにむだ使いしている。これまで長いことかかって、実現できないことはわかりきっている夢を追いかけて、地球は日に日に貧しくなっていくばかりだ。火星だけでも千億ドル以上の金をつぎこんで、それで火星にどんな役にたつものがあったというのか？　砂と地衣類。人間が生きるにはとうていたりない空気。おそろしい寒さ。それなのに、今なお毎年何百万という金を使っている。それというのが、たった何十人かとちくるった人間がいて、性懲《しょうこ》りもなく……」

「やめろ」とわたしは言った。「もうたくさんだ」

ベスは言った。「どいて、あんたたち。テーブルを片づけるわ」

わたしたちも手伝って片づけた。それから居間でエールを飲みながら、わたしはロリィに言った。「オーケー、様子はだいたいわかった。おれにできるのは、どんなことだ？」

かれは何かに狙いをつけるような目つきをした。

「そうだな――まず第一に、清き一票を投じることだ。選挙人の登録に、ちょうどうまいときにやってきたもんだ。明日までだよ。それにゃ明日もう一度バークリーに足を運んでもらわなきゃならない――一年間居住したってことを証明するために。うちを住所として申告すりゃあいい。そしたらおれたち夫婦が、確かにそれだけの期間おまえさんはうちに下宿してたって証明してやるから」

「すまん」とわたしは言った。

ベスが言った。「けど、今夜いったんホテルに帰って、また明日登録するだけのために出直してくるってのはばかばかしいわね。今夜はうちに泊まって、明日の朝出がけに登録することにしたらいいわ」

「そいつはありがたい。そうさせてもらうよ。ベス、遠慮なしに」

ロリイは言った。「それがいい。なんだっておれは女房よりさきにそこへ気がつかなかったんだろう。ところで、選挙についておまえにできることとって話にもどるが、サンフランシスコにゃ友達が大勢いるだろう？　おれんとこのほかにも二、三の選挙区で、そこに住んでたことにしてもらって登録するんだな。そうすりゃ火曜日には、三票か四票投票できることになるぜ」

「そうか、なるほど。それなら五、六票は大丈夫だろう」

「よく念を押して、友達にも登録してもらうんだぞ。その友達がどっちに投票するか、そんなところまで気を配ることはない。ギャラハーに投票しないやつは、友達とは言えない。とにかく、投票される一票一票が、いちいちものを言うんだ」

「ものは言うだろうよ。そりゃ。だが、もしおれが二、三十票投票を左右できたとしたって、たいしたたしになりゃしない。畜生、もっと名案はないか？」

「おれはそんな利口者じゃないよ、マックス。だいたいおまえは雄弁家って柄じゃない。石けんの空箱でも拾ってきて、その上に乗っかって演説するか、それともかりにテレビの時間を買ってしゃべるだけの資金があったとしても、おまえがしゃべったら狂信者だと思われるのがおちで――事実狂信者にゃちがいないが、とにかく聞く者を説得するどころか、かえって逆効果だろうからな」

わたしはため息をついた。「ああ、その点はきっとおまえの言うのが本当だろう。それにしても、何か打つ手があるんじゃないか。よし、おれはギャラハーって女に会って、きいてみてやろう――どうせ一度はお目にかかりたいと思ってるんだ」

「今、本人が町にいるなんて、あんまりあてにしないほうがいいぞ。だが選挙事務長になら会えるだろう。リチャード・シアラーって男で、セント・フランシス・ホテルのスイートを選挙運動本部にしてる。おれも、つい昨日そいつと話をしたところだ」

「どんな用事で？」

「なあに、昼休みに、トレジャー・アイランドに演説者をよこそうとしてるって話を聞いたもんでな。だから、おれは言ってやったんだ。トレジャー・アイランドの票はかたい、わざわざ演説者をよこすことはないって。どうせなら、その演説者をよそへやったほうが利口だ、とな」

「まったくだ」とわたしは言った。「木曜日に、何よりさきにそいつに会ってみることにしよう。明日はとりあえずあちこち走りまわって、友達に登録させるよ」

わたしは木曜日の朝三時半にベルが鳴るように目ざましをかけた。そんなに早くからシアラーに会いに行こうというんじゃない、モスクワ行きのロケットが三時四十分に着陸することになっていたからだ。わたしがこの土地にやってきてから、ロケットの離陸にしろ着陸にしろ、夜間のはこれがはじめてだ。夜のロケット飛行は、どっちかというとたまにしかやらないのだ。そりゃそうだろう、たかが地球上の飛行距離ぐらい――二、三時間もあれば地球を半周してしまうのだから。わざわざ選《え》り好んで夜飛ぶ必要はない。が、夜の着陸は見た目にきれいだ。

窓から、部屋の暗闇の中にたたずみながら、わたしはそれを見物した。火のような尾をひいたロケットを。見たことがない人には説明できない。とにかくこれまでにあったどんな花火よりすばらしい花火だ。わたしたち人間を月と火星と金星に送りつけた花火。そして今後もっと他の、もっと遠い惑星まで送りとどけてくれることができる、また送りとどけてくれるにちがいない花火だ。

ロケットは影が薄くなりかかっていると言ったな、ビル？ 影が薄くなるどころか、ロケットってやつは飛び出したらたちまち遠くなって見えなくなっちまう。が、今の程度じゃまだまだ……。人間ははじめの二、三歩を踏み出しただけで、進む元気をなくしてしまった。しかし、それはほんのいっときのことだ。ほんのいっときのことだと思わなきゃやりきれない。とにかくいっとき、人間の大半はへこたれてしまった。

大半ではあっても、全部じゃない。おあいにくさま、全部じゃないんだ。何百万人というおれたちの同志が、おれとおれ以外の何百万人が、星に憧れつづけている。が、そうでない連中のほうが今のところもっと大勢だ。というより、その中には、やはり星に憧れてはいるのだが、その憧れがおれたちほど強くなくて、どうせ自分が生きている間には実現できやしない、だから、そんなことに金を使うのはばからしい、と思っている連中もかなり多いのだ。

一番いけないのは反動というか、保守派というか、まるっきり目先のものしか見えずに、なんでもすぐ金になって返ってこないことは時間と労力の浪費だと思っているばかどもだ。もちろん、まだそんな目にみえるかたちになって手に入った収穫はない。が、まだほんの最初の二、三歩を踏み出したばかりじゃないか。その辺じゃたいしたものはみつかりそうにないってことくらい、天文学者だって言ってたことだ。しかし考えてもみろ、どこにあってどんなふうになっているのか見当もつかない部屋——宇宙の宝という宝がぎっしり詰まった部屋にむかって長い階段を登っていこうというのに、一番下の二、三段の足もとに一つかみほどの宝がばらまいてないからといって、それでやめちまっていいものだろうか？

保守主義者たち——何百万人とも数えきれない保守主義者たちは、おれたちのことを狂信者だと言う。星狂いだ、と。税金がこわいのだ。金のことが気になるのだ、連中は。もう損はたくさんだ、とその連中は言う。もうこれ以上はごめんだ、と。近くの惑星は値うちがないことがわかったし、それより遠くの星といったら——いや、絶対に行き着けないとは言わないけれど、それまでに何千年かかるともしれやしない……。

この言い分は、一部わたしも認めてもいい。そうだ、何千年もかかるかもしれない。ことに、今わたしたちの手の中にあるあらゆるものを活用しようと心がけないならば。しかしあらゆる手だてをつくして努力しつづけるなら、突然いっきょに実現しないとも限らないのだ。一九六五年に火星に到達した時のように、思いがけなく。予定からいうと、ようやく月に到達するはずの時より四年も早かった。思いがけなく原子力エンジンが発明されて、それまでもっぱら使用しまた頼りにしていた化学燃料は、一日にして過去の遺物になってしまったのだ。それはまるで櫂《かい》で漕ぐ小舟で大洋を乗り切ろうとしていた男が、岸からわずか二、三マイル沖に出たところで、いきなりその小舟のかわりに超音速の飛行機をもらったようなものだった。

星をめがけるわたしたちにも、同じようなことが起こるのではなかろうか。星と星との間の距離を考えると、原子力エンジンでさえ大海原を行く小舟のようなものだということは認めないわけにいかないのだから。原子力エンジンで近くの惑星に行くことが容易になったように、もっと遠くの星に楽々と飛んでいけるような何か新しい方法がみつからないとは誰にも言えまい。だが、そういう方法がみつかるのは、わたしたちがとにかく現在あらゆる手段を動員し、全力をつくしてそこへ行こうと努力している場合に限られるのだ。ちょうど化学燃料でなんとかして月にたどりつこうと一生懸命にやっていたとき、ふいに原子力エンジンを発明したのと同じように。

九時に、わたしはセント・フランシス・ホテルの千三百十五号室に入っていった。〝ギャラハー上院議員候補選挙運動本部〟とドアに書いてあった。受付の金髪の女の子は、机の上に何か書類をいっぱいひろげていた。わたしが入って行くとちらりと目を上げた。ちょうど目に入ったわたしが気にいったか、それとも誰にでも笑いかけるように言いつけられていたかの、どちらかのようだった。とにかく、その娘はわたしにほほ笑みかけた。

候補者本人は不在だろうとロリイは言ったが、まずそいつを確かめなけりゃ、とわたしは思った。「エレン・ギャラハーはおいでかね？」

「ミセス・ギャラハーはおりません。州の北の方に遊説《ゆうぜい》に出ておりますの。申しわけありません」

「なぜあんたがすまながらなけりゃならないんだい？　リチャード・シアラーは？」

「もう来るころですが、しばらくそこへおかけになって——あら、来ましたわ。この方がお目にかかりたいそうですけど、ミスター・シアラー」

ちょうど入ってきたのはお月さまみたいな顔をした赤毛の大男だった。わたしは自己紹介し、握手した。「どんなご用件ですかな、ミスター・アンドルーズ？」かれの声は低くのろくて、まだるっこしかった。

「エレン・ギャラハーを当選させるのに、どうしたら力を貸してやれるか、教えてくれないかね？」

「こっちへおはいりなさい」かれは先に立って奥の部屋に入り、椅子をわたしにすすめ、自分も机にむかってプラスチック製の旧式の自動椅子に腰かけた。

「ミセス・ギャラハーのご友人でいらっしゃいますかな、ミスター・アンドルーズ？」

「もちろん」とわたしは言った。「まだ一度もお目にかかったことはないがね。しかしロケットを木星に飛ばす計画を推進しようとしてるってことなら、わたしは文句なしに味方だよ」

「ははあ、いわゆる〝星屑〟のお仲間ですな」と言ってかれは口元をほころばせた。「いや、もちろん〝星屑〟の方々の御後援はあてにしています。事実、候補者がロケットのことで旗色をはっきりさせてしまった今となっては、ぜひともあてにしなけりゃならないような状況になりましてね」

「あんたは賛成じゃない……？」

「ロケットを飛ばす計画そのものには、賛成ですよ。もうそろそろ、もう一歩遠くへ行けるかどうか、やってみてもいい時分ですからな。ただ、選挙を前にひかえてそのことを新聞なんかに発表したのは、政治的には間違いだったと思っています。きっと、そのために増える票より減る票のほうが多いでしょう」

「そのために落選するほど——？」

「そいつはわかりません。けれども、はっきりああ言明してしまった今となっては、〝星屑〟一党の票は絶対に確保しなければ」

わたしは言った。「おれたち〝星屑〟の票のことは大丈夫。確保できるよ——すくなくとも、中の何人かについては一票ずつでなく、もっとうんと」

相手はかすかに微笑した。「今のお言葉がどういう意味なのか、うかがう勇気はわたしにはありませんので、それは忘れてしまうことに、いや、聞こえなかったと申し上げておくことにしたほうがよさそうですな」

「オーケー、わたしは何も言わなかった。それはそれでいい。ところで今あんたは当選するかどうかわからないと言った。はっきり言うと、そりゃどういうことかね？」

相手があまり長いこと何も言わずにいるので、わたしがかわりに言ってやることにした。

「なるほど、今のままでは落選する……？」

「——というところでしょうな、残念ながら。何か思いがけないことでももちあがらない限り——」

「たとえば対立候補のドワイト・レイトンの身の上に、ふいに思いがけない事故がおこるというようなことが、かね？」

それまでかれはだらりと力なく机にのめりかかるようにしていた。それが今や突然誰かに棒か何かでつつかれたように、まっすぐ背を立てた。

かれは言った。「まさか、あなたは――」かれはわたしをみつめた。「やれやれ、どうやらあなたは本気でそういう事故をおこすつもりでいなさるらしい」

「かりの質問だけれど、答えてもらいたい。そうすればギャラハーの当選の見込みはよくなるかね？」

かれは立ちあがって、考えこみながらオフィスの中を、のろのろと行ったり来たりしはじめた。五回往復してから、立ちどまってわたしに直面した。「いや、そりゃかえって一番ためになりますまい――たとえレイトンがほんものの事故に遭《あ》ったとしても」

「なぜ？」

「ドワイト・レイトンが、とんでもない食わせものだからですよ。誰にも証明はできませんけれど。しかしそうじゃないかと疑っている人間は大勢――同じ政党の仲間の中にさえいます。それでかなり票を失うことになるでしょう。残念ながらエレンがロケットについての言明のために失うほど多くの票を失いそうにはありませんが、とにかくそこはこっちのつけ目です。しかし、ほかの誰が対立候補に立っても、たとえ選挙期日の間際になってまったく無名の誰かが立ったとしても、それでもこっちのほうが、勝ち目はすくないでしょう。おまけに、もしその事故が狂信的な〝星屑〟たちの手で仕組まれたのかもしれないという疑いが、ほんのかすかにでも生じたとしたなら――あなたがたが念願しておいでの目的の実現に、どんな障害になるか、あなたにはおわかりになりませんか？　それも全国的に。エレンの選挙の結果がどうなるかは別として」

「あんたの言うことのほうが本当だ」わたしは言った。「今のは取消しだ。ところでレイトンが食わせものだというのは？　どんなことをしたんだい？」

「サクラメントの市長在任中に、あの男はおそろしく急に金持ちになりました。公共事業の工事契約にリベートをとった、という噂です。けれども、もしそうだとしても、おそろしく上手にごまかしてあるのですよ。税務署の所得税係が、その噂に刺激されて去年あの男の財政状態を調査してみましたが、結局疑問点なしという健康診断書をわたしてひきさがってしまいました」

「腕ききの会計士を雇ってるんだな？」

「本人が腕ききの会計士なんですよ。政治に首を突っ込む前のあの男は、その道では指おりの腕ききでした。どうして抜け目のない男で、誰も表むきには指一本さすことはできません。そんなこと、もしこっちがほのめかしでもしたら、すかさず名誉毀損で訴えられてしまうでしょう」

「もし、わたしがほのめかしたら？　わたしが自分の金でテレビの時間を買い、ギャラハーの選挙運動とは全然関係なしってことにしてやったら？　ほのめかすどころか、訴えられるのを覚悟で公然と非難を浴びせてやったらどうだい？」

かれはのろのろと首を横に振った。「それでもやはりエレンのためにはなりますまい。現に選挙だというのに、一人の候補者を非難することは自動的に他の候補者の選挙運動に結びつけて考えられてしまうでしょう。いやいや、ミスター・アンドルーズ、ありがた迷惑にならずに、もっぱらわたしどものためにお力添えをいただくことはできそうにありません。というのは、大がかりには、という意味ですが。もちろん、あなたの一票はぜひわたしどものために投じていただきたいもので。それにできるだけお友達の方々にもそうするように誘っていただければ……」

そこでシアラーが握手の手をさしのべ、それはつまり明らかに会見打切りの意思表示だった。

わたしは思案にくれながら、しばらく、そこらを歩きまわった。わたしは考えてみたかったのだ。それも、うんと。自分で何票かを投じ、それ以外さらに何票か、いや、何十票かを自分が味方する側に投票するように説きつけることくらいしかできないのだと諦めをつける前に。たとえ多少無理して二、三百票なんとかしてやることができたとしても、たいしたプラスにはなりそうになかった。選挙事務長がざっくばらんに打ち明けてくれた話の調子から推すと。

気がつくと、わたしはユニオン・スクエアの広場を通りかかっていた。広場の真ん中に壇があって、その上で男がしゃべっている。声はスピーカーを通じて広場の隅々まで聞こえた。

「木星!」とその男はまるで誓いでもたてるような大げさな声で言った。「そのご婦人は、ロケットに木星をまわって帰ってこさせるために、われわれの貴重な税金を使わせようとしているのです。その費用は、すくなくとも十億ドルにのぼるでしょう。十億ですよ! 十億という金をわれわれから、われわれのポケットから強奪しようとしている! われわれの口からパンを奪い去ろうとしている!

その十億ドルで、何を買おうというのか? また一つ、ろくでもない星を手に入れるのか? いや、そのろくでもない星さえ、実は手に入れることはできないのです。ただ見るだけ、ただ近くに寄って見てくるだけなのです。着陸することさえできない。着陸できないことはわかっているのであります」

演壇のまわりの人数は少なかった。しかし広場じゅうに散らばった人々が、またその広場に沿った道をあるく通行人たちも、それぞれの用事をかかえて歩きながらではあるけれども、意識的にか無意識にか、とにかくその男がしゃべることを耳に入れているのだった。

壇の上に上がっていって、横っ面を、ぶちのめしてくれようか、とわたしは思った。そうしたくて、手がむずむずするくらいだった。が、そうしたところで何のたしにもなりゃしないどころか、わたしは留置場にぶちこまれて、投票することさえできなくなるにきまっている。だから、やめにした。

わたしにしては、まったく上出来だ。

「木星という名の惑星。火星までの距離の八倍以上、すなわち四億マイルのかなたにあって、人間が着陸することのできない一個の星。この星はメタンとアンモニアでできた有毒ガスに包まれ、そのガスの層がまたはなはだしく厚く、そのために底のほうではひどい圧力がかかって液体になっているのです。この圧力はおそろしく大きな圧力で、こいつにかかってはどんなロケットだって卵の殻みたいに押しつぶされてしまうでしょう。なにしろ、ガスの層の厚さは幾千マイルもあって、しかも、そいつが絶えず荒れ狂い、動揺しているのです。その大気の下に何があるというのでしょう？　なんだかわからないが、おそろしい圧力にとじこめられた、また何千マイルかの深さの、何かの層があることはわかっている。それだけが望遠鏡で見て木星についてわかっていることで、とにかく人間が住めないことはわかりきっている。また、そのばかでかい星には、もの凄い引力があって、ある程度より近くロケットが近づけば、衝突せずにはすまないということもわかっているのです。いや、衝突するというより、ポシャると言ったほうがいいかもしれない。それに木星の月が、われわれの住むこの地球のまわりを回っている月より、もっと冷たく、もっと不毛で、もっと荒れ果てたものだということも、すでにわかっているのであります。にもかかわらず、ギャラハーというご婦人は、十億ドルという金を使ってわざわざ……」

ポケットの中で握り拳《こぶし》をかためて、わたしは静かに立って聞いていた。……エレン・ギャラハーに当選のチャンスをあたえるために、ただ一つ有効なこと――それを実行しようと本気で決心できるほど腹が立ってくるまで。

サクラメントに着いたのは、ちょうど正午だった。ジェット機空港はごった返していた。たぶん何かの会合でもあるせいだろうと思ったが、町までヘリ・タクシーを拾うのにひどく難儀した。が、一時半にはドワイト・レイトンのオフィスがあるKストリートのビルの正面に立っていた。

一分後、わたしはオフィスの受付の部屋にいた。

受付の女は手ごわかったが、手におえないほどではなかった。わたしはうんと早口でまくしたてて、どうやらその女の前を通り抜けて奥へ踏みこむことができた。うんと個人的な話があるんだが、その話の内容は選挙に関係があって、ミスター・レイトンの当落に重大な影響をおよぼすことなんだ、と言ってやったのだ。いやいや、だめだ、選挙運動の事務長でもだめだし、秘書でもだめだ、本人のミスター・レイトン以外には誰にもしゃべれないことだ、と。

やっこさんはそのときちょうど忙しくて、わたしは二十七分間待たなければならなかったが、とにかく結局はやっこさんの部屋に通された。

わたしはでたらめの偽名を名乗って、やくざな〝星屑〟どもがミスター・レイトンに対してもちいている不正な戦術について、まるで狂った調子で狂ったことをまくしたてはじめた。やがて一分とたたないうちに、わたしはまだ口からたわごとを吐き散らしながら、閉口したミスター・レイトンになだめられて送り出された。

もっと長く頑張ろうと思えば頑張れないことはなかったけれども、やっこさんの部屋の構図と、奥の部屋と受付の部屋のドアの錠の種類と、金庫の種類と大きさを見きわめるにはそれだけで充分だった。その金庫は大きいが旧式のやつで、ちょっと腕のいい技術者なら誰でも、ちゃんとした道具さえあれば十分以内にやすやすとあけてごらんにいれるにちがいない。

わたしは必要な道具を一揃いと、それを詰めて運ぶ大きなブリーフケースを買った。九時頃まで時間をつぶして、それからレイトンのオフィスに押し入った。

侵入者警報器はついていなかった。つまりわたしは自分で賭けた賭けに勝ったわけだ。

金庫をあける必要さえなかった。というのは、はじめに机の引出しに一つだけ鍵がかかっていて、その引出しの中にはたった一冊赤い表紙の帳簿があるだけで、その記入はレイトンの筆蹟だったのだ。確かに本人の筆蹟にちがいないことを、他の引出しの中にあった書類とつき合わせてつきとめた。名前と、日付と、金額と、おまけにサクラメント市のどの事業の請負契約からどれだけの割合をもらったかという心覚えの摘要まで書きこんであった。やっこさんを牢屋に入れて、なおおつりがくるほど充分な証拠だ。

会計士の頭の働きというものは、おそろしく細かく組織だっていて、そのくせ妙なところで抜けているものだ。

金庫には金が入っていたかもしれないし、それをもらってきてもわたしの良心は、べつに痛まなかったろうが、長居して危険をおかすのはやめにした。目的のものは手に入ったのだし、それは金なんかよりずっと重大な意味をもつものだ。欲を出して、せっかくの幸運を台なしにしたくなかった。

わたしはそれをごく変わりばえのしない包装紙に包んで、セント・フランシス・ホテルのリチャード・シアラー宛に郵送した。

それからサンフランシスコにまい戻ってベッドにもぐり込んだ。


昼すこし前、シアラーに電話をかけた。

「小包は届いたかね?」とわたしはたずねた。

「届き——ましたよ。どなたです?」

「あの小包の差出人さ。お互いに名前は呼びっこなしだ、ことに電話では。あれをまだどうにもしないのかね?」

「どうしたら一番いいかと目下まだ思案中でして。冷や汗を流してるところです」

「汗なんか流すのはやめろ」とわたしは言った。「州警察に渡す。それっきりさ。ただその前にオフィスにうんとこさ新聞記者を集めて、あの中で一番のさわりのページを写真にとったやつを配ってやるんだな」

「しかし、どこから手に入れたと言ったらいいものか……？」

「どこからかって？　サクラメントから、ごくありきたりの包装紙に包んで郵便で送ってきてたんじゃないか。包み紙も、お巡りに渡してもかまわないよ。指紋はついてないし、宛名は活字体で特徴なんかない。思うに、たぶんミスター・レイトンの所業を快く思わない組織の誰かが送ってよこしたんじゃないか、とでも言ってりゃいい。その点については、きっとレイトン自身だってそう思うだろうよ。侵入の形跡は全然残っていないし、おそらく本人だってまだ気がついちゃいまい」

「ところで、ですがね、こんなことまでしてあなたは何がお望みなんです？　何かわたしどもでお役にたてることがあるのですか？」

「あるよ、二つばかり。一つは、わたしに一杯おごってくれることさ。二つ目のほうは、そのときに話そう。十五分以内にビッグ・ディッパー・バーに行って待ってるからね。大丈夫、あんたの見分けはつくよ。あんたのほうじゃわたしを知らなくても」

「いや、わたしのほうでも存じあげているような気がしますよ。あなたは昨日わたしのオフィスで、一人で何度か投票するというようなことをおっしゃいませんでしたかな？」

「しーっ」とわたしは言った。「一人で二度以上投票するのは法律違反だってこと、知らないのかね？」

ビッグ・ディッパーを落ち合う場所に選んだのは、その名前が気に入ったからだ（ビッグ・ディッパーは星座の名＝大熊座）。それまでにも前を通ることはあったけれども、中にはいったことはなかった。しかし、はいってみるとなかなか静かな、いい場所だった。わたしは隅のボックスに腰かけた。まもなくシアラーがやってきた。

かれは興奮すると同時に、いろいろの思案に心を煩わされているように見えた。かれは言った。

「あなたが言われるように、新聞記者たちに立ち会わせて州警察に渡すのが一番効果的でしょう。そのことはあなたから電話がある前、わたしも考えていました。しかし発表は明日——土曜日の、それも遅くなるまで待つつもりです。土曜日の晩の放送と日曜日の新聞が、それだけで埋まるように。いよいよという時までいっぱいに水を溜めておいて、一気にせきを切って落とすんですよ」

「時間の遅れをどう説明する？　郵便局のスタンプで、今日受け取ったことはわかっちまうだろうに」

「なあに、そんなこと。なにしろわたしには、あれがはたしてほんものかどうか、まだ半信半疑なんですからね。あれが本当にレイトンの筆蹟なのか、それとも誰かが思いきりたちの悪い悪ふざけをしかけているのか、どうしてわたしにわかりましょう」

わたしは眉をしかめた。「わたしがあんたをひっかけようとしてるとかなんとか、ちょっとでもそんなふうに勘ぐってるのかね？　え？」

「とんでもない。けれども、もしあれが実際にいきなりわたしのところに送りつけられたのだとしたら――事実、人に話す時にはそういうふうに話をつくるつもりですが、こちらとしても相当に疑ってかかってるってところをみせてやらなけりゃなりません。とにかくあれがほんものかどうか確かめるのに明日の午後までかかり、そのために写真もとらなければならず、それで新聞記者たちに配る写真もおあつらえむきに間に合ったって説明がつくわけですよ。さあ、ところで、もう一つのお望みというのは何です？」

「こいつは、実際には、選挙がすむまでお預けでかまわないんだ。それまではエレン・ギャラハーも忙しいだろうからね。ただ、あんたの口からあの帳簿を手に入れたのは誰かってことを話して、都合つけてわたしに会ってくれるように計らってもらいたいんだ。わたしと会って話してくれるかな？」

「会って話をするかって？　冗談じゃない、一緒に寝てくれって頼まれたって、あんまり素気《そつけ》なくふるわけにはいかないとこじゃありませんか。承知しました。そのほかには？」

「あんたには、頼まれたって返事できかねることとさ。ギャラハーにお願いとしてきいてもらいたいことがあるんだ。だから、あんたからあらかじめそのことを通じておいてほしいんだよ」

かれは酒をすすって、わたしを見た。「あんたはあのロケットには乗れませんよ、たとえエレンがそうさせてあげたいと思ったとしても。操縦士の定年は――」

わたしは片手をつき出して、相手のあとの言葉をさえぎった。「あんた、わたしを狂人扱いするつもりかね？　ロケット乗りの定年がいくつかくらい、あんたよりわたしのほうがよく知っているよ。三十歳だ。で、わたしは五十七だ。いやいや、乗れはしない。が、それを送り出す計画を推し進める手伝いはできる。わたしの望みはそれだけだ」

かれはうなずいた。「それならエレンがどう出るかくらいはわかる程度に、わたしだってエレンという人間を理解しているつもりです。エレンは必ずあなたの資格がゆるすかぎり最高の仕事につけるように、できるだけのことをするでしょう。もちろんロケット計画の法案が通ったとしての話ですがね。しかし、通る見込みは十に一つもないようにしか、わたしには思えませんよ」

「あんた、エレン・ギャラハーが選挙に当選する見込みはどれくらいだと思ってた？――あの帳簿が手に入るまで」

「やっぱり十に一つ以下でしたな。しかし、法案を議会で通すというのは、これまた全然別のことでしてね。まさか、いくらあなただって、法案に反対投票をしようという議員のオフィスに、のきなみ押し入るわけにもいきますまいが」

わたしはにやりと笑ってみせて、言った。

「やってみせようか？」

一気にせきを切って落とすと言ったが、まったくそのとおりだった。そのニュースは、ちょうどいいころあいをはかって暴露され、テレビも新聞もしゃべりまくり書きまくった。レイトンの党はそれでも最後の必死のあがきをした。レイトン本人がテレビスクリーンにあらわれて自分は潔白だと抗弁し、さりながら汚名がそそがれるまでは立候補を辞退し、別の候補を身がわりに立てることにしたい、と言った。けれども、その候補の名前などもう誰も耳に入れようとはしなかった。最後の瀬戸際にきてからの身がわりだから、どだい無理な話で、そいつはサクラメントの六つの選挙区で優勢に立っただけで、あとは全部エレンがさらった。

午後八時、ベスとロリイとわたしが見ている前で、敵の対立候補は敗北をみとめる声明をおこなった。わたしたちはテレビの音量を小さく絞って、スイッチは切らずにおいた。エレン・ギャラハーの顔を見て、当選第一声としてなんと言うか聞きたかったからだ。彼女はジェット機でロサンジェルスを発って、サン・フランシスコにむかうことになっていて、八時三十七分エンジェル・アイランドに着陸すると同時にインタビューの実況放送がおこなわれる、と予告されていた。

ベスは冷蔵庫からシャンパンの瓶を出してきた。選挙の結果が確定するまで、栓を抜かずにおいたのだった。

わたしたちは酒を注ぎわけて勝利の乾杯をした。

わたしたちは飲みかつしゃべった。八時三十五分に、テレビの画面がジェット機空港の会見担当の男に変わるのが見えたので、わたしは行ってスイッチをいじり音量を上げた。

「……ひどい霧です」とその男は弁解していた。「滑走路では、ほとんど視界ゼロと言っていいほどですので、ギャラハー新上院議員が到着して、この屋内に入ってこられるのを、ここで待ち受けてインタビューすることにしたいと思います。外へ出ても、ジェット機着陸の模様はまったく見えません。もちろん自動操縦で着陸するのですが、どうやら時間通りに到着の模様です——あ、音が聞こえてきました」

わたしは言った。「おいおい、本当かい、ロリイ、ジェット機ときたら、自動操縦の着陸はおそろしく不得手なんだから。もし——」

それから衝突の音響が聞こえた。

やにわに現場にかけつけるつもりで、横っ飛びに外へとび出そうとすると、ロリイが抱きとめた。かれは言った。「かけつけるより、ここにじっとしているほうが早く様子がわかるよ」

つぎつぎに、刻々に、断片的にニュースは送られてきた。機はひどく破損して、多くの乗客が即死し、負傷を免れた者は一人もなかった。副操縦士は生き残っており、意識があった。レーダーと無線が同時に故障し、そのとき、機はすでに着地寸前で機首をたて直す暇もなかったのだ、とかれは言った。

一人ずつ、つぎつぎに運び出されてきた。ミセス・ギャラハーの選挙事務長リチャード・シアラー。……死亡。それからカリフォルニア工科大学のエメット・ブラッドリー博士。……死亡。

「畜生、やくざなジェット機め」とロリイが言った。

ギャラハーは生きていた。意識不明で、重傷を負っていたけれども、とにかく生きていた。彼女はエンジェル・アイランド救急病院に急送され、容体は判明しだい速やかに公表される……。

霧の中に尾をひく救急車のサイレンの音。くそいまいましいサンフランシスコ、くそいまいましい濃霧、くそいまいましいジェット機……何もかも腹だたしかった。

わたしたちはすわって待っていた。せっかくのシャンパンはぬるくなって気が抜けてしまっていた。ロリイは立っていってそれを流しにあけ、かわりに冷たいビールを注いだ。それにわたしは指も触れなかった。

ギャラハー上院議員について、その後の報告があったのは十一時をまわってからだった。おそらく命はとりとめるだろうが、間一髪の重傷だった、と。すでに二度の手術がおこなわれた。数カ月の入院はどうしてもやむをえない。しかし回復の見込みはかなり確実なものと判断される、と。

リチャード・シアラーは、死ぬ前にあの帳簿を手に入れるまでの真相を話してくれただろうか、とわたしは思い惑った。話してくれたにちがいない。きっと彼女のほうからきいただろうし、それに対してあの男が話してはいけない理由はどこにもない——絶えず周囲に聞かれては困る他人がいて、二人きりで話す機会が全然なかったというのでもないかぎり。

そうだ、そういう成り行きは大いに考えられることだ。彼女はシアラーのほかに五人、自分も入れて合計七人の一行の一人だった。そしてそのシアラーは、その日の午後彼女と落ち合うためにロサンジェルスへ飛んだばかりだった。彼女と、そしてブラッドリーとも。彼女がシアラーと二人きりになれる機会がなかったということは、充分ありうる。

ようやくわたしはロリイが注いでくれてあったコップのビールを飲みほした。そのときはもう前のシャンパンと同じくらいなまぬるく、いっそう気が抜けていた。

翌朝から、わたしはロリイの下、トレジャー・アイランドで働きはじめた。

一九九八年

ロケットの整備作業。出ていくロケットが相手だ。出ていくといっても、あまり遠くまでは出ない。せいぜい二、三百マイル出て、それからまた地球に戻ってきてしまうのだ、ここのロケットは。ニューヨークやパリやモスクワや東京やブリスベーンやヨハネスブルグやリオ・デ・ジャネイロ行きのロケットだ。月や火星にさえ行きはしない——サンフランシスコから出るこれらのロケットは。そうでない本当のロケットはニューメキシコやアリゾナの離着陸場から出る。それらは政府の経営で、政府の連中はロケットをいじくる技術者というものについてばかげた固定観念をいだいている。ロケットの技術者は五十歳以下でなければいけない、と考えているのだ。またロケットの技術者は、生身《なまみ》の骨と肉でできた両脚がそろっていなけりゃいけない、と。いや、わたしはあとのほうの制限にはおかまいなく、惑星間ロケットの仕事をしてきた——仲間の中の誰かがわたしのためなほうの足のために特例を設けることができる地位にある場合には。けれど、それも七年前に五十の坂を越えてからはだめになった。政府のロケット基地で、ただ一つ、それだけはどうしてもまげることができない規則なのだ。五十を越してからもときおりごく短期間、惑星間ロケット発着場で働いたことはある。けれどもそれは技術者として直接ロケットをいじくるのではなく、せいぜいその近くに寄り、ながめ、ときどきちょっと触れてみたり、離陸したり着陸したりするところを見ているだけが関の山だった。それも長い期間つづけての常備員としてはだめだった。そうかといって、いくら同じ惑星間ロケット発着場の中だとはいいながら、売店で働いたりするのでは将来にかけての生き甲斐がない。星とのつながりがない。それよりは、たとえ、地球から出てすぐまた地球に戻る、まるで地球にへばりつきっぱなしのようなロケットだろうと、とにかくロケットそのものを相手にできる仕事のほうがましだ。

そういうわけで、しばらくサンフランシスコに落ち着くことにしたのだ。それにギャラハー上院議員もいる。まだ入院しているが、快方にむかいつつある。なあに、きっと命はとりとめるさ、まだ一度も会ったことのないわたしの女は。きっと命をとりとめて、二、三カ月のうちにはすっかり元気になるとも。要するに時間の問題だ。木星まで、つぎの一歩を踏み出すのは、ただ時間の問題だ。ただ時間の問題ではあるが、その時間はどんどん流れ出しつづけている。

いや、ぜんぜん何もせずにいるわけじゃない。一月には、すこしばかり、やったことがある。わたしはジャイロ安定装置の重量をすこし減らす思いつきを案出した。それでわたしは千ドルの特別賞与をもらい、きっとその考案は地球ロケット航路の費用を年に二、三千ドル節約することになるだろう。しかし、そんなことは大事なことじゃない。大事なのは、その改良が惑星間ロケットにも応用できるし、またきっと応用されるだろうということだ。ほんのちっぽけなものにせよ、とにかく星への距離を一インチつめたことになる。そこだ、かんじんなのは。ロリイとベスとわたしの三人して、その千ドルの中の百ドルで酒盛りをやった。

いい知らせ、それも大吉報がその二、三週間後——二月になってからやってきた。ギャラハー上院議員からの手紙だ。それがとうとうやってきた。わたしはあちこち動きまわったが、本当に気に入る住居がみつからず、それで郵便物はバースティーダーの家に宛ててもらうようにしていた。そしてある日、ベスが勤務中のわたしに電話をかけて、その手紙が届いたと教えてくれたのだ。むろん、わたしはすぐに封を切って読んで聞かせてくれと頼んだ。

封を切り、たたんだ手紙をひろげる間をおいて「拝啓——」とベスは読みはじめた。

「長いことかかりましたが、ようやくこれまでに私が受け取っていた手紙の中の何通かに返事を口述することを医師から許されました。もちろんあなたに宛てたこのご返事は、中でも真先にさし上げるものです。

はい、確かにリッキー・シアラーは私を選挙に勝たせてくれた爆弾を手に入れてくださったのがあなただということを教えてくれました。そのことについて、私は深くあなたにご恩を感じております。あのひとがそのことを私に話しましたのは、結局あのひとが在世中にした最後の行為になりました。あのひとと私はジェット機で隣り合わせにすわってお り、あのひとがその話をしたのは、エンジェルに着陸しようとする直前のことでした。

五月に散会する予定の現議会の議席に、はたして私が連なることができますかどうか、医師たちは望みがありそうなことを申しておりますけれども、実際のところまだ確実にはわかりません。けれども真夏ごろまでには完全に回復して、明年一月に始まる一九九九年度議会には間違いなく参加できるものと存じております。

ところで、それより前に私はあなたにお目にかかって、木星へロケットを飛ばす計画のことを、いろいろと話し合いたいと存じます。申すまでもなく、あなたのご関心はその計画そのものにあるので、私という個人にあるのでないことは充分承知しております。私は自分の最善をつくしてその計画を推進し、のみならず、もしその計画が法案として可決された暁には、できますことならば、ぜひあなたにも何かの積極的な役割をつとめていただくようにしたいと念願しております。それこそあなたがお望みのことにほかならず、それこそあなたが選挙戦で私に加勢してくださったことにむくいる唯一の道であることは、よく承知しております。

たぶん、ここひと月以内に、もう一度お手紙をさし上げるつもりでおります。その頃までには見舞い客と面会するお許しも出るでしょうし、そうしたらあなたにいらしていただけることになるものと思います」

「すばらしい手紙だな。おかげさまだよ」とわたしはベスに言った。

心からそう思って言ったのだ。わたしはまだ放り出されてはいなかった。いとしのリチャード・シアラー――リッキーはわたしの期待を満たしてくれた。かれはあの帳簿のことをギャラハーに話すのに必要なだけ、生きながらえてくれたのだ。いとしいリッキー。わたしはかれが懐しかった。誰もかれも懐しかった。わたしはまだ木星行きのロケットから振り落とされずにいるのだ。

それからもロケットは発着しつづけ、わたしはそれらの整備をつづけた。上がっては二千マイルかそれ以上の距離にある、ただし地球上の都市に再び下りてしまうロケットではあったけれども。二千マイルというのは、ロケットを飛ばして採算がとれる最短距離だ。いったん飛び立ったら、それ以下の距離内に降下することはできないのだ。またかりにできるとしても、それではジェット機とくらべた場合、ほとんどとるにたりない時間しか節約できない。

たとえばニューヨークからメキシコ・シティまでなどの場合、節約できる時間はわずか数時間にすぎない。時間を節約するという点にかけては、せめてパリくらいまで飛ばないことにはたいして意味がないということは認めざるをえない。それならジェット機では十八時間かかり、燃料補給のために二度着陸しなければならないが、ロケットでなら四時間以下だ。十四時間という時間には確かに節約するだけの値うちがあるけれど、そのおかげをこうむることができるのは金持ちだけだ。ロケットの料金はジェット機の十倍以上もするのだから。金持ち連中に祝福を。金持ちがいるからこそどうにかロケット航路を維持できるので、かれらの上に神の祝福を。地球から飛び出してすぐまた地上に戻るにせよ、とにかくロケットを飛ばしつづけるということは大事だ。その間に考案された技術的改善は、どんなに小さな改善にせよ、きっと本当にロケットらしいロケット——恒星間ロケットのためになるにちがいない。現にそういう考案はすでに無数に生み出されている。その多くは大きな改良ではないけれども、どんなにわずかずつであれ、それらはすべて恒星間ロケットが運ぶ荷重をおさえる役にたつ。あるいはその飛行所要時間を何分かきりつめ、一パーセントの何分の一か安全率を高めるのだろう。それらのロケットのおかげで、年齢その他についてのばかばかしい杓子定規《しやくしじようぎ》のために、政府のロケット発着場で働くことが禁じられた技術屋たちが完全失業せずにすむということは別にしても。わたしたち生えぬきの技術屋が気にすることといえば、自分が技術の上でも、また肉体的にも、仕事ができる状態にあるかどうかということしかないのだ。

そうなのだ。金持ちどもに栄えあれ。

ギャラハー上院議員は、ついに二通目の手紙はよこさなかった。かわりに電話をかけてきた。三月も末になってからのある晩だった。以前連絡先にしていたロリイの家の電話番号にかけてきたのだ。運よく、わたしはその晩ロリイの家に来ていたので、電話をかけ直してもらう手間が省けた。

はじめ電話に出たのはベスだった。「あなたへだわ、マックス」と彼女は言った。「ちょっと変わった女のひとよ。もしかすると――」

やっぱりもしかした。

「ミスター・アンドルーズ？　エレン・ギャラハーです。もう退院して帰って、うんとよくなってますの。三十分以内って条件なら、お客さまと面会してもいいことになりましたの。近いうちにいらしていただけますか？」

「いつだって」とわたしは言った。「そのことなら、たった今すぐだってかまわない――いや、待てよ、あなたは退院して帰ったと言ったっけ。とすると、この電話はロサンジェルスからかけてるのかね？」

「いいえ、まだ、サンフランシスコにいますの。退院して〝帰った〟というのは、まだあとひと月ふた月この土地に滞在して、今かかっているお医者さまの手当を受けられるように借りたアパートに寝起きしてるってことですのよ——テレグラフ・ヒルにある」

「今夜これからでよけりゃ、三十分以内に行けるけど」

　相手は声をたてて笑った。気持ちのいい笑い声だった。好きになりそうだった。好きになりそうだって？　ばかばかしい、わたしはもうとっくに好きになっちまっていたんだ。

彼女は言った。

「まったく、あなたって忙しい方ですのね、ミスター・アンドルーズ。本当、リッキーが話してくれたとおりの方らしいわ。でも、今夜はもう誰にも面会してはいけないことになっていますの。明日お暇があります？　午後の二時にいらしていただけませんかしら？」

　暇はある、仰せの時刻にお伺いしよう、とわたしは答え——むろんすぐさまロリイに事情を説明して、翌日仕事を正午までで切り上げさせてもらうように話をつけた。それなら昼食後、顔や手足の汚れを落として、服を着替えて出かけるだけの充分なゆとりがある。


　雇いの看護婦が迎えに出て、エレン・ギャラハーがベッドに起き直ってわたしを待っている部屋に案内してくれた。

　顔色は青白くやつれてみえたけれども、実物のほうがわたしが見た写真よりも美人だった。たぶんそれは、わたしがお目にかかった写真といったら全部白黒のだったのに、実物のほうには、とても白黒の写真ではあらわせない、ほとんど赤にちかいみごとな栗色の髪の毛が生えていたせいだろう。四十五歳という年には、とうてい見えなかった。三十代ならいくつといっても通るにちがいない。目の色は黒みがかって、目と目の間がちょっと開いていた。口も大きく、温かい印象を与えた。あらためて見直すと、彼女はけっして美人じゃなかった。美人といったのは言葉のはずみだ。が、彼女は魅力的で、いかにも女らしさに満ち溢《あふ》れていた。

「ううん、悪かない」とわたしは言った。

彼女は声をたてて笑った。「あら、それ、ほめてくださったのね、ミスター・アンドルーズ」

「マックスと呼んでもらうよ、他人行儀はやめてくれ、エレン」とわたしは言った。

「いいわ、それじゃマックス。とにかくおかけになって、そんなにぐるぐる歩きまわらないで。まだロケットは飛び立ちゃしないのよ」

わたしは自分がぐるぐる歩きまわっていたことに気づかずにいた。わたしはすわった。

「いつ飛ぶんだね？」とわたしはきいた。

「お役所仕事ってものが、何かの計画を実行するまでにどれくらいかかるかご存じ？」

ああ、知っているとも。法案が通ってからでも、計画に着手するにはすくなくとも一年はかかるだろう。誰かが背後から推し進めつづけなければ、きっともっと長くかかる。それからもやっぱりお役所仕事だから、新式のロケットを作るのに最低二年だ。民間の事業だったら、その半分の時間で仕上げてしまうのに。

わたしはたずねた。「正直な話、法案を議会で通せる見込みはどれくらいあるんだね？」

「見込みはかなりあるわ、マックス。わたしは、それをいかにも見込みありそうに見せることができるし、宣伝も上手にして、近くまで行って木星を観察することが、科学的にみて価値があるってことについて、最高の権威をもつ学者たちの声明もとりつけられるつもりよ。もちろん、それだけではただもっともらしい体裁がととのうというだけだけど。本当は、どっちかというと規模の小さい法案だから、取引きをやって通すつもりでいるの」

「取引き？　何だね、そりゃ？」

彼女はわたしを見て、いぶかしむように首を振った。

「あなた、本当に議会政治の駆けひきの仕方ってものをご存じないの？」

「知らない。教えてくれ」

「こんなふうなのよ、マックス。一口に言うと議員というものはたいてい、めいめい特に通したい法案をもっていて、ふつうそれは自分が選出された州とか、そこの選挙民の利益になる法案だけど、それを議会で通過させて手柄にし、またつぎの選挙に当選を狙うのよ。たとえばアイオワ州選出のコーンハスカー議員は、トウモロコシの生産者価格を今よりも高く改正させたがっているとするわね。そこに取引きの余地があるわけ――わたしがトウモロコシの値上げ法案に一票を投じるかわりに、先方にもわたしのロケット法案に同じく一票入れてもらうのよ」

「やれやれ」とわたしは言った。「上院議員の定員は、確か百二名だっけ。するとあなたは、自分を除く百一人の議員と――」

「マックス、そりゃ勘ちがいだわ。五十二票とれば絶対過半数なのよ。わたし、最低三十五票は、あてがあるの――つまり、放っといても賛成投票をしてくれる議員がそれだけいるだろうってこと。だから、それを過半数から差し引くと十七票――あるいは念のために二十票だけ取引きすればいいって勘定になるでしょ？」

「だが下院のほうが――」

「たしかに上院より手ごわいわ。でも、その点は〝星屑〟のロビイストたちが助けてくれます。どの議員とどの議員の票は黙っていてももらえるとか、過半数を獲得するのに充分な票を味方につけるにはどうしたらいいかとかいうことを、すっかり正確に調べ上げてくれるでしょう。そればかりか、まとめて票を取引きできるようにお膳立てもしてくれるでしょう――最近では上院の一票は下院の八票と取引きできることになっているのよ。その取引きも、いちいち自分が出なくてもよくて、一部の相手、つまりこちらから働きかけなくても先方のほうが自分の法案を通すために喉から手が出るほど賛成票を欲しがっている議員が相手の場合は、ロビイストたちが最後まで片づけてくれるの」

「そんなふうだとすると、いよいよ時間がかかりそうだな。なんとかして、こんどの議会を通過させる手はないものかなあ――もちろん、散会前にあなたがすっかり回復して、登院できたとしての話だが？」

彼女ははっきり首を振って否定した。「もしわたしがけがしなかったとしても、マックス、たとえ今わたしが元気で議会に出ていたとしても、こんどの議会の会期中にもち出すつもりはなかったわ。今年は一九九八年――大統領選挙の年よ。ジャンセン大統領は今度も立候補するつもりで――たぶん再選されるでしょう。あのひとは、どちらかといえばこちらの味方ね。ロケットの議案が、再選後に両院を通って回付されてきたら、あのひとは署名を拒否したりしないでしょう。けど、もし選挙前だったら、本心ではどう思っていても署名を拒否せざるをえないんじゃないかと思うわ」

「もしジャンセンが再選されなかったら？」

「きっと再選されるだろうと、わたしは思いますけどね。でも、あのひとが大統領に再選されなくたって、たいして問題じゃないのよ。いずれにしろ大統領に選ばれるのはほとんど間違いなくいわゆる〝中道派〟の政治家で、わたしたちが提出しようとしているような小規模の進歩的な法案は、黙って承認するものなのよ。また一つ別の星に植民地を開拓するとか、恒星間宇宙船を作るとかいった本当に大きな急進的な法案だったら、話は別だけれど」

「どうして確信がもてる？　つまり、その、中道派の誰かが大統領になるってことに——？」

「それはね、どの政党も向こうみずな〝星屑〟たちを敵にまわしてもかまわないと思うほど腹がすわった保守主義者じゃないからよ。ありがたいことに、ロケットを飛ばすって計画は表むきどの政党の政策方針にも触れてません——〝星屑〟の勢力が、どの政党としてもはっきり敵にまわしてしまうわけにはいかないほど大きいってことだけど。そこがこっちのつけ目なのよ、マックス。現在の状況では、もし政党の政策の線がその問題を境にして引かれるってことになると、こっちはどうしたって過半数はとれませんもの」

「それはわかる。だけど、わからないことが一つだけあるんだ。あんたはそれほど政治の駆けひきのこつを心得ていながら、木星へロケットを飛ばすって公約を、なぜわざわざ正面きって大事な特別選挙の看板にふりかざしたんだね？　新聞記者たちに新しいロケットを木星に飛ばす計画のあと押しをするなんてしゃべって、へたをすりゃ落選しかねなかったんじゃないのかい？」

「ええ、そうよ。もしあなたのお力添えがなかったら、きっと落選していたでしょう。でも、あれ本当はわたしのせいじゃないの。張本人はブラッド——いえ、ブラッドリー博士なのよ、カリフォルニア工科大学の。あのひとが、計画は細部まですっかりでき上がっている、そしてわたしがもし当選したら議会でその計画を法案として提出することになっているんだって洩らしちゃったのよ。新聞記者たちが確かな話かと念を押しにやってきて——わたしとしてはブラッドの顔に泥を塗るわけにはいかない——でしょ？　あのひとのことを嘘つき呼ばわりするわけにはいかなかったし」

「うん、そりゃそうだろう」とわたしは言った。「しかしなんだってあの男はまたそんなばかげた——」

「マックス！」彼女はやや声をとがらせた。「ブラッドはもうこの世の人じゃないってことを忘れないでね。それに、とにかくその計画をわたしに吹きこんだのはあのひとなんですから。あのひとの思いつきなのよ」

「いや、わたしが悪かった」とわたしは言った。

彼女の表情はすぐ微笑に和らいだ。「いいわ、今のは帳消しよ。ところで——」

そのとき戸口のほうから足音が聞こえたので、彼女はそちらをむいた。看護婦だった。

「三十分たちました、ミセス・ギャラハー。そうしたら教えるようにっておっしゃいましたので……」

「ありがと、ドロシー」彼女はわたしのほうにむきなおった。「マックス、今わたしがあなたにうかがおうと思ったことは、返事にかなり時間がかかることなの。だから、今日はこれまでにして、今度お目にかかる約束だけきめて、お話はそのときまでお預けにしましょう」

つぎの面会は、金曜日の晩七時ということになった。

わたしは六インチの光学ガラスの板二枚を買って、自分の手で反射望遠鏡のレンズを研磨しはじめた。ことがそんな具合に運んでくると、木星とその衛星をあらためてつくづく眺めてみたくなってきたのだ。そのためにわざわざ天文台に出かけたりせずに。

ロケットを飛ばす計画に、すくなくとも一年は手がつけられないとすれば、眺める時間はたっぷりあるはずだ。

わたしはレンズの研磨をはじめた。長い、根気のいる仕事だが、わたしには待つ身の辛さをまぎらわす時間つぶしになった。

金曜日の晩、エレン・ギャラハーは起きて椅子にすわり、部屋着を着て待っていてくれた。彼女は前よりも元気に、血色もよくなっているように見えた。

彼女は言った。「おかけなさいな、マックス。いいこと？　こないだ打ち切ったところからお話をつづけましょう。わたしは、あなたのことに話の誘い水を向けようとしていたのよ。あなたのお望みはどういうことなの？」

「そんなこと、とっくに、知ってるだろうに。わたしはそのロケットに乗りたいんだ。だけど、そういうわけにはいかないことは、わたしもあんたも承知のとおりだ。で、乗れないとすればつぎの望みは、あんたが議会でその計画の法案を通過させるについて力添えをしたい。そのロケットの建造を手伝い、それが飛び立っていくのを見とどけ、あとまだ命がつづくなら、それがまた、地球に戻ってきて着陸するところを見たい。わたしたちが、いつかきっと行きたいと憧れているところへむかって、いま一歩踏み出したことを確かに見とどけて死にたいんだ」

「やっぱりわたしが思ったとおりね。いいわ。ロケットのことについては、たぶんあなたにも何かの仕事をしていただくようにできるでしょう。でも、議会で法案を通過させるのを助けてくださるってのは——だめよ、それはもうはっきり。あなたのなわばりじゃないわ。わたしがやるべきことだし、やれる自信もあるの」

「こないだの手ぎわは、まんざらじゃなかったつもり——」

「だけどマックス、それとこれとは別よ。わたしを当選させたのはあなたじゃありませんね？　あなたは、むしろわたしの敵を倒しただけ。もちろん結果は同じことになったけれど。でも、法案を通すにはああいう手じゃ役にたたないわ。だって、どうなさるつもり？　国会議員のオフィスに押し入って脅迫の種を盗み出すの？」

「わたしは、議論も得意なんだがな」

「マックス、ワシントンの政界じゃ、きっとあなたがすることなすことかえってありがた迷惑になるわ。そんな場違いなところへ近づかないで。ね、約束してくださる？」

「オーケー。あんたの言うことのほうが本当らしい」

「わかってくださるのね。ところで、つぎに、いよいよ計画が軌道に乗ることになったら、どんな種類の仕事がお望みなの？　そうそう、リッキー・シアラーはわたしに、あなたがロケットの技術屋さんだってことはわかってる、それにもと宇宙ロケットの操縦士だったらしいが、そっちのほうははっきりしない、と言ったわ。そうだったの？」

わたしはうなずいた。

「名誉の退役——なんでしょ？　記念章はどこにつけておいでなの？」

「どこかの引出しの中だろう。あんなもの、わたしはつけないよ。ずっと大昔のことを、これ見よがしにひけらかして歩くなんてぞっとしないからな」

「これからは着けて歩くようになさい。もと宇宙ロケット乗りだったって経歴は、きっとものを言います。さあ、そもそものはじめから今までのあなたの経歴を、はしょらずにすっかり話してちょうだい」

「よしきた」と、わたしは言った。「そもそもわたしの生いたちは、一九四〇年、イリノイ州シカゴにはじまる。わたしは、貧しいけれども正直な両親の息子に生まれた」

「ふざけないで、マックス。真面目に話して。将来うんと大事な意味をもってくるかもしれないのよ」

「わかった、あやまるよ。ええと、宇宙ステーションの計画が始まった一九五七年、わたしは十七歳の少年だった。その宇宙ステーションは月に向って、いや、やがて星に向かってわれわれが踏み出す最初の第一歩になるはずだった。

わたしは宇宙が大好きだった、むろん、他の何百万人もの子供たちと同様。言うまでもないだろう。あの当時の子供たちはみんな〝星屑〟だった。そして、わたしはロケット乗りになりたいと思った。その頃の十七歳前後のまともな男の子なら、誰しもそう思ったにちがいない。

けれどもわたしは、そこらのたいていの連中より、はしっこかった。どうしたらみんなの先頭を切ってロケットに乗りこめるか、その方法を計算してはじき出した——というか、みごと予想できたんだから。競争者が殺到する直前に、わたしは飛行練習生として空軍に入隊した。宇宙ロケット部隊が、編成される場合、その乗組員はまず空軍から——成績の最も優秀なパイロットの中から選ばれるだろう、という噂がぱっと広まったのは、それからたったひと月ばかり後のことだった。そして百万人以上の入隊希望者が、一時にどっと空軍に殺到したものだ」

わたしはにやりと笑った。「むろん空軍では、きまった人数しか採用するわけにはいかず、空軍に入隊するのは、おそろしく難しくなった——代議士に当選するよりも。かけ値なしに千に一つ——千人に一人の割合だった。

が、すでに入隊していたわたしは、そんな大騒ぎもどこ吹く風と、涼しい顔でもっぱら操縦訓練に励んでいればよかった。事実、大いに励みもした。やがて一人前のジェット機の操縦士となり、そのままで行けばきっとロケット部隊に編入される見きわめがついた。けれども第一期生じゃなかった。というのは、わたしよりさきに入隊し、長く空軍にいて、ロケットに乗る優先権をもった何百人かのパイロットたちがいたからだ。一九五八年に創設されたロケット乗組員養成所には、第一期生が三百人もいた。一方、その連中が乗るはずになっているロケットは、まだ設計もでき上がっていないという情けないありさまだった。それも例の三段ロケットというやつで、十階建てのビルディングの高さほどもある身のたけをしていながら、宇宙ステーションの予定軌道まで自分以外に百キロあまりの重さのものを持ち上げるのがやっとだった。

第一期生のうち半数は途中でふるい落とされて、残りの半数が卒業したのが一九六二年。折から宇宙ステーションの設置のためのロケットの出発準備ができて、連中はちょうどそれに間に合った。けれども、まだまだロケットの数よりも乗組員のほうが多くて、わたしが第二期生として卒業した一九六三年には、そのうちにはたして自分の番がまわってくるものかどうか、心細いかぎりだった」

わたしは声をたてて笑った。「それまでに実際に地球から外にとび出す幸運を握ったのは、第一期生の中でも成績優秀の十二、三人きりだった。わたしの成績は第二期生の中では最優秀に近かったけれども、それでも前にはなお百人以上が行列をつくって順番を待っていた。その間にもわたしはどんどん年をとり——二十三だ！　化学燃料をつかうロケットの時代には、ロケット操縦はひどく体力を消耗する仕事だったから、現役の操縦士の最高年齢は二十七歳で、へたをするとわたしがめざす目的に到達しないうちに、宇宙ステーションまでの連絡艇の操縦をする順番さえこないうちに、四年ぐらいはすぐにたってしまいそうだった！　わたしは心配で心配で気が狂いそうだったよ」

「わかるわ、その気持ち。そうなっても不思議はありませんもの」

　わたしは言った。「そうだとも、そうなってもちっとも不思議はなかった。しかし、それよりもさきに別のあることが起こったんだ、ありがたいことに。一九六四年という年がやってきて——それまでわたしたちを押しつけていた重い蓋が吹っとんだ。あまり急なことで、と言っても事実は長い年月の努力の結晶だったんだが、まるで一夜のうちに起こった奇蹟のように感じられた。ロスアラモスの研究所の連中がマイクロパイル（極小型原子炉）を発明し、原子エネルギーがロケットに利用できるようになったのだ。

　その時から、在来の化学燃料を使うロケットなんか、まるで牛車のように時代おくれの廃物になっちまった。そりゃ、やっぱりまだ燃料タンクは必要だったけれど、原子力エンジンの強力な推進力のおかげで、前よりずっと小さいタンクで間に合い、おまけに燃料はどんな値段の安い液体でも——なんならただの水でもかまわないことになったのだ。マイクロパイルで推進ガスに変えられるものでありさえすれば。月まではたった一飛び、火星と金星へは軌道上で一度燃料を補給するだけで飛んで行けることになった。宇宙ステーションなんてものは、三つ目ができ上がった時にはもう時代おくれで無用のものになってしまって、われわれのはじめの予想より五年も早く月に着陸することができた。

むろん宇宙ステーションだって作りはした。しかし、最初のからして予定よりずっと小さいのを、主として気象観測用としてつくっただけだ。それから二つ目のを――二十四時間で軌道を一回転するやつをテレビ放送用のためにつくった。その間に――」

「マックス、わたしだってロケットの歴史の本くらい読んだわ。あなたにうかがってるのはあなた自身の経験と経歴なのよ、いいこと?」

「ああ、そうだっけ。つまり、そういうわけで、わたしは突然もう行列の中でもそう後ろのほうじゃないってことになった。原子力ロケットは大量に製作されはじめた。実際に飛ばしてみた結果も上々で、一九六五年には三十機、六六年にはさらに四十機が追加され、その頃には四人乗りのものまでできて、たちまちわたしにも順番がまわってきた。一九六六年の末、わたしは月に行った。二人乗りのロケットで、そこに建てることになった観測所建設用の五トンの資材を積み、副操縦士兼ナビゲーターの資格で。副操縦士として、もう一度、翌年こんどは火星へ、それからわたしは宇宙ロケット一等操縦士に昇進して正操縦士になった。わたしは二十六になっていたけれど、規則のほうも変わって三十歳まで現役に服することができるようになり、したがってわたしはまだあと四年間つとめられるはずだった。

が、なんてことはない、それでもわたしはやっぱり二十六の年に退役しなければならなかった。金星の表面を調査するための旅行中の事故のおかげで。それはわれわれ人類として八度目の金星行きだった。わたしはいつだって一番乗りにはなれなかったんだ」

「それで、どんな事故だったの、マックス」

「わたしたちは無事に任務を終えた。それから帰りの飛行に飛び立とうとロケットの各部を点検した。わたしは外にいて、前部の展望窓を掃除しようと機体をよじのぼっていた。ところが副操縦士はわたしが中にいるものと思って、方向調節ノズルをテストするために、点火スイッチを入れてちょっとジェットを噴出させた。そのノズルの一本の真正面にわたしの片足があって、その足はそれでおしまい——ちょうど膝のすぐ下からね。仲間たちはわたしを地球に連れ戻してくれ、わたしは命をとりとめた。けれどもロケット乗りとしての生命はそれで終りだった」

彼女は低い声で、「まあ！」と言い、それから、「お気の毒だったわね、マックス」

「とんでもない」とわたしは言った。「ちっとも気の毒じゃない。つまり、わたしは六度宇宙飛行をさせてもらったわけだが、そんな旅行をするより足が無事だったほうがよかったとは夢にも思ってないのさ。初期のロケット乗りたちは、たった一度の宇宙旅行に、生命を犠牲にしたものだ。わたしは運がよかった。なにしろ、六回の旅行にたった足一本ですんだんだから」

「わかるわ、あなたのその気持ち。で、それから？」

「それから？　それで終わりさ」

彼女はすこしばかり声をたてて笑った。

「その時あなたはまだ二十七だったんでしょ？　今は五十七じゃないの。その間にどんなことがあったの？」

「わたしはロケットの技術者になった。傷病軍人年金をもらうつもりならもらえたんだが、それまで授業料なしで原子力やロケットの機械のことを教えてもらったことを考えて、わたしは辞退することにした。それからずっと、わたしはロケットの機械いじりで通してきた。それだけだよ」

わたしはちょっと考えた。「いや、違う、それだけじゃない。あんたにわたしというものをよくよく知ってもらうために、こうしてしゃべってるんだとすると、遠慮や謙遜は無用だろう。だったら言おう。わたしは技術屋は技術屋でも、うんと腕のいい技術屋だ。全国でも指おりの。ロケットが改良されるにつれて、その改善ごとに自分の歩調を合せて、追いついてきた。ロケットのことなら、どこをひっくり返してもわからないことはない。どこかが故障すれば、どこが具合が悪いのか、きっとつきとめて直すことができる。原子物理学の、理論のということになるとわたしは専門家じゃない。けれども応用原子力の範囲で、実地に必要なことはなんでも知っている。旅客輸送ロケットのことも、定期郵便ロケットのことも、惑星ロケットのことも、ロケットのことならなんでも知っているし、仕事の上でも実際に手がけてきた。

七年前に政府がきめた技術者の定年を越してからは、惑星間ロケットを手がけたことはない。けれどもそれらがとげた変化には絶えず細大もらさず気をつけているし、現にわたしが思いついて採用され、利用されているアイデアもいくつかある。

こう言うと口はばったく聞こえるかもしれないが、この国にある十二の民間旅客ロケット空港の中で、わたしが今までに仕事したことがないところは一つもないし、わたしが一言声をかければ、現在人手がたりていようがいまいが、いつでも、どこの空港でも大喜びで働かしてくれる。それにわたしはもう自分でロケットを操縦させてもらうことはできないだろうが、おそらくこれまでに試みられまた採用されている航法の新しい技術を、いつでも誰よりもさきに食いついて消化してきた。わたしはアマチュア天体観測者でもある。それもただ星を眺めてりゃ満足だなんていうのじゃなしに、どんな天体でも、いちいち確実に見わけられる。軌道や蝕の計算もできる」

「工学の学位はあるの？」

「いや。ただの理学士で、これは当時ロケット乗組員養成所を出ると自動的にもらえた資格だが、むろんその肩書に相当するだけの実力はある。しかし知識ってことになると、わたしはロケット工学の博士なみだ。工学の学位をとるには多少補わなけりゃならない点もあるだろうが、とろうと思えばとれるつもりだよ。ただ、今までそんな気が起こらなかった。実地の機械いじりのほうが、好きだからだ。わたしは、図面に書いたロケットより、ロケットそのものを相手にしているほうが性に合ってるんだ」

「じゃ、現場から離れて人を監督するような仕事はなさったことがないのね？」

「ない。嫌いだから」

「木星行きの計画なら、そういう仕事を引き受けてくださる？」

「床の掃除をしろと言うなら、それだっていやだとはいわない――計画の仲間に入れてもらうためなら。しかし、できることなら現場の親方がいいな」

「計画全体の副監督官を引き受ける気がある？」

わたしは大きく息を吸い込んで、言った。

「ある」

「マックス、その仕事をあなたにまわしてあげられるかもしれないわ――二つの条件つきで。実際に計画を切りまわすのはあなただからよ。計画の最高責任者には、誰か政治的に名前の売れた人をもってこなければいけません。これぱかりはどうにも動かせないわ。けれど副監督官なら、必ずしもそうでなくたっていいの。そして実際に仕事を切りまわすのは、副監督官なのよ――最高責任者は名前ばかりで。どう、マックス？　計画を切りまわし、ロケットをつくって飛び立たせるまで、いっさい自分の手塩にかけるって思いつきは？」

「ばかみたいな質問はよしてくれないか。二つの条件って？　なんだってきくよ。なんだい？」

「きっとあなたのお気に召さないことよ」と、彼女は言った。「だから、今言うのはよしときましょう。言い争いになるから」

「言い争いはしない」とわたしは言った。「なんだってうんと言う。たとえ残ってるほうの足を切れと言われたって。なんなら首まで切ってさし出したっていい」

「首がなけりゃ、あなただって困るでしょう？　それから足のほうも、切っちゃったら肝心の話が進めにくくなるばかりよ。でも、マックス、今日はもうかなり長いことお話して、わたしは疲れてきたわ。明日の晩また同じ時刻にいらしてくださらないこと？」

　いらしてくださらないかって！

　帰ると、わたしは、例の望遠鏡の反射鏡の研磨をはじめたが、いつになく仕事がやりづらくて、いい加減でやめようとして気がつくと、両手はぶるぶる震えていた。

　震えているからといって、とがめる気にはなれなかった。手だって震えるだろう。なにしろ思いがけない好運にめぐり合おうとしているのだから。おそらく千に一つ——だが、この手でロケットをあやつって火星までの八倍の距離にある木星へ、火星までの八倍の空間を乗り切って木星へ飛んでいく好運にめぐり合えるかもしれないのだ。千に一つ。だが、昨日までは百万に一つのチャンスもなかった。二、三ヵ月前には十億に一つか、それとも全然なしだったのだ。

いやいや、震えているからといって、手ばかりを責めるわけにはいかない。

「条件ってのは?」と、わたしはエレン・ギャラハーにきいた。

「はじめにまず不戦条約を結んどきましょうよ。一杯お酒をいかが、マックス? すこし心がまえしてもらってと」

「条件はなんだね? あんまりもったいをつけなさんな」

「第一に、工学の学位をとること。あなた、その気になればとれるとおっしゃったわね? ロケットの計画の責任者の人選が始まる前に、とることができる? そうね、かりに一年以内ときめて?」

わたしは喉の奥で唸った。「できる。が、そのためには少々くそ勉強をしなけりゃならん。学位をとるってことになると、十単位の試験にパスしなけりゃならない。そのうち六つは、いますぐにだってパスできる。が、あとの四つについては、かなり猛烈に勉強しなけりゃ。それだって実務面では知ってることばかりなんだが、理論のほうを少々つめこまなけりゃならない。しかし、まあなんとか——ああ、やれるよ、一年以内に。もしかしたらもっと早く。それからもう一つの条件ってのは？」

「管理する側の仕事につくこと。今すぐ、なるべく早く。そしていまからロケットの計画の実行についての人選が始まるまでに、できるだけ高い地位に昇進しておくこと」

わたしはもう一度うなった。

彼女は言った。「それは、こういうわけなのよ、マックス。計画がいよいよ実行ときまったら最高責任者が副監督官を指名します――けれども正式の任命には大統領の承認がなけりゃいけないの。だから、その時できるだけけちをつけられないようにしておかなけりゃならないのよ」

わたしは言った。「しかし、それより、そもそも最高責任者の任命権は大統領にあるんだろう？　だったらその最高責任者とやらに、どうしてわたしを副監督官になんて押しつけることができるんだ？」

彼女は微笑した。「それは、わたしが取引きするの。要するに表看板だけの最高責任者を、わたしがみつけてくるのよ。かなり名前が売れていて、ちょうど仕事がなくてぶらぶらしている誰かを。そしてあなたを副監督官に任命するという条件をのめば、わたしはその人を大統領に推薦してあげるってもちかけるの。でも、まさか、いくらなんでもただのロケット技術者を押しつけるわけにはいかないわ、マックス。わかるでしょ？」

「わかるよ、残念ながら。どのくらいの地位に行っておけばいいんだい？」

「上なら上であるほどいいわ。けれども、どこか大きなロケット空港で、ある程度重要な責任ある地位なら、なんでもいいでしょう。それと、あなたがロケット工学の学位を持ってるってこと。それに、もと宇宙ロケット操縦士だったってこともプラスになるわ」

「もしそれだけのことをすっかりやっても、大統領が自分で別にその計画の最高責任者を選ぶと言い出したら？」

「そりゃ、それぐらいの冒険はしなくちゃ。けど、実際にはそんな心配はほとんどないのよ——大統領からけっしてだめが出る気づかいのない、たとえわたしが推薦しなくたって結局はそこに落ち着くというような人をみつけるくらい、ぞうさないことですからね。大丈夫だって理由はほかにもあるわ。面倒だから今ここで説明はしませんけれど——大丈夫、自信があるのよ。もしあなたが学位をとって、聞こえのいい肩書をものにすることができるならば、ね。できる？」

「できる」とわたしは言った。「できるよ、気のすすむことじゃないが。ほかに条件は？」

「それだけよ」

「じゃ、さっきあんたが勧めてくれたお酒を、ご馳走になろう。一杯ぐらい飲まなくちゃ、やりきれない。どこにある？」

「隅の、その戸棚の中よ。あなたはなんでも好きなものになさって、わたしにはシェリー酒を一杯注いでくださる？」

わたしもシェリーにした。筋道たてた考えがまとまりはじめた。

わたしは言った。「ロサンジェルスのロケット空港が一番見込みがある。一つには、指おりの大きな空港であること。いま一つには、わたしの友人が空港長をしている。もと軍のお偉方で、わたしと親しくしていた相手といったら、かれが一番だ。本人は機械工からのたたき上げで、今でも技術屋仲間の言葉で話が通じる。

それに、やっこさん、わたしの将来のことを考えて、もういい加減に、手に染みついた機械油を洗ってオフィスで働くようにしたほうがいいって、このところいく年も口癖のようにせっついていたもんだ。もしあきさえあれば、部長くらいになら今すぐにだってしてくれるだろう。あきがなければ、とりあえず今あいている中で一番いい仕事をくれて、できるだけ早くもっと上の地位につけるようにしてくれるだろう。運よくいけば、一年以内に副長にだってしてもらえるかもしれない。まったくの話――」

わたしはちょっと思案した。「まったくの話が、少々策略をもちいるってことになりゃ……。いや、計略をもちいちゃいけないってわけはどこにもありゃしない。そうだ、こちらの手のうちをすっかり見せて、なぜわたしが看板になる肩書が欲しいのか、打ち明けてしまおう。そうすればあの男は、たぶん木星行きロケット計画の人選がおこなわれる間だけでも、きっとわたしがその肩書をくっつけていられるよう手配してくれるだろう。きまってるさ、それくらいのことはしてくれる——。その頃までにわたしが金をためて、本来の副長にひと月かそこら暇をやって、その間の給料はわたしが払うからってことにして、一時わたしをその地位にすえてもらうことだってできないことはない。いや、きっとそれくらいのことはしてくれる、クロッカーマンなら」

「副空港長だったら文句はないわ。部長だって間に合うかもしれなくてよ。いつから始めてくださる？」

「一、二日のうちに。うまい具合に、トレジャー・アイランドではいまそれほど仕事がたてこんでるってほどじゃないから、わたしが急にやめるからってロリイをそう困らせないですむ——たとえ困らせることになるような状態にあったとしても、ロリイなら話せばきっとうんと言ってくれるにきまっているけれど。そうだな、明日はこの土地におさらばできる——そして、クロッカーマンには今夜帰ってすぐ電話をかけよう。ロリイには今夜のうちに会って話して、明日一番のジェット機で発つよ」

彼女はすこし笑った。「ものごとを、なんでも少しずつでなくいっぺんにとことんまでやるってこと、わたし大好きよ、マックス。お礼とか報酬ってことを全然ぬきにして、木星探査計画はぜひあなたにやってもらいたいわ。きっと立派にやりとげてくださるわ、あなたなら」

「最善をつくすよ」とわたしは言った。「だがなんだな、本当ならわたしは来年いっぱいいやなことばかりさせるあんたって人を恨まなけりゃならないはずなのに、わたしもあんたが好きになっちまった。いつになったらモーションをかけてもいいかね？」

彼女はまた笑った。「あなたってば、ロケットの計画の仲間からはずされないためとあれば、恋までしてもいいとわないってわけね？」

「そのとおり」とわたしは言った。「けれども、今その話はお預けにしておこう。それで、わたしの計画は今までの話で一応落ち着いたことにして、わたしのことを話すのは終わりだ。何かその計画――ロケットのことを、話してくれないか。何かい、その、ブラッドリーはもうすっかり計画のお膳立てをととのえていたのかい？」

「最後のぎりぎりまでね、マックス。細かいところまで行きとどいた見積もりよ。でも計画書はロサンジェルスのわたしの金庫の中にしまってあるので、そこにわたしが帰ってからでなけりゃ見せてあげられないわ。二、三お話ししてあげられることもないわけじゃないけれど、なにしろわたしには機械の細かいことはわからないので、間違った受取り方をしているかもしれないし。だからその計画書を見せてあげられるときまで待って、何もかもいっぺんにのみこんでいただくほうがいいと思うのよ」

「結構」とわたしは言った。「いつ頃ロスに帰る？」

「これからも、これまでどおり順調に、また悪いほうにぶり返さずに回復しつづけるとして、一カ月以内。三月の一日前後ね、たぶん。あちらに落ち着いたらすぐわたしに手紙を書いて、あなたの住所と電話番号を知らせて。わたしが帰ったらすぐ、あなたにそのことを知らせてあげられるようにしてちょうだい」

「よしきた」とわたしは言った。「そうするよ、しかしそのロケットのことで、何かちょっとしたことでいいから教えてもらえないかな？　そうすりゃ、ひとりでいろいろ考えて楽しめるんだが」

「わたしに無理をさせないで、お願いだから、マックス。わたし、もうくたびれてきたし、あなたも相当に長居なさったわ。またここでロケットのことを話しはじめたら、すぐにはやめられないでしょう。とにかく、何もかもブラッドの計画書に書いてあるのよ。それをきっと見せてあげるから。その計画は、ブラッドの申し子みたいなものなのよ」

ふふん、ブラッドの申し子か。その申し子をエレンが抱いて歩いているわけだ。そこに何か意味があるのかどうか、わたしはふと考えてみて、それからどっちにしろわたしの知ったことじゃない、ときめた。モーションをかけるとかなんとか、さっき言ったのは相手をからかってみただけだ。いや、それとも、からかわれていたのはこっちかな？　いずれにしろエレンはまったくすばらしい女だった。

わたしは自分の下宿に帰らず、まっすぐロリイのところへ行った。ロリイにありのままの成行きを話し終わると、こんどはクロッカーマンに電話をかけた。とんで来い、という返事だった。さしあたり工具室のボスくらいの仕事しかやれないが、部長たちの中に二、三人、仕事ぶりが充分に気に入らない連中がいるので、ひと月ほど我慢すればもっといい部署にひき抜いてくれる、ということだった。電話では、なぜわたしが機械いじりをやめる気になったのか、またどれほど早く、高い地位に昇進したいと思っているのか、本当のところは話さずにおいた。時間はたっぷりあるのだから、いつかゆっくり一杯やりながら話してやればよかろう。

わたしは、ロリイに、途中まで研磨した光学ガラスの原形を、欲しけりゃやるよと言った。望遠鏡用の上等の反射鏡を磨き上げるには、うんと時間がかかる。ところが、これから長いこと毎晩わたしは勉強で忙しくなりそうだった。木星を眺める望遠鏡が欲しいことに変わりはなかったけれども、この分では自分で作るかわりに買うより仕方がないようだった。ロリイは欲しいと言い、さっそくそれをとりにくる目的をかねて、下宿までわたしを車で送ってくれた。かれはわたしが荷作りするまで待っていてくれて、それからエンジェルのジェット機空港まで行くヘリ・タクシーを拾える広場まで、また送ってくれた。真夜中、わたしは、すでにロサンジェルスに到着していた。

二月と三月、わたしは昼間働き、夜勉強した。

どちらでも、着々と進歩をとげていた。ロケット空港で、わたしの地位は部長だ——維持管理部の。退屈な仕事だが、それでとにかく肩書というものができた。わたしはその仕事に全身をうちこみ、順調にいっていた。いかさまをしなくても、そのままやっていれば一年以内に実力で副長になれそうだった。もし自分の努力で副空港長になれたとすれば、その上で真相を打ち明けてなかった。もっと上の肩書をもらえるかもしれない。クロッカーマンには、まだ、真相を打ち明けたほうが、もっと上の肩書をもらえるかもしれない。わたしの本当の狙いがどこにあるのか、それをクロッキイに打ち明ける前に、正直かけ値なしの自分の努力で副長になっておいたら、いざ打ち明けた場合、ひょっとするとこっちにとっていちばん大事な時期にあたる一ヵ月かそこら、本人自身が休暇をとって、その間わたしを空港長代理に任命して、世界で三番目のロケット空港をわたしの手の中に預けてくれるようにできるかもしれない。

勉強のほうでは四つの課目――一番手ごわい四つの学科単位にかじりついた。工学の学位をとるのに、わたしは九つだけ単位をとればいいのだということがわかり、そのうち三つはあまりにやさしいので復習する必要さえなかった。後の邪魔にならないように、まずその三つをわたしは最初の週の間に片づけてしまった。あと一週間の勉強で残りのうち二つの試験にも通った。あとに残った四つのうち、二つはすでによく理解してはいるが、長いことほったらかしにしておいたので、記憶が錆びついてしまっていた。しかしわたしは猛烈な勢いで錆落としにかかり、つぎの一ヵ月かかってどうやらよかろうというところまで磨き上げた。

すると差し引き残りはあと二つ――わたしにとって一番の難物の二課目だった。超高熱冶金学と統一場理論。どっちにしろ、ロケット技師にそんなものが必要だとは夢にも考えたことがなかった。あらゆる金属と合金の性質は、表を見ればちゃんと出ていて、いろんな数字だって小数点以下第十位まで示してあった。それを自分で、算出できるからって、どんなとくがある？　統一場理論ときたら、なおさら厄介だ。要するにそれは理論の範囲を一歩も踏み出たためしはないので、むろん、ロケットに実地に応用されるなんてことはありえない。おまけにそれは相対性理論から入っていかなければならないので、勉強しながらわたしはいらいらして歯がみした。というのは、それはとにかく物事に限界を設けようとする理論だからだ。わたしは、限界というものをみとめない主義だ。

そう、この二つの課目については個人教授を受けなければならなかった。カリフォルニア工科大学の講師連中の中には、いや教授たちの間にさえ、内職にわたしたちみたいなのを教えていくらか小遣いを稼ぎたがっているのが腐るほどいた。逆にわたしのほうはたんまり給料をもらいながら、それを使う自由な時間というものがないので、金なんかいっそ火をつけて煙にしてしまってもいいくらいのもんだった。

ギャラハー上院議員が帰ってきたのは四月のはじめだった。わたしはジェット機空港に彼女を迎えに出たけれども、出迎え人は他にも大勢あって、家まで送っていくらしい取巻き連の仲間にわたしは加わらなかった。会話は、ただ彼女に他に用事のない最初の晩に訪問させてもらう約束をするのに必要なだけにとどめた。彼女はもうほとんど回復しているように見え、翌月中にはワシントンへ行って、現議会の会期中の最終の一ヵ月かそこら、上院の議席にすわってみるつもりだ、とわたしに言った。

わたしの訪問の約束は二日後の晩ということになり、一晩そっくりわたし一人のために空けておくから、ロケットの計画書に目を通す時間は充分にある、と彼女は言った。

「飲みものは、マックス？」

「それよりも――」とわたしは言った。「計画書を見せてくれ。もうひと月もお預けを食わされたあげくなんだから」

エレンは、いぶかしむように首を左右に振った。

「管理職の仕事も、あなたを文明人にすることはできないのね、マックス。まるで原始人だわ。いったんこうと思いこむと、一つのことしか考えられないのね」

「そのとおり」とわたしは言った。「今のところはロケットの計画書のことだけ、ね。さあ、見せてもらおう」

「だめよ、まず一杯飲みもので喉を湿らせて、それからすくなくとも十五分、文明人らしいお話をしてからでなけりゃ。とにかく今までいく月か待ち暮らして大丈夫だったんだから、ここでたったの十分か二十分、待つ時間がのびたからって、まさか死にゃしないでしょ？」

わたしは飲みものをつくった。わたしはお行儀よく、じっと辛抱して待った。エレンがきめた時間より長く——二十二分間もだ！　それからもう一度計画書を見せろとせがんだ。

彼女は、それをとり出して持ってきてくれた。

わたしは飛びつくようにしてロケットの設計図をすばやく一瞥し、おどろきの叫び声をあげた。声には出さず、心の中で。ページをめくって工費の見積もりをざっと見終わったとき、わたしは自分の髪の毛を根こそぎ引きむしりたいような気持ちだった。

顔の表情に、その気持ちがあらわれたのだろう。エレンはたずねた。「どこか、おかしいところがあるの？」

「多段式ロケットじゃないか、こりゃ！」と、わたしは言った。「四十年も昔の幽霊だ——多段式ロケットなんて！　エレン、木星に行くのにはね、多段式ロケットなんていらないんだよ、原子力を使えば！　おまけに工費——三億一千万ドルだと！　わたしが計画をたてれば、この十分の一の費用で木星をまわって帰ってこさせられる。どう多く見積もったって五千万ドルあれば……まったく、常軌を逸している。この数字は」

「それ本気、マックス？　ブラッドだってロケット技師だったのよ——それも指おりの優秀な」

「本気だとも、しかし——待ってくれ、どこでこんなに桁《けた》はずれな見積もりになったのか、あたりをつけてみるから」

わたしはざっとその紙の上に目を走らせて、ぞっとした。

わたしは言った。「欠点の第一。二人乗りのロケットになっていること。なぜそんなことをする？　一人でたくさんじゃないか。記録と観測に必要なことは全部一人でやって、それでもまだ暇があり過ぎてもてあますくらいだよ——木星のまわりを飛ぶ間だって」

「そんなことは、ブラッドとわたしも話し合ったわ。あのひとが言うには、まる一年一人きりで宇宙空間に放り出されているということだけだって、とても常人には——」

「ばかな」とわたしは言った。「火星へ最初に飛行したオートマンは、一九六五年、ただ行ってまわりをまわるだけで着陸せずに戻ってくるのに四百二十二日間というもの、たった一人きりで宇宙空間を飛びつづけたんだよ。そのロケットの中の居住空間といったら、さしわたし三フィート、長さ六フィート半。ちょっと大き目なお棺みたいなものだった。しかしロケット乗組員養成所の候補生の中で、あの男を羨ましがらなかった者は一人だっていやしなかった。できることなら、たった一分でもいいからお裾わけにあずかりたいものだ、と誰しも思ったものだ。

　こんどの木星への飛行もまた最初の旅行だ。しかも宇宙ロケット乗りなら誰だってうんざりせずにはいられないほど久しぶりの最初の飛行だ。いよいよ実行ときまったら、たった一人しか乗れないそのロケットに乗る特権を狙って、千人もの優秀なロケット乗りがもの凄い競争をくりひろげるだろう。条件のいかんにかかわらず、どんなに辛い旅行かということがわかっていても」

わたしはもう一度計画書を見なおした。「さしわたし十フィートの居住空間——と、ブラッドの設計ではそうなっている。かりにどうしても二人乗りロケットでなければならないとしても、この広さは最初のにしてはばかげきっている。しかも、二人乗りでなけりゃいけない道理はないんだ。ブラッドがこれだけの広さにきめたのは、きっと二人乗りの火星行きロケットの基準がそうなっているからだろう。が、火星行きは定期便だ。最初の木星行きには一人乗り、居住空間は幅四フィート。それで充分どころか、贅沢なくらいだ。それだけでロケットの重量を七〇パーセントほど削ることができる」

エレンは身ぶるいした。「わたしだったら、そんな狭苦しいところで一年も過ごすなんて、考えただけでぞっとするわ」

「だろうとも。が、あんたはロケット乗りじゃない。ロケット乗りたちは頑丈だ。肉体的にも精神的にも。そうでなけりゃ、宇宙ロケット乗組員養成所に入校するだけだってできない。入ってから卒業するまでの激しい訓練は別にしても。

入校の時からずっと候補生たちが一番厳重に検査されることといったら、閉所恐怖症の傾向の有無だ。もしかりにほんのちょっとでもその徴候が見られたら、たちまちはねのけられて、完全に治癒したとみとめられないかぎり、二度と復帰は許されない。必要に応じて、長時間一人でいられる訓練を受ける。今日《こんにち》宇宙ロケット乗組員養成所でおこなわれている精神分析にくらべたら、木星までの旅行なんかそよ風みたいなものさ」

わたしはにやりと笑った。「エレン、わたしが養成所に入校した当時、まだ精神分析は今日ほど進んでいなかった。入校して最初の週に、閉所恐怖症に対する耐久力のテストとして、どんなことをやらされたか想像がつくかい？　わたしたちは一人ずつ、きっちり二フィート四方の真っ暗な箱の中にとじこめられた。あまり狭くて膝をかがめることさえできず、立ったままその中で四十八時間、おまけに眠らずに過ごさなければならないんだ。その箱の内側にはブザーのボタンがついていて、きっかり一時間ごとに必ずそれを押さなけりゃならない。夜光塗料を塗った時計があって、時間はそれでわかるんだ。つまり、そのボタンを押すのが、中にいるわれわれが目をさましてしゃんとしているってことの証拠なのさ。ところでもし、自分が恐怖に駆りたてられ、頭がおかしくなりそうだと思ったら、やはりそのボタンを押す——三度つづけざまに、短く。そうするとすぐ扉を開けて出してくれることになっている。ただし、その箱の中からばかりでなく、養成所からも、ね。こんなのは当時わたしたちがすりぬけなければならなかった肉体と精神の両面の耐久テストの中で、ほんの小手しらべにすぎない。とてもそのくらいじゃひどいとも言えやしなかった」

「でも、マックス、ブラッドも一人乗りロケットのことは考えていたのよ。だけど、どうせ多段式ロケットにしなけりゃいけないんだから、一人乗りでも二人乗りでも費用はたいして変わりないんだ、とあのひとは言ったわ。だから――」

「ちょっと黙っててくれ」とわたしは言った。「このとんでもない計画書を、今もうすこしよく吟味してみようとしてるところなんだから。ははあ――みつけたぞ、たわいのない冗談の根っこを、エレン。なぜブラッドは一人乗りロケットでも多段式のでなけりゃいけないと考えたか、そのわけが読めたよ。あの男は、往復ずっとイーグルをかかえて飛ばせるつもりだったんだ――木星を一回りして帰ってくる飛行中ずっと！」

「なあに、イーグルって？」

「ロケット乗り仲間の略号で、イグゾースト・ギャス・リキッド（排出ガス発生用液体）の頭文字をとって、イーグル《EGL》というのさ。エレン、原子力ロケットは燃料を持っていく必要がない――極小型原子炉の中での消費を計算に入れなければ。そして、その消費ってのは、重量という点ではほとんど無視してもいいくらいなものなんだ。旧式の化学燃料を使うエンジンが燃料を持っていかなければならなかった理由を、ちょうどひっくり返しにした意味で。しかし原子力ロケットにも何かの液体を詰めるタンクは必要だ。原子炉が生み出したヒート・パイルをガスに変え、それを噴出装置から噴出させてロケットを推進させるために」

「それはわかるわ。だけど、なぜそのロケットが、往復ずっとイーグルをもち運ぶ必要はないっておっしゃるの？　往復無着陸飛行でしょう」

わたしはそのやくざな計画書を片手につかみ、床の上をぐるぐる歩きまわりながら、言った。

「むろん、木星そのものに関するかぎり、往復無着陸飛行にはちがいない。けれども木星には十二個も衛星があって、そのうちどれか一つに着陸し、また飛び立つのは簡単にできる。重力が小さいからね。そしてその十二のうち七つには、アンモニアがしこたまあるんだ。ただで、いくらでも」

「でも、アンモニアなんかで間に合うの?」

「一定の条件のもとで不活性な液体でさえあれば、どんな液体でも間に合う。アンモニアなら上等だ。試験の結果もちゃんと出ている。ただ一つの欠点は、常温ではそれが気体の状態にあるということだ。圧力をかけてタンクに封じこめなければ。圧力タンクは普通のタンクより目方がかかる。したがってそれをつければロケットの重量は増し、それだけ少ししか他のものが積めなくなる」

「それなら、マックス——」

「圧力タンクをとりつけるためにふえるロケットの目方は、しかし、ごくわずかなものだ。往復ずっとイーグルをかかえて飛ぶ場合にふえる重量にくらべれば、ほとんど勘定に入れなくてもいいと言ってもいいくらいだ。その差がつまり、一段ロケットと、三段ロケットの違いに相当するわけだ。費用に換算すると、五千万ドルと三億ドルとの」

エレンは前に身を乗り出した。「マックス、それは大変な違いだわ。そんなに、安くあがるとすれば――それ確かなことなの?」

わたしは言った。「確かめてみよう。今すぐ、明日の晩また来るよ。今日と同じ時間に」わたしは立ちあがった。

「そんなに急がなくたって――」

けれどもわたしは急いだ。大急ぎで帰った。計算尺をとり上げて二、三度小手慣らしの計算をしたところで、わたしは概略の設計と見積もりを仕上げるのに必要な資料が自分の手もとにはそろっていないことに気がついた。クロッカーマンなら、すっかり揃えて持っている――頭の中にか、書斎にか。そのうえ、かれのほうがわたしより優秀だ。ことに費用の見積もりにかけては。逆にわたしのほうは、そこが一番の弱点だった。

わたしはかれを電話口に呼び出し、事情を説明し、これから行くから一緒にやってくれないかと頼んだ。資料はそっちに揃っているだろうから、と。わたしはヘリ・タクシーを呼んだ。

わたしたちは徹夜で頑張った。

わたしたちは計算した。きっちり正確とまではいかないが、小数点の一桁かそこらまで。それでも、それがうまく、容易に実行に移せるということを示すには充分だった。計算してみると、わたしの見積もりですら高く見積もりすぎていたことがわかった。クロッキイが割り出した工費見積もりは二千六百万ドル――ブラッドリーの多段式のロケットの工費の十分の一以下だった。

わたしたちは夜通し飲みつづけていたコーヒーに、朝食とアンフェタミンをおまけに加えて、なおも奮闘しつづけた。

その夜、わたしはでき上がった結果をエレンのところへ持っていった。彼女は嘆賞のため息をつきながらそれを検閲した。とりわけ工費見積もりとその合計を。

「クロッカーマンが一緒にやってくれたんですって？」

「わたしより、むしろあの男の仕事だよ、これは」

「優秀なんでしょ、そのかた？」

「最優秀だ」とわたしは言った。「ロスアラモスとホワイト・サンズの政府の研究所にいる二、三の専門家を別にすれば。もちろん、いずれその連中がこの見積書に目を通すことになるだろう。建造にとりかかる前に。しかし、保証するよ、エレン、この中に根本的な間違いは一つもみつからないはずだ。小さな変更はあるかもしれない。安全保証のために、二、三なにかの装置をとりつけろと主張するかもしれない。が、それにしたって、どんなに多く見積もってもこれより一割以上費用がかさむってことはあり得ないし、それならやっぱり三千万ドル以下でできることになる」

彼女はのろのろとうなずいた。「このロケットにするわ、それでは。さあ、マックス、お祝いの乾杯をしましょう」

わたしたちは乾杯した。最初の一杯ずつは乾杯用としてストレートを注いだ。それからちびちびすするためにハイボールにした。

エレンは考えこみながら自分のグラスの酒をすすった。

「マックス、こうなると形勢はがらりと一変だわ。いい思いつきが浮かんだの。ここ二週間のうちに、わたしはワシントンへ行きます。もう元気なんだけれど、あと二週間だけは休養と計画にあてるつもりよ。それから上院に乗りこんで、いきなりわたしがやろうとしていること、なんだかわかる？」

「わかるとも。予想していた十分の一の費用ですむってことがわかったから、この会期中に通過させるように、やってみるんだ。どうだい、あたった？」

「はずれよ。予算額の多少にかかわらず、今年は大統領に署名を拒否されるわ。たとえ超スピードで議会を通過させられるにしても。それに、議会を通すのも、できない相談だわ。いいえ、わたしが思いついたのは、来期の議会で、来期の議会が始まるとすぐに鉄砲玉みたいに早く通してしまえる方法よ。ワシントンに着いたらすぐ、わたしはブラッドの多段式ロケットの案にもとづいた予算案を提出するの」

「なんだと？」とわたしはどなった。「なぜ？」

「大きな声を出さないで」彼女はにっこり笑った。「そう、三億ドルのロケットの予算案を出すのよ。だけど、その検討は委員会付託として、今会期中には票決に付さない、ということにするの。そして、つぎの議会が始まったら、それこそ第一週のうちに、わたしは委員会に出頭して、それをひっこめて別の案ととりかえる、と言ってやるの。費用の上で、もとの案のたった十分の一ですむ案と。そうすれば、マックス、疑いなしよ——たったひと月の間に両院を通過して大統領の署名がもらえるわ！」

わたしは言った。「議員さん、わたしは心からあんたに惚れこんだよ」

彼女は声をたてて笑った。「あなたが惚れこんでるのは、ロケットよ。ロケットと木星よ」

「それから星という星にはみんな。けれども、あんたにも、だ。エレン・ギャラハー上院議員にも、だよ」

とたんにわたしは自分がまさに本当のことを言ったのだと気がついた。

わたしはエレンを愛していた。彼女がロケットの後押しをしているからではなく、彼女が女であるがゆえに。

わたしはソファに腰かけた彼女の傍にすわり、腕を相手の体にまわして抱き寄せてキスした。それからもう一度、こんどはエレンの腕が上がってきてわたしを抱き、わたしを強く自分のほうへ引きつけた。

「おばかさん」と彼女は言った。「ほかのことはなんでも超スピードのくせして、これだけは、どうしてこんなに長くてまどったの？」

ここで二週間ほど勉強から遠ざかることは、長い目でみれば、害よりも益になるほうが大きいだろう、とわたしは判断した。勉強は予定よりかなり先に進んでいて、わたしは充分の時間的余裕をもって目的の学位をとれる自信があった。ここらでちょっと一休みすれば、倦怠防止の役にたつだろう。

で、その二週間というもの、晩はたいていエレンと一緒に過ごした。二、三度は夜じゅうずっと。けれども、そのことは秘密にしておいた。妙な噂が立っては、エレンのためにならないだろうから。

もちろん結婚など、もってのほかだった。他になんの理由がなくても、それだけでわたしを木星探査計画から閉め出すのに充分だろう。一九九〇年代に入って以来、縁故びいきという言葉は政界の禁句となった。昔の議員連中は、よく自分の縁故者を公的な地位につけて、政府の予算を食いあらしたものだが、たとえ秘書か何かのごく低い地位にしても、そういうやり方はもはや通用しなくなった。エレンが主唱する木星行きロケットの計画に、エレンの夫が主だった当事者として名を連ねるなど、到底ありえないことにきまっていた。

クロッカーマンはわたしとエレンの仲を察していたけれども、その頃にはもうかれまでひっくるめて一つ家の家族のようなものだった。わたしたちは、なぜわたしがかれの下で、人の上に立つような仕事につこうとして運動したのか、そのわけを打ち明け、それに対してかれはいよいよ計画実行の当事者の人選が始まりそうになったら、必要な期間だけ――場合によっては半年だって自分が暇をとって、その間わたしを空港長代理に任命していっさいを任せるようにはからってくれる、と約束してくれた。そうでなくても、いつか休暇をとって行きたいところへ行き、見たいものを見、やりたいことをしようと思っていたのに長いことそうできずにいたのだから、とかれは言った。

もと宇宙ロケット乗りの老いぼれにとって、人生はにわかに楽しいものになった。考えるだけで、もううんざりするほど長い過去にかつてなかったほどわたしは幸せだった。

四月の第三週に、エレンはワシントンに行った。すくなくとも一ヵ月、もしかすると二ヵ月、現在の議会の会期がどれだけ長びくかによって差はあるけれども、とにかくその間エレンとは会えないわけだ。

わたしは、おそろしくやるせなかった。まったく、女ってものは、あっという間に自分を相手の男にとって、なくてはならないものにしてしまう。そんなことになろうとは、もう何年も久しくついぞ考えたことがなかった。それがたった二週間エレンのそばにくっついていただけで、彼女が行ってしまうと、まるで日々のわたしの生活にぽっかり大きな穴があいてしまったようだ。またすぐ帰ってくるにきまっているにもかかわらず。

わたしはあらためて勉強にたちむかった。しばらくそれから離れていたおかげで、わたしの思考力は冴え、休息の霊験はあらたかだった。それから二週間で、わたしはその前からかかっていた二つの学科を復習し終わり、難なく単位試験にパスした。それからいよいよ最後の二つの苦手科目だ。わたしは、カリフォルニア工科大学から超高熱冶金学にうんとくわしい男をみつけてきて、その男に毎週四晩、個人教授を受けることにした。残りのうち二晩は自習。一晩だけ——たいていは日曜日の晩だが、クロッキイの家に行ってチェスをしたり、すこしビールを飲んだり、雑談をしたりして過ごした。

勉強にあてた夜は、はじめから一人でか、あるいは教師が帰ってしまった後、目が疲れて字がぼやけて読めなくなるまで、学習書を読みに読んだ。それからようやく読むのをやめて、視界のきく晴れた夜であれば、屋上に出て、買ってきてそこに据えつけてある望遠鏡を通してはるか遠方の光をながめて目を休めた。

木星は衝（太陽と正反対の位置）に近づき、その星としては地球に最も近い距離に寄りつつあった。あと二、三週間のうちに、それはたったの四億マイルのところに近づくはずで、今だってそれとさほど変わらない距離にある。太陽系中の巨人——木星。地球の十一倍の直径をもち、三百倍の体積をもつ巨星。おなじ太陽系に属する他の星をすっかり寄せ集めても、その半分にさえ満たないのだ。

十二個の月をしたがえた木星。そのうち四つは、わたしの望遠鏡でも見えた。他のはみんな小さくて、さし渡し百マイルかそれ以下しかない。それをみつけるには、大きな望遠鏡がいる。

しかし四個だけは見えた。いずれも地球の月と同じくらいか、それよりも大きい、一六一〇年にガリレオが手製の粗末な望遠鏡で発見した四個の月だ。

四つの月——冷たいけれども愛らしい、いまだかつて人間が到達したことはないけれども、やがて人間が到達した足跡を印そうとしている四つの月。まもなく、だ。もうじきに、だ。

イオ。エウロパ。ガニメデ。カリスト。

わたしはどれに着陸しようか？　それとも、どれにも着陸できずに一生を終わってしまうのだろうか？　マックス——とわたしは自分に呼びかけた。この馬鹿野郎の甘ちゃんの夢想家め、いまだにチャンスは、千に一つきりしかありゃしないんだぞ。ロケットは飛び立っていこうとしている。そりゃ、そうだ。やがてそのロケットの建造がはじまり、おまえはその建造の監督をすることになるだろう。だがな、マックス、おめでたい男め、そいつを盗み出せる確率は？　なにしろ、政府の仕事だぜ。警備員もいる。何百人という作業員たちの目もある。ああ、もちろん、必要な手筈のいくぶんかをととのえることぐらいはできるだろうよ。所定の出発時刻の二十四時間か四十八時間前に、燃料を詰めこみ、積み込みを終えるくらいはできるだろう。あらかじめ燃料補給用の人工衛星ロケットを射ち上げておくこともできるだろう――何かの理由をつけて。ああ、口実ぐらいなんとでもつけられるだろうさ。そしていよいよという時には、なんとか細工して計画の最高長官が現場に居合わせられないように仕組んで、おまえがお山の大将になって勝手な采配を振るうこともできよう。けれども、それでもうまくいかない時はうまくいかないものだ。無数の要素がからみ合って、うまくいかない時には……。

チャンスは依然として千に一つ。だが、賭けるだけの値うちはある。なにしろ火星までの距離の八倍を行く――これまでに人類が行ったことのある距離の十倍も遠くに出ていくチャンスだ。

ほんのすこし星に近く――いつの日にかきっと人類が到達しようとしている遠い遠い星、わたしたちを待ち受けている億兆の星に、ほんのちょっぴりではあるが近づくチャンスだ。

エレンは七月のなかばに戻ってきた。

もちろん、わたしたちは、久方ぶりの再会の歓びを味わった。彼女が帰ってきたその夜に。けれどもそれからまた一週間は会わなかった。折からわたしの冶金学の試験準備完了にあと一歩というところだったので、それを片づけてしまうまで辛抱して会わないことにしよう、と約束したのだ。それはわたしに灯火親しむべき二重の刺激をあたえ、事実わたしはおおいに灯火に親しんで励んだ。その週は視界も不良で、屋上に出たい誘惑にも駆られず、一夜をクロッキイと過ごす日頃の習慣も棚上げにした。

おかげでエレンが帰った日から数えてちょうど七日後、わたしは彼女に最後から二つ目の試験に合格し、いよいよ残るはただ一科目となったことを電話で知らせることができた。

「なんてすばらしいこと、あなた」と彼女は言った。「だったら、なにもすぐにつぎの勉強にかからなくたっていいんでしょ？　ずっと予定を追い越してるんでしょう」

「まさにそのとおり、エレン。それにもう一つ耳よりなニュースがあるんだ。というのはクロッキイが維持管理部長としてのわたしの勤めぶりに、満足だというだけではたりないほどだ、と言うんだよ。それで、わたしが学位をとったら、それを機会に副空港長に昇格させてやる、と言うんだ。そうなればわたしも、いよいよの時に空港長代理として全部を任される前に、仕事のだいたいについて、いく月か経験を積んでおくことができることになる」

「マックス、本当に何もかもうまくいってるのね。ワシントンのほうと同じように。今夜、お祝いに来る？」

「何か新しいことを聞かしてくれるのかい？」

「そう露骨に本音を吐くものじゃないわ。シャンパンがあるのよ。それだけじゃ不足？」

「不足じゃない。が、ただ、こっちにはもっといい考えがあるんだ。今なら、一週間かそこら休暇をとろうと思えばとれるんだよ。そっちの予定は？」

「そうね……いくつか面会の約束があるわ。それにテレビの出演が一つと、会合が一つか二つと――」

「そんな約束、みんな取り消さないか？　どうだい、一週間メキシコ・シティに行って暮らすのは？　今から出かければ、夕食に間に合うようにむこうに着けるよ」

一週間、わたしたちはメキシコ・シティに行って暮らした。

すばらしい一週間、同時にまた静穏なやすらぎの一週間だった。二人とも日頃の疲れが出て、よく眠った。毎日、昼どきまで、時にはもっと遅くまで眠った。晩には景色をながめたりナイト・クラブめぐりをしたりした。ただしけっして時計の短針が一とか二とか、小さな数字をさす時刻まで遊びに溺れたりすることはなかった。むろんエレンは、ホテルの部屋から外に出る時には必ず人工皮膚マスクをつけて変装した。昼間の外光でもほとんどそれとわからない、最新式のやつだ。一種の有名税――というところだろうか。

その週、わたしはエレン・ギャラハー上院議員という一個の人間のありのままの姿を知らされた。本人が、自分の身の上に起こった重要なことはほとんどすべて包み隠さず、洗いざらい話して聞かせてくれたのだ。

エレンの生いたちは、かなり不遇だった。生まれた時の姓名はエレン・グラバウといったが、その姓を授けてくれた父親の顔を、彼女は、一度も見たことがない。かれは一九五二年、当時わたしたちアメリカ人がまきこまれていた朝鮮の戦乱で、エレンが生まれる二、三週間前に戦死してしまった。二年後に、母親も死んだ。残されたエレンを父方の祖父母がひきとって育てようとしたけれども、保母や乳母を雇うには貧しすぎ、かといって自分たちの手で育てるには、片方は年寄りすぎ、片方は病身でそれもかなわず、結局、孤児院に入れるより仕方がなかった。

そうして彼女はいわゆるみにくいアヒルの子の境遇に落ちた。肌の弱い、風邪にかかりやすい、病気がちの可愛げのない子供だった。おまけに、本人が告白したところによると、自分自身に対する不満と、自分で感じている欠点を隠そうとして示す過度に粗暴なふるまいのために、ひどく手に負えない憎たらしい子供だという印象を周囲にあたえた。三歳から八歳になるまでの間に三度、場合によっては養子にしようと申し出た養家先へ試験的にひきとられていったが、三度とも試験期間が終わると同時にか、あるいはまだ終わらないうちに、孤児院に送り戻された。

十歳の時に四回目の養子の口がかかったけれども、そのときには養父母になろうという夫婦の面前で、わざと癇癪《かんしゃく》を起こしてみせたために相手が恐れをなして、話はその場でたち消えになってしまった。十五歳になるまで、孤児院にいた。それから勤めに出るという名目で解放された――いわば仮釈放のかたちで。というのは、成年に達するまで孤児院ではないがガールズ・クラブというやはり一種の保護機関で寝起きし、また高校卒業の資格をとるまで夜学につづけて通うという条件で出してもらったのだ。勤め先はある百貨店の買上品発送部で、最初の給料をもらうまで二週間、彼女はそこに我慢していた。そこまで、すべてはカンザス州ウィチタであったことだ。

　ウィチタという土地にはほとほといや気がさしていたし、孤児院から出してもらうについての条件もいまいましくてたまらなかったエレンは、生まれてはじめて自分で稼いだ金を手にすると、孤児院との約束なんぞくそくらえと蹴とばし、ハリウッド行きのバスに乗った。彼女は演劇というものに憧れ、当時ようやく隆昌期にさしかかっていたテレビの世界で名をなしたいと熱望していたのだ。（二つ目の宇宙ステーションができたのはこの年だった。それはテレビ放送専用の人工衛星で、カンザス州にいた彼女の頭の真上の空にむかってまっすぐに射ち上げられた）彼女は十五歳になってもやっぱり不器量な娘で、そのことは自分でも自覚していたが、そのかわり自分には偉大な演技の才能があり、個性的な役や憎まれっ子の役をやりこなすことができる、またひょっとしたら喜劇俳優の素質もあるのではとうぬぼれていた。

　自分にどことなく風変わりなところがあるとか、風変わりに見せることができるとか考えていたのは、たぶん、それで思春期の自分の不器量をカバーしようとする自己防衛本能のあらわれだったのだろう、と彼女は言った。自分の顔や姿を鏡に映して惚れぼれと眺める世の娘とちがって、鏡にむかってエレンはもっぱらおかしな顔をつくる稽古をしたものだった。

「休憩」とわたしは言った。

わたしは立ちあがって、二つのグラスに飲みものをつくり、それを持ってベッドに戻った。エレンは枕をヘッドボードに立てかけるようにして、わたしたちはそれに背をよりかからせた。それから酒をすすった。

「退屈したんじゃない、わたしの話なんか？」と彼女はきいた。

「今までわたしはあんたの話に退屈したことはないし、これからだって、きっと——」わたしは言った。「さあ、続けてくれ」


エレンは続けた。彼女はそうしてカリフォルニアへ出かけた。テレビ界で一朝にして成功をおさめる夢を抱いて。

けれどもハリウッドでウェイトレスをしながら働いた二年間は、せっかくの才能を示す機会は自分には訪れないのだ、と彼女に確信させるにいたった。事実はそれから二度彼女にもテストの機会が訪れたのだが、結局二度とも役をもらえなかったばかりか、慰めや励ましの言葉の一つにもありつけず、そこで彼女はテレビタレントよりほかにもっと自分にむいた何かをみつけにかかったほうがよさそうだと観念した。

そのほかの何かは、どうやら、彼女より一つ年上で、レイ・コナーという名の青年だったらしく、かれは彼女に結婚を申し込んだ。十八歳のその青年もまた彼女と同じ孤児の身の上――といっても孤児になりたてのほやほやで、亡くなった両親から多少の遺産らしきものを受けついでいた。かれは法律家に、そしてやがては政治家になる志望を抱いて、折しもロースクールに入学し、希望のコースのスタートを切ったばかりのところだった。やがて結婚すると、新郎は新婦にむかって、おまえも大学に入って一緒に勉強しないかとすすめ、そこではじめて相手が実は高校の修業年限にまだあと一年半というところで学校をやめてしまったのだということを知って、いささかたじろいだ様子をみせた。その頃エレンはようやく自分の教育の不足を痛切に自覚しはじめていたので、そう言われるとすぐに彼女は夫に助けてもらいながら家庭で高校の学業課程を自習して、独学で大学の入学試験に合格できる学力をつけようと心にきめた。

そうして始めてみると、おどろいたことに勉強が面白くてたまらず、やがて彼女は自分が今や勉強しなければならないからではなく、勉強したいからしているのだという状態におかれていることに気がついた。彼女は独学を始めてから半年で大学の入学試験にパスした。ウィチタにいて夜学に通いつづけたとして、高校を卒業するには、なおそれより長くかかったはずだ。彼女はたった一学期だけ夫より遅れて大学に入学し、夫と同じく法律を専攻することにした。彼女は夫の関心の傾向に同化して、その学問に興味をもつようになり、シェークスピア劇『ベニスの商人』の主役ポーシャに、さらには女流政治家にさえ自分をなぞらえて考えるようになった。それは一九七〇年代の初頭、女性がいよいよ活発に政治に参加するようになってきた時期にあたっていた。

それからエレンは、一学期さきに進んでいた夫に追いついて、一九七五年に二人は一緒に卒業した。彼女は二十三歳、かれは二十四歳だった。ときに世間は大不況のどん底にあって、経験のない若い法律家には、勤め口も仕事の依頼もなかった。もっと年がいった連中でさえ、精神科医以外どんな職業についていても変わりばえしなかったが、ほかに仕方がないのでやむをえず従来の職にかじりついているといった状態だった。そしてレイの金が底をついた。ふたりは食費をかせぐために、どんなものでもいいから仕事にありつこうとした。夫婦のうち、さきに仕事にありついたのはエレンだった。というのは、彼女には、もとウェイトレスの経験があり、またウェイトレスという職種には、不況の最中でさえ他にくらべて補充交替がはげしかったからだ。レイのほうは、三カ月も八方奔走したあげく、やっとのことではじめて仕事口にありついた。建築工事現場の人夫だった。働きはじめてから三日目に、かれは四階の梁《はり》から落ちて死んだ。

「エレン、その男を愛していたのかね？」と、わたしはきいた。

「ええ、その頃までには、とても。はじめ結婚したのは、おもに現実的な動機からだったかもしれなくて、愛情と言われると自信がないんだけれど、それから五年たつ間に心からあのひとを愛するようになっていたわ」

「そういうふうに、愛した相手は大勢いるのかい、エレン？」

「四人。四人だけよ。あなたのほかに三人」


二人目がラルフ・ギャラハーだった。

レイが亡くなって四年後、ギャラハー・レイヨール・アンド・ウィルコックス事務所に法律書記として勤務する間に、彼女はかれを知るようになった。かれは彼女より年上だったが、ひどく年が開きすぎるというほどではなかった。彼女の二十七歳に対して四十一歳。かれはすでに政界にかなり名を売り、順調に大物をめざすコースの途上にあった。一度結婚したことがあったが、数年前に離婚して以来独身だった。

エレンはかれを尊敬し、敬愛の心をもって、かれを仰ぎ見た。彼女がそこで働くようになっていく月がたって、かれが彼女に気をとめ、親しい態度をみせるようになったとき、彼女は嬉しく思った。かれが彼女を、食事やお茶に誘い、かれが愛人ではなく正式の妻をさがしているのだということ、また彼女こそその地位にふさわしい女性だとかれが思っていることを聞かされたとき、彼女はいっそう嬉しく思った。

彼女はかれと結婚した。以後かれが死ぬまで共に送った十年間、彼女は自分の野心をすっかりかれのそれに同化させた。彼女は最善をつくしてかれの妻たることに専念した。どうしたらかれを楽しませることができるかを完全に会得した。彼女は政治というものを、ことにその実際的な面をよく理解し、その理解を、かれを助けるために役立てた。かれはロサンジェルス市長となり、次期カリフォルニア州知事選挙には当選確実の有力候補となった。

けれども知事選挙より心臓冠状動脈血栓のほうが一足さきにやってきた。

エレンにとって二度目の大打撃だった。彼女はふたたびふり出しに戻った。ぺしゃんこに打ちのめされて、かれが政治的にどんな状態にあるかということはよく知っていたけれども、経済的にどんな状況にあるかについて、彼女はほとんど注意を向けていなかった。そしてかれは、むこうみずに自分の財産のすべてを一つのかごに——政治という底ぬけのかごにつめこんでいたのだった。遺産整理がすっかり片づいてみると、それまで二人が住んでいた家屋敷だけがわずかに残された財産だった。

エレンは法律を学んだが、独立して実際にそれを職業に活用したことはなかった。三十七歳になってからでは、それを始めるには遅すぎる。しかし、彼女は政治の駆けひきというものを知り、またカリフォルニア州ことにロサンジェルスの人々に敬意をもって迎えられる姓を二人目の夫から受けついでいた。

彼女は市会議員に立候補してたやすく当選し、二年後の二度目の選挙には前回より票を加えて当選し、市会議長に推された。つづいて州下院の議員に二回当選。それから党の長老たちから、任期中に死んだ男の未了の上院の任期を埋める特別選挙に立候補するように説きつけられた。

「そしてみごとに惨敗するところだったわ、マックス、あなたが帽子の中からウサギをとり出す手品をやってくれなかったら」

「帽子じゃない、あんたの政敵のオフィスの中からだろう？　それはそうと、愛人第三号の話をまだ聞いていないぞ。ブラッドリーかね、それは？」

「そう、ブラッドよ。一年くらいつづいたかしら、二年ほど前に。そこで一応打ち切りになったのよ、なんということもなく両方からそうしようと言い出して、口喧嘩ひとつせずに。だから、どっちもそれほど本気じゃなかったんだと思うわ」

「しかし、その後にあの男は木星行きロケットの計画をもち込んだんだろう？　それとも、もっと前からの話だったのかい？」

「両方よ。前にもそのことを話したことはあったわ——わたしたちが愛し合っていたか、それともそう思い込んでいた時分に。でも、その頃は要するにそれこそただの話だったの。わたしが上院議員に立候補するってことを聞きつけると、こんどはちゃんとした計画——計画書を持ってやってきて、当選したらそれを議案として議会を通せないか、やってみてくれって頼むのよ。わたしはうんと言ったわ。まさか選挙前に新聞記者たちにしゃべるなんて政治的なミスをするとは夢にも思わずに。もしそれがわかっていたら、わたしはけっしてうんと言わなかったでしょう」

　わたしは言った。「そりゃ違うだろう。うんと答えるけれど、当選するまではおしゃべりするなって念を押しただろう、というのじゃないかね？　それともあんたは、計画そのものにはそれほど熱がなかったのだ、というつもりかい？　つまりブラッドリーにうんと言ったのは、あの男に対する友情だけからだったのだという――？」

「そうね、そういうところもいくぶんなきにしもあらずだわ、そりゃもう、木星へ行くロケットって思いつきは本当に気に入ったわ。わたしが生きてる間に、また一歩、人間が広大な宇宙へと踏み出すのをぜひ見とどけたいと思っていたし。けど、それが本当にわたしにとってかけがえがないほど大事なことなのかってことになると、そうではなくて、もちろんそれに自分の政治的生命を賭ける気はなかったわ。でも、マックス、いつからわたしがロケットのことを、それこそ本気で考えるようになったか、知りたい？　あなたにはじめて会った晩よ。あなたの目の色、しゃべり方、ものの考え方のおかげよ。きっとあの晩、あなたから〝星屑〟をすこしこすりつけられたのね。気がついてみると、いつの間にかわたしはロケットの法案を、ほかの議員と取引きして議会を通過させるって思いつきを、夢中でしゃべってるの。まるでそれが世界中で、一番大事な法案だと思いこんでるみたいに――そして、不意に、実際そうなってしまったのよ」

「で、その晩にもう、その後わたしたちの間がどうなるかってこともわかったというのかい」

「もちろん。あなたが部屋に入ってきたと同時ぐらいにね」

わたしはいかにも合点がいかないようにいやいやをした。「飲みものを一杯、どうだね？」と、わたしは彼女にきいた。

欲しい、と彼女は言った。わたしは起きて、一杯ずつこしらえた。

ベッドに戻り、グラスの飲みものをすすりながら、わたしたちはもうしばらく話した。

「マックス、人間は本当に星まで行けると思う――何光年も先の星まで？　一光年だって、おそろしいほどの距離じゃないの」

「ああ。恐ろしいと思えば、な」

「一番近いのまでどれくらい？　聞いたことがあるんだけど、忘れちゃったわ」

「プロクシマ・ケンタウリ（ケンタウルス座の恒星）まで、だいたい四光年、それが一番近いことになってる。逆に、一番遠い星まではどれくらいあるかってことになると、まだわかっていない。というのは、銀河系は望遠鏡で見えるかぎり何十億光年も先の、もっと先までつづいているからだ。もしかすると宇宙には極限があるっていう相対論者たちの説は間違いで、どこまでも限りなくつづいているのかもしれない。たぶん無限大ということはただの観念でなく現実にあるのだろう」

「それから、永久というものも？」

「話がいよいよ急所に触れたな。そうだ、宇宙の年齢を二十億年とか、四十億年とかに限るなんて――ばからしい。あるとき、ふいに誰かが時計のネジをまいて動きはじめさせる以前には、時なんてものは存在しなかったんだ、なんて信じられるかい？　時ってものは、始まらせることもできなけりゃ、終わらせることもできやしないんだ、畜生！　もし、おれたちが住んでるこの特定の宇宙に有限の年齢ってものがあって、永久の存在ではなく、おれたちにはまだ理解できない何かの過程を経て絶えず更新しているのだとしたら、それならこの宇宙の前に別の宇宙があったんだ。永久というのはつまり宇宙の無限の自己発展――過去には無数の宇宙があったし、将来にも無数の宇宙がありうるってことをいうんだ。

もしかすると、エレン、いく億年もいく兆年も前に一つの宇宙があって、その中で二人の人間がちょうど今のわたしたちと同じように互いに寄り添ってベッドにすわって、ひょっとすると名前まで同じで、同じ飲みものをすすり、同じことをしゃべってたなんてことがあるかもしれないぞ――ただ、互いに異なる宇宙だから、パジャマの色ぐらいは違ってたかもしれないけれど」

エレンは声をたてて笑った。「けど、三十分前には、その二人もわたしたちもパジャマなんか着ていなかったから、ぜんぜん見わけがつかなかったかもしれないわね。でも、マックス、時と永遠の問題は別にして、あなたは相対論者たちが言う、宇宙の大きさは有限であって空間は湾曲して同じところに回帰するってことを、本当に間違いだと断言できる確信があって？　有限だとはいうものの、とても大きいってことは相対論者たちだって認めてるんでしょう？」

　わたしは飲みものを一口すすった。わたしは言った。

「どうか間違いであってくれ、と祈るよ。さもなきゃ、どんなに大きいものとみとめようが、とにかく有限だとすれば一番遠い星ってものがあることになり、そんなものがあるなんて、わたしは絶対に思いたくないんだ。だって、そこまで行っちまったら、あとどこへ行きゃいいんだ？」

「だけど、空間というものが湾曲回帰するのだとしたら、一番遠い星すなわち一番近い星ってことになるんじゃなくて？」

　わたしは言った。「そいつだ、一番おそろしい考えは。そのことを考えると、おれはめまいがしそうになる。そんな考えはとても受けつけられないし、ほじくってみるのもいやだ。せいぜい有限の宇宙ってとこで勘弁しといてくれ。その場合にも、もしこの宇宙が有限だとしても、それと同じ宇宙は無数にある――つまり無限数の有限って条件つきだ。ちょうど水と一滴の雫《しずく》の関係のように。もしかすると、わたしたちは一滴の水の雫の中に住む極微動物みたいなものかもしれない。その雫は他の雫から離れてしたたり落ちたので、その一滴の雫が一つの宇宙そのものなんだ。極微動物が、自分の住む水滴のほかにもたくさんの水滴があるんじゃないか、なんて考えることがあると思うかい？」

「――かもしれないわ。ちょうどあなたみたいに。でも、マックス、わたしたちがかりに極微動物だとして、そのわたしたちが住んでる水滴が顕微鏡のスライドの上に置かれて、たった今誰かがその顕微鏡のレンズを通してわたしたちを観察してるとしたら、どうするの？」

「勝手に見させておくさ」とわたしは言った。「――余計なちょっかいを出さないで、ただ見てるだけなら。もし余計なことをするなら、ぶん殴って、のしてやる」

わたしはロサンジェルスに舞い戻った。ロケット空港の維持管理部のオフィスに、また試験勉強に。

こんどはそれほど日課を厳しくしなくてもよかった。学位はもうつい鼻の先で、あと一つの単位だけをとればいいのだから。おまけにエレンが、勉強ばかりして遊ばずにいるとばかになってしまうだろう、とおどかすのだ。わたしは、ばかな男にはなりたくない。勉強は一週間に四日ときめた。二日は独習、二日は教師について。週に二晩はエレンか、クロッキイか、あるいはその二人とともに過ごすこととし、残りの一晩はただ読みたいものを読んで休む。ふつうエレンとつきあう夜は、彼女のアパートで静かに過ごしたが、時には連れ立ってショーや音楽会にも出かけた。ときどき一緒にいるところを見られるくらいのことはかまわない。ゴシップ記者やニュース・キャスターがやたらに出入りする場所を避けさえすれば。印刷物やテレビのスクリーンを通して二人の名前を並べて宣伝させることは好ましくない。たとえ二人の間にロマンスの花が咲いているらしいと匂わされるだけでも、いざエレンがわたしをロケット計画の当事者に仲間入りさせるために運動するとき、さしさわりになるにちがいない。

七月、八月。そして九月。

わたしにはまた新しい友達が一人できかけていた。わたしに統一場理論を教えてくれる男だ。その男は、めったにない名前で、チャン・エムバッシというのだ。けれども、その名前より本人のほうがずっと変わっている。

チャン・エムバッシは、一九六〇年代の末まで赤道アフリカ東部に住んでいたマサイ族という部族の最後の生き残りだ。すくなくとも、そう信じられている。今日すでにその種族は存在していない。エムバッシのほかは、残らず死んでしまったのだ。すくなくとも、その部族の生き残りとして、信ずるにたる他の例は報告されていない。マサイ族は、あらゆるアフリカ人種の部族の中で最も華やかで、最も猛々しく、最も勇敢な戦士だったといってよかろう。背が高く、平均身長はゆうに六フィート以上もあった。彼らの娯楽といえば、槍でおこなうライオン狩りで、若者たちはめいめい自分の手でライオンを仕止めないうちは、一人前の男としてみとめられなかった。他の獣は狩らず、肉もめったに食べない。

戦士であると同時に遊牧民でもあったのだ。かれらは牛の大群を養い、牛の乳と血を混ぜたものを主食として、他のものはほとんど食べなかった。その食物こそ、もしわたしの覚えに間違いがないとすれば、一九六九年に赤道アフリカ地方を襲って二、三週間の間に千五、六百万人を殺した不慮の大疫病の際、マサイ族絶滅の原因となったのだった。その疫病は、その地方のツェツェバエを根こそぎみな殺しにしようとする最初の大がかりな試みがおこなわれた翌年に襲来した。その試みはほとんど成功したといってよかったが、完全ではなかった。一部は生き残って、そのときもちいられたワンダーサイドという最新の殺虫薬に対して、耐性をつくりあげた。

翌年、ツェツェバエは、数だけはうんと少なくなったかわりに、それまで知られていなかった新しい種類のビールスを体内にかかえて襲来し、それを家畜に伝染させ、その結果ふしぎな三つのあらわれ方をする疫病が発生した。それに感染しても家畜は全然病気の症状をあらわさず、またツェツェバエから直接にうつされたのでは人間も病気にはならなかった。けれども感染した牛の乳と血液の中でビールスは変性をとげ、それは人間に致命的に作用した。感染した牛の肉を食い、血をすすり、あるいは乳を飲むと、間違いなく疫病におかされる。数時間以内に嘔吐がはじまり、一日以内に身動きができなくなり、三、四日以内に死ぬ。

ツェツェバエが繁殖地から群をなして飛来して一週間たらずで疫病が発生した時、マサイ族はそれを避ける暇もなかった。誰もかも全員ほとんど同時に感染してしまったのだ。エムバッシという名の少年以外の全員が、防疫《ぼうえき》医たちが助けにやってくる前、すでに病気におかされ、効果的な治療法が発見される前にエムバッシ以外のマサイ族全員が死亡してしまった。防疫医たちはすみやかに病原体とその由来をつきとめ、牛肉と牛乳を飲食するなとふれを出した。このふれと、それから一週間以内に防疫医たちが発見した効果的な治療法のおかげで、マサイ族以外の部族はいずれも同族全員の半数以上を失うことはなくてすんだ。同じく遊牧を主とする部族でも、マサイ族以外の部族が飼う家畜は、マサイ族のものほど急速にまた徹底的にやられずにすんだのだった。

　エムバッシが死なずにすんだのは、偶然というか神の摂理によるというか、それは見る人それぞれの見方にまかせる。医師で仏教伝道者のチャン・ウォ・シンという名の中国人が、その事件の直前に、マサイ族の住む地方にやってきてマサイ族を八正道に改宗させようとしていたのだ。その後ずっと伝道しつづけていたとしても、マサイ族を改宗させるのはひどく難かしかっただろうと思う。というのは、仏教の中でもかれが信奉する教派では、絶対菜食主義とともに動物を殺さないことが、厳格な戒律としてきめられていたからだ。この男がもってきたこの哲学は、マサイ族にとって――いや、これも見る人の見方にまかせよう。つまりマサイ族にとって、野菜しか食べてはいけないということと、熱愛するライオン狩りをやめることと、どちらのほうが他にくらべていっそうとんでもないことであったか、それは見る人の見方によるだろう。マサイ族を改宗させるよりは、ライオンを菜食主義者にしようとするほうが、まだ成功する見込みがあったろう。

けれどもきわめて限られた意味で、チャン・ウォ・シンは全マサイ族を改宗させることに事実成功したのだ。つまり、かれはエムバッシを仏教徒に改宗させ、そのエムバッシは今日世界中にただ一人のマサイ族なのだから。

そのときエムバッシは十一歳で、チャン博士がやってきて腰を落ち着けたマサイ族のある集落の酋長の息子だった。ちょうど博士がその集落に到着した日、エムバッシは集落から半マイルほどはなれたところで、ライオンにひどく引っ掻かれた。かれはひどい出血のために、生きているというよりほとんど死んでいたといったほうがいい、意識不明の状態で運ばれてきた。かれの父親の酋長は、どうせ死ぬにきまっている息子を、中国人の医者が手当してみようというのを、しいて止めだてしようとはしなかった。

チャン博士の治療は成功した。けれども負傷して数日後のエムバッシが、依然として重症の怪我人であることに変わりなく、そのことが結局かえってかれの命を救ったのだ。かれは喉をひどく傷つけられていた。猛獣の爪は頸静脈すれすれのところだった。そこで、栄養は点滴で補給され、その成分は純粋な植物質を溶かしたものだった。

その集落と、またマサイ族のあらゆる集落という集落の他のエムバッシの同胞たちは、病魔にとらわれてばたばた死にはじめた。チャン博士は防疫医たちがやってくる前すでに病因のすくなくとも一部には察しがつき、なんとかして病人を救ってやろうとしたけれど、以前には全然ぶつかったことがない病気で、それに専門の細菌学者ではなかった。かれは牛からとった食物を食べるな、とマサイ族の人々をいましめた。博士の警告は、まさしく当をえた処置ではあったが、時すでに遅かった。もっとも、たとえ時間的に間に合っていたとしても、そんな警告は、無視されてしまっていたにちがいない。患者の多くは早くも食物を食べるどころではない弱り方で、ただ一人ひどい怪我をした少年のほかは、マサイ族全員がすでに病毒に感染して倒れていたのだ。医療救助隊がかけつけてみると、チャン博士はとある集落で、累々たる屍《しかばね》と瀕死の病人に囲まれて途方にくれていた。

けれどもエムバッシは命をとりとめた。かれ以外の最後のマサイが死に、その屍《しかばね》を埋葬し、他の医師たちがほかの場所でまだ生きている原地人たちを救いに移動していってしまった後、博士はなお二週間、エムバッシを動かせるようになるまで、その少年とともに集落にとどまっていた。それからナイロビまで行ってエムバッシを一カ月そこの病院に入院させ、それから回復期に入ると二人いっしょに鉄道でモンバサへ、そこから海路中国へむかった。

本国へ帰った後、チャン博士は医師としておおいに成功した。かれはエムバッシを実の子同然に可愛がり、のちには海外に遊学までさせた。ロンドンへ、チベットへ、そしてアメリカのマサチューセッツ工科大学へ。

エムバッシってのは、こんな男だ。――身のたけ六フィート五インチで、すらりとした体つき。皮膚の色はぬばたまの夜のように黒い。年の頃は四十前後。ただでさえ勇猛なアフリカ人特有の容貌が、ちぢれた頭髪から顔の縦いっぱい、奇蹟的に両眼を避けて深く刻まれたライオンの爪のあとのためにいっそう獰猛に見えるが、その顔に、静かな、瞑想にふけるような目が据わっている。柔らかい優しい声は、どんな言語をしゃべっても甘い音楽のように聞こえさせる。仏教徒で、神秘主義の数学者で、すばらしい男だ。

エムバッシをわたしに紹介したのはエレンだ。彼女はブラッドを介してかれと知り合い、いく月か前、わたしが個人教授を受けなければならない課目の一つは統一場理論というやつだと何かのついでに口に出したとき、それじゃこの男はどうだろう、と勧めてくれたのだ。養父から継いだ姓を中国流に姓名の頭のほうにつけてチャン・エムバッシと名乗るその男は、南カリフォルニア大学の高等数学の講師だという触れこみだった。

「けど、あなた」とエレンはわたしに言った。「たかが講師だろうって、みくびっちゃだめよ。教授になろうと思えば、いつだってなれるんですって。ただそうすると責任が重くなるのと、そればかりにあまり時間をとられるのがいやだから、教授にならないのよ。講師の身分でいるのは、それなら講義にあまり時間をとられないし、それだけたくさんの時間を自分の研究に注ぎこめるからなの」

「――それなら」とわたしは言った。「わたしを教えてくれようなんて気をおこすはずがなかろうじゃないか？」

「かもしれないわ、マックス。お金のことだけだったら、けっして引き受けないでしょう。でも、最初まず知り合いになって、うまが合えば――」

二人はうまが合った。

なぜだかわからない。たった一つのことを除いては、二人には何ひとつ、全然なに一つ共通点はなかった。その一つのことも、ずっと後になって、もっとよくエムバッシという人物を知るようになるまでは、まるっきり知らなかったのだ。わたしにとって、神秘主義は、涙が出るほど退屈だった。逆にかれにとっては、純粋な高等数学の領域以外、科学というものはまったく関心の外にあった。

それなのに、わたしたち二人は友人になったのだ。


十月、わたしはロケット工学の学位をものにした。わたしたちは盛大な祝賀パーティを開いた。バースティーダー夫婦もバークリーから飛行機でやってきて列席した。シアトルからビルとマーリーン。クロッカーマン夫妻。独身のチャン・エムバッシ。それにもちろんエレンも。全部で九人だった。

ビルも愉快そうだったけれども、その席の会話の種はおおかたかれの肌には合わなかったんじゃないかと思う。それでも喜んでくれて、ずっと楽しそうにしていた。喜ぶというのも、わたしが学位をとったことよりも、わたしがとうとう埃と機械油を手から洗い落として、しかるべき地位について落ち着きかかっているらしいことを知って喜んでいたのだ。クロッカーマンが、ちかくわたしをロケット空港の副長に昇進させる予定でいるということについて短いスピーチをすると、ビルは大喜びで握手しようとでかい手をつき出した。けれどもわたしはマーリーンが好奇の目でわたしをみつめているのに気がついて、ウィンクしていっそう彼女の好奇心をそそってやった。好奇心をおこすたびに女はそれだけ利口になるもので、それでどうやらマーリーンも、事の底には何かわけがあると感づいたようだった。

クリスマスはエレンと二人きり、エレンのところで迎えた。何をプレゼントしようかと、さんざん知恵をしぼったあげく、とびきり上等の真珠のネックレスにした。もうほぼ一年、これまでそんなにたくさん稼いだためしがないほど高給をもらいつづけていた。おまけにほとんど無駄づかいをする機会もなかった。金は銀行にたまるばかりで、そのことを考えるとすこし頭が重いような気がしはじめていたほどだったから、一つかみすくいとって捨てて頭を軽くするのに、いい口実ができたというものだった。

エレンはわたしに綺麗なシガレット・ケースをくれた。黒い地で、それに小さなダイヤモンドが、乱雑にちりばめてある。乱雑にだって？　いや、目をこすって見直すと、それはよく見馴れた配列の模様だった。北極星を指し示す大熊座の七つの星——北斗七星。

彼女は言った。「あなた、わたしにはこんな星しか、あなたにさし上げられないのよ」

わたしは声をあげて泣きたかった。いや、実はちょっぴり泣いたのかもしれない。ぼうっと目の前がかすんだところをみると。

一九九九年

一月末ワシントンのエレンから。

「いとしいあなた。あなた。あなたが今夜、わたしのそばにいてくださるなら。それとも、わたしがあなたのそばに飛んでいくことができるなら。

そしたらこの疲れも、この鬱陶《うっとう》しい頭痛もけしとんでしまうでしょうに。そしたらわたしは幸せな、くつろいだ気持ちになれるでしょうに。けれども、頭痛だろうと、なんだろうと、今日わたしがやりとげたことはぜひお伝えしておかなければなりません。

わたしはかねてから狙いをつけておいたカモに襲いかかって、まんまと仕止めて上手に料理しました。カモというのはランド議員――マサチューセッツ州選出の保守党の長老で、予算割当委員会の委員長です。どんなふうに料理したかって？　それはこんな具合よ――。

ほかの人たちに気づかれない、したがって邪魔のはいる気づかいのない場所へうまくおびき出して一緒に食事したの。

食べる間じゅう、わたしは木星の至近観察がどれほど科学と人類のために有益であるか、さんざんまくしたてて、あの人をうんざりさせてやりました。けれども、その話題はうわべだけなの。何気ない口ぶりの底に、どんなに反対があろうとも絶対押し切って、その法案を通過させる自信があるって暗示を、ふんだんに仕込んでおいたのよ。もう多数決に必要なだけの票数は確保できてるってことを、うんと匂わしてやりました。だから、いくら反対してもあなたのためにはならないぞって。むろんでたらめですけれど、今のところ、あの人には、それが、でたらめだということをつきとめることはできないはずです。よくみていると、そんな立派な目的をもった計画がたった三億一千万ドルぽっち——なんて安あがりですむんでしょうって、わたしが言うたびにだんだん気分を害していくのがはっきりわかるの。その数字をはっきり印象づけるために、わたしは五、六回以上もそれを口にしました。

食べるのが終わって、食後のブランデーをちびちびやりはじめるときまで、わたしはじっと待って機会をうかがいました。ランド議員が、お昼でも食事のあと必ずブランデーをすする習慣はよく知っていましたから、わたしもお相伴《しょうばん》しました。あの人が掌の中で温まってきたグラスのブランデーのいい香りと味を楽しみはじめたとき、わたしはいかにもなにげなく、同じようにロケットを木星に飛ばせるにしても、もっとずっと安あがりですむ方法もあるんだけど、と言ってやりました。おまけに、その方法なら木星の衛星の中の一つに着陸までできるんだ、と。わたしはあなたの計画書——ほら、あなたがクロッキイと二人でお作りになったあれを、ハンドバッグからとり出してあの人に見せてやりました。あの人ったらもう夢中で、数字のほか何も目に入らないようでしたけれど、とにかく二千六百万ドルって合計の数字だけは、紙に穴があきそうな目つきで睨みつけてましたわ。それからその目をわたしに移して『ギャラハー議員――』って言うの。『もしはじめからこんなに安くあがることがわかっとるなら、なぜその十二倍も予算のかかる法案を提出したのかね？』

もちろん、そうきかれるのは百も承知で、答はちゃんとできていました。この、安あがりで可能なほうの案は、わたしが法案を提出したときにはまだできていなかったばかりでなく、もとの案では多段式ロケットを使うことになっていて、それなら二人乗りだし、機内の空間も広くて乗組員が楽だから、と。けれども万一――ほんとに万一、わたしがもとの案をひっこめて、そのかわりとして新しいほうを法案として提出した場合、保守党の議員は反対せず速やかにそれを通過させてくれるという約束を、あなたの口からしていただけるなら、そうしてもいいんだ、と。いいえ、賛成投票なんかしてくれなくたっていいの。ただ、いざ票決というとき、議場外の廊下でもぶらぶらしているか、あるいは中立の票を投じてくれればいいんだ、って。

あの人はしばらくはっきりしたことを言わずにごまかそうとしてましたわ。自分には、せいぜい自分だけは反対しないってことくらいしか約束できないって。けれどもわたしはおべっかを使って、あなたが両院の保守党議員たちにどれほどの支配力をおもちか、わたしにはよくわかっているし、保守党の議員たちがあなたを党の指導者として敬愛し崇拝していることもよく心得ている、とおだててやりました。それでもまだ逃げを打とうとするので、わたしはちょっと高飛車にでてやったの。どうせ保守党の皆さんと戦わなければならないのだったら、まずもとの大がかりな、お金がうんとかかるほうの法案で力のかぎり戦って、いよいよ決戦までもちこんで負けるときまってから、こんどは新しいほうの案をもち出すつもりだ、と言ってやりました。あの人はようやく自分の党の議員を説得する口実を教えてもらって、かえってほっとしたようでした。そしてもしわたしが最初の案をひっこめて、新しいほうをかわりに提出するなら、保守党として積極的に反対することがないように、自分はできるだけのことはしよう、と約束してくれました。ところでね、あなた、あなたはどうお考えになるかわかりませんけど、ランド議員って人は約束をきっと守ることで有名なのよ。

法案は事実上もう通ったようなものです。法案の書類はとっくに用意してありますから、わたしは今日の午後すでに提出の手続きをすませてきました。来週の月曜日に、委員会報告があるはずです。それから二、三日中に上院で票決をおこない、長めにみても一ヵ月中には下院も通過してしまうでしょう。

大統領の拒否権発動もないはずです。わたしはジャンセン大統領からそのような非公式の言質《げんち》をとり、おまけにそれはもとの法案についてなのです。ですから新しいほうの案なら、なおさら、とびついて署名してしまうだろうと思います。そんなに安く責任のがれできるので、大喜びで。だからその計画の責任者として誰を推薦しようが、政治的に難のない人物ならば、きっとその人の任命に同意してくれるにちがいありません。もちろん誰かを推薦するときには、必ず前もってあなたを副監督官にするよう非公式の約束をとっておくことは、言うまでもなしよ。

というわけで、今からひと月かそこらしたら、まあだいたい三月一日前後の日付で、休暇をとってかわりにあなたを空港長代理に任命するようクロッキイに話してください。期間は三カ月もあれば充分でしょう。その間には、あなたの任命も認証も終わるでしょう。ロケット建造の仕事そのものは、秋頃にならなければ設計図をひくところまでもいかないでしょうけれど。ホワイト・サンズの研究所の連中が計画を検閲するでしょうし、それだけでもかなり時間がかかりますからね。法案には、予算を実際に割り当てて建造にかかる前に、使用すべきロケットの安全度その他について権威ある研究機関の承認を受けることという一項目がつけくわえてありますから。

けれども、そう厄介な問題がおこるとは思えません。事実、邪魔しようとするどころか、できるだけ力添えをしてくれるのではないかと思います。その研究所の巨頭ラッジ閣下が先週末ワシントンにお見えになって、そのときわたしは（これは絶対に秘密で、ここだけの話よ）あなたの計画書を見せました。するとあのかたは、これも内緒ですけど、むろん数字はいちいち縦からも横からも検討してみなければなんとも言えないけれど、全体として自分には納得できる計画のように思える、と言ってくださいました。たぶん、すこしばかり安全性を高くするための設備をいくつか追加することになるのではないかしら、というのがそのときわたしが受けた印象でした。

　これが今日までの収穫よ、あなた。はじまったばかりの議会が休会にはいるのが、今からもう待ち遠しくてたまらない始末です。七週間も、長いことね？　でも、その時にはきっと法案も通過して、大統領の署名がすんで――うまくいけばあなたの、任命の手続きも終わっているかもしれない。そしたら、それこそすばらしいお祝いができる……わけね？

　追伸。あなたの議員閣下に手紙を書くことを忘れないように」

　わたしはわたしの議員閣下に、おまえがいなくて淋しくてたまらない、と手紙を書いた。

　淋しくてたまらないというのは、正直かけ値なしの本音だった。離れてみて今さらのように自分が心底からエレンを愛していること、またわたしたち二人の間にあるものは深くかつ大きな意味をもち、これまでにいく度かわたしにも経験のある情事なんかとは全然ちがっていることを思い知らされた。ときどき、そのおかげで二人が離れていなければならないのだと思うと、木星探査計画すら呪いたくなったほどだ。

孤独感。それはわたしが生まれてはじめて味わった感情だった。一週間の夜の数がとても多すぎるように感じられた。

その年のその季節、ロサンジェルスでは、やけに雨が降った。その中を、わたしはよく散歩した。ときには洪水のように雨水があふれた街路を、じゃぶじゃぶと。読書もうんとした。また相手にあきられないようにする心遣いは忘れなかったが、できるだけ頻繁にロッキイや、エムバッシと議論したりチェスをしたりして過ごした。ときにはコンサートへも行き、二、三度はショウを見に出かけた。それでもまだ夜の数は多すぎた。一週間に七つも……。

なぜわたしはエレンを慕うのか？　それは、おまえの指はなぜ五本あるのかときかれるようなものだった。

仕事に熱中していれば、昼間はたちまち時間がたった。でも夜の時間のはかどりは這うようにのろかった。

エレンから二月はじめの便り――。

「あなた、昨日電報でお知らせした通り、法案は上院を通過しました。たぶんあなたは、わたしの想像が間違っていなければ、テレビにかじりつくようにしてニュースをごらんになって、電報が着くより前にそのことをご存じだったのではありませんか？

でも票の内訳はどのニュースでも放送されなかったと思います、本当のところどんなに際どい勝負だったか、それはきっと、お察しがつきますまい。ぎょっとしましたわ、本当に。それで、わたしたちも多少計画を変更しなければならなくなりました。

マックス、たった三票の差で通過したのよ。

それも、ランド議員が約束を破ったせいではないのです。あの人は約束を守りました。上院の保守党勢力を構成する約二十五の票のうち、反対票はたった二、三票でした。保守党議員はほとんど全員、票決のときには、議席をはずすか、中立票を投ずるかしてくれたのです。

こちらが絶対確実な票として握っていたのは二十五票でした。十五票はあの法案に限らずいつでもあてにできる味方、それに取引きの成立した十票をあわせて。それからまたいつものように、どっちつかずの中間派の票五十を、敵味方半々として計算してみました。この予想どおりにいけば、保守党が中立を守るとして、ほとんど二対一の絶対多数で通せるはずでした。

ところが、とくに申し合わせた反対グループというものはないのに、また反対演説もなかったのに、中間派の票がひどくこちらに不利に動いたのです。はっきり数字を言うと、三十六票対三十三票——ということは、絶対確実な二十五票以外の四十四票のうち、賛成投票はたった十一票しかなかったということです。なんと、たったの四分の一よ！

それから調べてみて、そのわけがわかりました。ふだんはたいていわたしたちに賛成投票をしてくれる、筋の通った発展的な計画にはたいてい賛成投票をする中間派の議員の何人かと話をしてみましたの。先週の火星ロケットの墜落事故が、その人たちの気分を動揺させたのです。火星植民地へ向かう六人の乗組員を乗せて飛び立った貨物運搬ロケットが、デブリに衝突されてデイモスに墜落不時着した、あの事件よ。（損害は、ロケットそのものだけで三百万ドルですってね）

その事故のニュースは、もちろんそのときにわたしも聞きました。ばかりか、なにかその事故のため一般にひろがった一種の興奮といったようなものにも気がついていました。けれどもまさか、合衆国の上院議員として選出されたほど教養ある人々が、そんな一時の興奮に押し流されようとは、夢にも思いませんでした。いくらお金がかかったか、何人死んだか、そんなことは問題外で、とにかくまるでたった一つ列車事故が起こったからといって鉄道は以後全廃にしようと騒ぎたてるみたいに！

というわけで、やれやれ、ありがたいことに法案はどうにか通過しましたけれど、わたしたちは自分たちがどんなに自信過剰だったかを知って、ひやっとさせられたところですの。そしてその法案を委員会にかけ直して下院にまわすにあたっては、よっぽど計画的に、用心してかからなければならないと思っています。相当大がかりに票の取引きもしなければなりません。

いずれにせよ、すくなくとも休会明けまで、あるいはその後なおひと月かそこら、ロケット事故の印象が下院の議員たちとその選挙区民たちの念頭から薄れるまで待たなければなりません。そしてもしなお運悪く今後二、三ヵ月中にまた別のロケット事故が起こったりしたら、今年度議会のぎりぎりまで委員会にとめおいて最終日のどさくさまぎれにでも強引に通すよりほかなくなるかもしれません。たとえそうしたとしても、なお危い賭けだということになりかねません。

で、もしクロッキイが三月一日から休暇をとるという件、もうどうにも動かしようがないほど進んでいるのでしたら仕方ありませんけれど、そうでなかったら、一ヵ月延ばして四月一日からということにはできないかしら？　ぜひ頼んでみてちょうだい。というのは、そうしてほしい勝手な理由もあるの。それはね、今の議会の休会が三月の第二、三週――六日から二十一日までということになっているでしょう？　だからもし三月一日からあたがクロッキイにかわって空港長代理になると、おいそれとは二週間の休暇なんかとれないことになるわね？　でも、もし三月いっぱいクロッキイが頑張っててくれるなら何とかできるのじゃないかと……虫がよすぎるかしら、この前二人で……メキシコ・シティに行った時からいくらもたっていないのに？　（もっとも、わたしにはずいぶん昔のことのように感じられます）

わたし、まだ頭痛がつづいています。この前にお手紙を書いたときほどひどくはありませんけれど。今あの法案が通ってひとしきりほっとしているところなので、医者に行こうと思っています。慢性偏頭痛でなけりゃいいんですけれど。もしそうだとしても、今ではよくきく治療法ができているので、そう本気になって心配することもありますまい。

わたしのほうが休会になる週のことをクロッキイと相談して、結果がわかりしだいすぐ知らせてください。もしあなたのほうでも休暇をとれることになったら、いろいろ計画を打ち合わせたいと思いますので」

クロッカーマンは、いいよ、と言った。かれはもう三月一日から休暇をとることにきめて、準備も手続きもすっかりすんでいたが、いまさら変更はできないというほどではなかった。その晩わたしはエレンに電話をかけ、長いこと話し合った。わたしたちは、キューバのハバナで落ち合うことにきめた。三月の六日に。

上院の票決の結果が際どいすれすれの勝利だったこと、また下院にまわすまでしばらく遅れを覚悟しなければならないことを知っても、わたしはちっとも心配にはならなかった。しいて言えば、かえって少々楽観的になったほどだ。なんらかの妨害や挫折には当然ぶつかってしかるべきだし、それまでぶつからなかったのが不思議なくらいだった。やっと一つだけぶつかり、それはこちらがぺしゃんこにされるようなものではなかった。わたしは、なんだか気がせいせいした。

　ある日曜日エムバッシと昼食をとり、やっこさんはウサギの餌みたいなものを、わたしはステーキを注文した。あとで、ロサンジェルスですら二月にしては異常なほど温かい日だったので、ヌーディズムを建前にしている有料ビーチへ、一、二時間日光浴にいった。わたしは、そろそろ日焼けしたいと思っていたところだった。しかしエムバッシのほうは、ただ太陽とその暖かい光そのものが好きなだけだった。なにしろかれの皮膚ときたら、今さら日焼けするなんて言ったら、神様だって笑い出すだろう。

　わたしたちはライオンのことを話し合った。エムバッシのほうからその話題をもち出したのだ。

「昨日の午後――」とかれは言った。「わたしははじめて、今まで一度もやったことがない経験をしてきました。というのは、動物園に行ってみたのです。ライオンを見に。ライオンには、もう三十年いっぺんもお目にかかっていませんでした。行くと、いましたよ」

「どうだった？」

「ライオンみたいでしたよ。とてもライオンによく似てました。けれども、しばらくわたしはそうじゃないのではないかと迷いました。というのは、わたしがアフリカで子供の頃に見たライオンとは、わたしを爪にかけて結局そのお蔭でわたしの命を救ってくれることになったライオンとは、それこそまるっきり違って見えたからです。それからわたしは、その違いはライオンそのものにあるのではなくて、わたしの心に刻まれたライオンというものの印象のせいだということがわかりました。奇妙な経験でしたが、行ってよかったと思っています」

わたしは言った。「印象による違いってのは、二とおりほど考えられるな。自由なライオンと檻《おり》にとじこめられたライオン。あるいは子供の目を通して見たライオンと、成人の目で見るライオンとの違い。どっちだい、あんたが言うのは？」

「どちらでもありませんよ。わたしが言う違いとは、マサイ族の目と文明人の目の違いです。わたしは生まれてから十一年間、マサイ族として育ちました。それは、子供と成人の目の違いというだけではありません。というのは、もしわたしがずっとマサイ族のままで、集落の生活をつづけていたとしたら、その目は今も変わっていなかったでしょうから」

「その目ってのは、わかりやすく言うとどういうことなんだい？　つまり、そのマサイ族の見方だが、おれが言うのは」

「憧れと、畏れと、殺したいという欲望です。人間であるところの自分を、ライオンであるところの相手にぶつけて戦うこと、そして自分が相手を恐れてはいないということを証明することとです」

「だが、おれは、マサイ族の連中は勇猛で、ライオンなんかこわがっちゃいなかったんだと思ってたがな」

「もちろん勇敢でした。しかし、いや、だからこそ、もちろん恐れてもいたのです。それでなけりゃ、ライオンと戦うなんてちっとも勇ましいことでもなんでもなくなってしまいますからね。恐怖のないところに勇敢ということはありえません」

「で、文明人としてライオンに対していだいた感情は？」

「憧れと、畏れと、憐れみです」

「檻にとじこめられたライオンに憐れみを感じるってのはしごく当然なこった。しかしも
し今あんたがアフリカにいて、ライオンに襲いかかられたとしたら？」

エムバッシはため息をついた。「たぶん、可能であれば自己防衛の手段をとるでしょう
——気にそまないながら。仏教の思想は、それほど過激ではありません。すべて生命というものは尊重すべきだと教えながら、人間の生命は他の動物の生命よりも貴重だという条件を保留しています」

「なるほど、それなら襲いかかってきたライオンを殺すのは罪にならないわけだな。しかし、ライオン狩りをするのは罪なのかい？」

「ある条件のもとでならば、必ずしもそうとは限りません。つまり、たとえばとくに好んで人間を襲う人食いライオンを狩るのは罪じゃありません。罪とされるのは、自分の楽しみのために狩りをしたり殺したりすることです。相手がどんな生き物であれ、それを殺して楽しむということが」

あれも生き物——カモメたちが、ゆるゆると優美に頭の上の空を飛びまわっている。あ

れも生き物——一隊の娘たちが、ふざけ合い身をよじらせて笑いながら歩いていく。ものうい波のリズム。暖かい日光。空の色。

わたしは、大きく弧を描いて腕を振った。「みろ、エムバッシ。これみんながおれたちの世界だ。これみんなと、空の星まで。これだけあれば、宗教も神もなくたってかまわんじゃないか？」

「かもしれません。これみんなと、それに空の星まで、神も宗教もなしに自分のものにすることができるならば。けれども、あなたにだって科学というものがある。わたしの場合、それにあたるものがつまり宗教なのです。あなたは科学という馬にまたがって星にむかって行こうとしている。わたしもわたしの馬にまたがっていくというわけですよ」

まさか、そのときには、相手が本気でそのつもりでいるのだとは夢にも思わなかった。

わたしはがらにもなく金持ちのまねをしてマイアミまでロケットで、それから飛行機に乗りついでハバナに着いた。エレンのジェット機は二時間後に着陸し、それまでにわたしはホテルの部屋をきめて用意しておくことができた。

エレンは頭痛を医者にみてもらった。手当をしてもらい、もうどこにも別条はないということ。けれども最初の何日か、彼女は疲れているように見えた。

「いかんよ、おまえ」とわたしは彼女に言った。「あんまり働きすぎるんだ。木星ロケットのことでは、おまえはもう自分の分担以上のことをやってくれている。あと法案を下院に通過させるのは、〝星屑〟のロビイスト連中に任しときゃいい」

「わたしだってやるわ、マックス。大丈夫よ、ここを引き揚げるときまでに充分休養できる。それに、わたしが疲れているのはロケットのせいじゃないの。むしろあのバックリー・ダム建設工事の法案のほう――カリフォルニア州のためになんとかしてあれを通しておかないことには、このつぎ再選される見込みはこれっぽっちもなくなってしまいますからね」

「どうしてそう再選されたがるのかね？　エレン、おまえが立てた作戦のおかげで、わたしは今みたいに大勢の人の上に立つ仕事につくようになった。いやだいやだと思っていた時期はひと通りすぎたし、いい給料ももらってる。上院議員を一人養うくらいはやさしいこった。ロケット計画の監督官に、わたしの任命が終わったら、二人が結婚しちゃいけない理由がどこにある？」

「そのお話は、またそのときにね、あなた」

「お話じゃない、そのときにはは。実際にそうするんだ」とわたしは言った。「お話は今だってできる。話しちゃいけないなんて法律はない。エレン、おまえが政治に身を入れてるのは、本当に政治家でありたいと思うからなのか――つまり、それが自分に一番ふさわしい天職だと思っているからなのかい？　それとも、ただ生活のためなのかね？」

「わたし――マックス、わからないわ、本当のところ。たぶん両方の要素が加わってるんでしょうし、今はなんだか混乱してて自分が政治に身を入れる動機も、結婚のことも、筋道をたてて分析したりできそうもないわ。とにかく、わたしは、州の人たちから信頼を受けて選び出された議員としての自分の今の任期をつとめ上げるまでは――ということはあと二年、あなたと結婚することはできません。まだ、ずっと長いさきのことよ」

「いや、まったく、長いさきのことだ。おまけにその間、わたしたちは年をとっていくばかりなんだよ」

「そりゃそうだわ。だけど、とるだけで、何もなくすわけじゃないでしょ？　わたしたちの仲は、今だってもう結婚してるのとほとんど同じことじゃなくって、マックス？　だったら、かりにこれが今よりもう二年かそこら前に結婚していたとしたって、やっぱりわたしは議員をやめたりしないし、議会の会期ごとに一年に六、七カ月もワシントンへ出かけてくってことになってたんじゃないかしら」

「だが、人前に出るとき、そのいまいましい仮面だけはつけなくてもよくなる」

「こんなもの、ちっとも気になりゃしないわ。むしろ、それだからこそ、二人きりになってこれをとるときのほっとした気持ちといったら……。あなた、飲みものをつくってくださる？」

彼女は自分のグラスの中身を一口すすってから、枕に頭をもたせて目をつぶった。「お話しして、あなた」

「なんの話を？　おれがおまえをどれほど愛してるかってことをか？」わたしはしかめ面をした。「ばかばかしい、おまえ。わたしが五十八というこの年になるまで、結婚してくれってこっちから申し込んだりした相手は、おまえだけだってこと知らないのか？　だのに、その相手から打てば響くような返事が聞けないんだからな」

「愛してるわ、マックス。わたしはあなたのものよ。それだけで充分じゃないこと？　あなたはわたしというものと一心同体だと言ってもいいわ。たった二言三言の宣誓と、結婚証明書類に何の意味があるっていうの？」

「宣誓や書類じゃない。おれが欲しいのは、それは――えいくそっ、おまえにそう言われて反省してみると、自分が利己主義者みたいな気がしてきたぞ。おれはたぶん、おまえがおれのものだってことを、みんなの前にひけらかして歩きたいんだ。秘密にしておかずに」

「秘密にって――それはあなたが本当に親身に思ってる以外の人たちに対してのことでしょ？　クロッキイだってバースティーダーだって、あなたの弟さんご夫婦もエムバッシも、みんなわたしたちの仲はとっくに――」

「わかったよ」とわたしは言い、何かほかにもっともらしい理屈を思いつこうと焦った。ところがまたエレンに先をこされた。彼女は起きなおって、ふたたび飲みかけのグラスに手を伸ばした。

「マックス、わたしがかわりに言ったげるわ。あなたが今までわたし以外の女のひとに結婚を申し込んだことがないってことは信用するけれど、ほかの女のひとを愛したことがないって信じろなんて、おっしゃらないでね。あなただって、きっと、一度どころではなく、すくなくとも何度か、わたしと同じぐらい愛した相手があったにちがいないわ。どう？まずそれだけのことを認めてちょうだい」

「そりゃ、ほかの女に惚れたことはある。が、こんどみたいなのははじめてだ。そこはおまえの言うことが間違ってる、今度のは、今までのなんかとは全然違う」

「どう違うのか、マックス、わたしが教えてあげるわ。あなたは宇宙狂で、それも愛というものが何か、よくわからないくらいの年頃からずっとなのよ。いよいよそれを知りかかった時分、女というものよりさきに星があなたの心を奪ってしまったのよ。結婚なんかしたら、あなたはそれに束縛されて、心から行きたいと思っているところへ行くことができなくなってしまう。ところがはじめて二つのものを一包みにして手に入れることができた――いとしい女と、その女を通してこれまでに誰が行ったよりも遠くまでロケットを飛ばすことを手伝う機会と」

その言葉の中には、うんと真実が含まれていた。

彼女は言った。「もし違うと思うんだったら、もっと説明してあげてもよくってよ。もしわたしが今ここで、ハバナで、すぐにあなたと結婚しよう、ただし星を眺めて夢をみるのはやめてもらいたい、と言ってごらんなさい、どうなるか――？」

「そんなことは言いっこない。そんなことを言うおまえは、本当のおまえじゃないもの」

「もちろん、そうよ。だけど、わたしの言ってることの要点は変わらないわ。ね、マックス、今夜は結婚の話なんかやめましょう。そのことによらず、何かを話し合うなんてのは。あなただけが話して、わたしは聞き手にまわらせてちょうだい」

「よしきた、何を話そう？」

「たった一つだけ、あなたがいくらでも話せる――つまり、星のこと。あなた、本当に恒星まで行けると思う？」

「ははあ、そりゃ質問じゃなくて誘い水だな。本当に行けるとわたしが信じこんでることは百も承知なくせに――事実、いつかきっと行けるにきまってるんだ。いつ行けるか、要するに時間の問題さ。どんなことにしろ人間にできないことがあるとか、やってみる勇気がないとか、人間ってものを見くびっちゃいけない。

星は人間がやってくるのを待ってるし、人間は必ず行ってそれを自分のものにすることにきまっているんだ。いつの日にか、たぶん思いがけなく急に、人間は深宇宙におどり出るにちがいない――ちょうど一九六〇年代に太陽系の空間におどり出たように。ただ、今度は前のときみたいに脅迫されて縮みあがって、追いつめられてやむをえずやるんだってことにならなけりゃいいと思うんだが」

「脅迫されて？」

わたしは言った。「ああ。ドイツ人や日本人に追いつめられて、やむをえず原子爆弾を発明したように。また米ソ二大国の勢力争いの結果が宇宙ステーションと月世界へのロケット射ち上げとなったように。ときどき、おそろしく費用のかかる大規模な仕事にとりかかる決心をするためには、何かどうしてもわたしたちをそうせざるをえないところまで追いつめる動機が必要になるらしい。

一九四〇年代のナチス・ドイツと日本がそれだった。——おまえはまだ生まれてもいなかった時分のことだが。なぜ原子爆弾が発明されたのか、知ってるかい？　金をケチるためだ。ナチス・ドイツのほうは、それなしでも屈服させることができた——事実、その目的には間に合わなかったが、日本人たちは自分たちの本土を防衛するのに必死の力を傾けていた。で、その日本人たちを屈服させるのに、原子爆弾より威力のすくない武器を使ったら、かえってうんと金がかかったろう。いや、待った。そうじゃない。全然違う——結果的にみればそういうことになりはするけれども、原子爆弾を作りにかかったとき、われわれ米国人たちには、金を倹約しようなんて考えは、これっぽっちもなかった。ただなんとかしてわれわれの生活原理と生命を守り抜かなければ、と思いつめていたばかりだ。いくら金がかかろうが問題じゃない、というところまで追いつめられていたわけだ。

それから、一九五〇年代になり、六〇年代はじめにはいると、共産主義者はわれわれにさらに脅威をあたえるようになった――一九六五年にソ連と中国の間に亀裂がはいり、ほかの衛星国で反革命の嵐がふきあれたおかげで、もう心配しなくてよくなったがね。だが、五〇年代後半は事情が違った――わたしはもうそれがわかる年になっていたんだ――われわれは共産主義者をひどく怖がっていた。連中も原子爆弾を持っていたので、われわれが原子爆弾を持っているだけじゃ不安だったんだ。だから、われわれは原子力エネルギーを制御する技術の開発に本気で金をつぎこみはじめ、徹底的な破壊力としてだけではなく、原子力を電力や推進力に使えるような研究をはじめたんだ。

それで、われわれは月にロケットを送りこみさえしないうちに、宇宙ステーションの建設をはじめたんだ。建設資材を軌道まで運ぶのに使ったロケットは、最初の頃はむろん化学燃料を使うやつで、三段式で、ちょっとしたビルくらいも高さがあって、そのくせ最終到達距離までもち上げられる有効荷重といったら、射ち上げの際の重量の百分の一ぐらいにすぎない。最初の一トンの有効荷重を軌道に乗せるまでには、三年という時間と四、五十億ドルもの研究費がかかった。ところが、多段式ロケットってものは、本格的な実用段階に入ったか入らないかのうちに、たちまち石弓か何かみたいに時代おくれになっちまった。軍事用の宇宙ステーションもだが。そして地球の周辺には無数の遠隔操作のロケットが乱れ飛び、それに水爆の弾頭をつければ、いつ何時《なんどき》どこの大陸にでも狙いをつけて、こっぱみじんに吹き飛ばしてしまうことができるという緊張状態がもたらされた。ただ、現実にそういう悲しむべき事件は起こらなかった。というのは、それ、共産主義というものが自己崩壊してしまったからさ——そこまで追いつめられないうちに」

「そして月へも、火星へも行ったのね、マックス」

「それから金星へも」とわたしは言った。「それが一番遠くまで行った記録で、その記録はそこでストップしたきり全然更新されていない。われわれを追いつめる脅威というものがなくなると同時に、わざわざ莫大な費用をかけてまで、宇宙遠くに足を伸ばそうなんて企てることもなくなっちまったんだ。今じゃ月に天体観測所が一つと、火星に試験的な小さな植民地がつくられているだけだ。それから金星をちょっと探険してみたきり。そこでストップしちまった」

「でも、そりゃ呼吸《いき》つぎのためじゃないの、マックス？　人間にとっては、突然の大きな飛躍だったんだから」

「呼吸をつぐだけに四十年間かい？　とっくの昔に、また駆けだしていなけりゃ。木星に、またその他の惑星に——ばかりでなく恒星にむかってだって。とにかく本来ならもう今頃は一番近くの恒星にむかって進んでいてもいい時分だ」

「できるの、だけどそんなこと、マックス？　たった今、わたしたちの手の中にあるものと知識だけで？」

「ああ、できるとも。金はうんとかかる——たぶん今まで原子爆弾と惑星間ロケットにかけた費用をすっかり寄せあわせたほどの、うんと大きな宇宙船でなくちゃ……。ちょうど宇宙ステーションみたいに、あらかじめ一定の軌道まで少しずつ資材を射ち上げておいて、それからそこで組み立てる。大きさはすくなくとも、五組か六組の家族を収容できるくらいでなくちゃ。というのは、現在のロケットに出せるスピードだと、その宇宙船に乗って一番近くの恒星プロクシマ・ケンタウリまで、四光年の距離を乗り切って行きつけるのは、何世代か後の子孫ということになるだろうからな」

「そうそう、やるとすればそんなふうになるだろうってこと、わたしも何かで読んだ覚えがあるわ。でも、あなた、今の世界の人類にはまだそんなことをするだけの心がまえはできていないんじゃないかしら。それほどの費用とそれほどの努力を注ぎこみ、しかも自分たちはその結果がどうなるかってことを知ることもできない……なにしろ結果がわかるのは死んでから一世紀も後のことなんだから——それも、かりになんらかの結果があらわれるとしてよ」

「わかってる」とわたしは言った。「ただ、やればできるって話だ——けっしてやりゃしないだろうが。まだあと何世紀もかかるだろう、いずれにしろ、もしそういう方法でやらなきゃならないとすれば。でも、わたしはそうは思わない」

エレンは目をみはった。「思わないんですって?」

「思わない。そんなことをするくらいなら、むしろそれだけの費用をイオン・エンジンの研究にかけるだろうよ。だって、もし政府が原子爆弾をつくったときぐらいの意気ごみで費用と勢力を傾けたなら——そんなもの、二、三年もかけりゃできるだろうじゃないか！　そして、それを応用したロケットでなら、最初のが出かけて戻ってくるのを、わたしたちはまだ生きていて見とどけることができるんだ！」

エレンは目をきらきらさせた。「ひょっとして、もし木星へ行ったロケットが何かすばらしいおみやげを持って帰ってきたら——」

「え？　何？　待った、そういや、すばらしいおみやげを持って帰る見込みはおおいにあるんだよ、エレン。ウラニウムだ——もう地球に残りすくなくなっているウラニウム資源を、木星の衛星の中のどれか一つに多量にみつけることができたとしたら、それも一つのおみやげになるだろう。あるいはわれわれ人類より文明度の高い生物が、どこか銀河系の星に住んでいるらしい徴候をそこでつかまえることができたとしたら——エレン、それが人類の好奇心と夢を刺激して、他のどんな動機よりも強い誘惑となって、ぜひそこへ行ってみたいという気をおこさせるかもしれない」

「——かしら？　もしかしたら逆に作用するんじゃない？　わたしたちより知恵がすぐれた生物がみつかったら、恐ろしくなりゃしないかしら？」

「わたしはそう思わないな。人間は、一人一人をとりあげたら臆病者かもしれない。けれども全体としてみると、それくらいがちょうどいい励ましになるんじゃないか？　だって、考えてみろ、どうなっていたか。もし火星に運河が――人類以外の高度に発達した生物が住んでいたという証拠を、あそこでみつけたと仮定した場合のことを！

ただ燃料がたりないというだけの理由で、たった二、三歩踏み出しただけで、はじめの大きな夢を忘れてしまおうってのか？　われわれは、そもそもはじめ、どこまで行くつもりで出発したんだ？

いったい、生存のための闘争が、どうしてもそうしなければならないところまで、おれたちを追いつめるまで待ってなけりゃならないってのか？　もう一度、おびえ、ちぢみ上がらされるまで？　他のどこかの星系から、宇宙船が地球を侵略にでもやってきて、やむをえずそいつを自分たちの宇宙船で迎え撃たなければならなくなるまで？　それとも天文学者が、太陽がノヴァの時期にさしかかっていると予言し、正確な時を計算して、そのときまでにどこかよそに退避しろと警告を発するまで？　エレン、そういうことの中のどれか一つが起こるまで、じっとして待っていろってのかい？」

返事がないので、わたしは相手の様子をうかがった。ゆっくり、規則的な呼吸。エレンはぐっすり寝入っていた。

わたしは灯を消して、彼女の目をさまさせないように、そっとベッドにもぐりこんだ。

第二週には、エレンは疲れからずっと回復したようにみえた。前の週よりも頻繁に外出し、町を見物してまわった。二人ともダンスはしなかったけれど、モダン・キューバ音楽は好きだった。七〇年代にアメリカに輸入され、八〇年代にはすたれてしまったキューバ独特の曲は、ハバナでは主流をしめていた。キューバ舞踊も好きだった。わたしたちは二人とも、どちらかといえばアメリカ人としては趣味の古いほうだったと思う。

なかでも日のよく照る日には、ボート遊びもした。いわゆる〝アメンボ〟という、スピードがあまりに速くて飛沫《しぶき》がひどいので、水着を着て乗らなければならない小さな滑走艇だ。岸から人目のとどかない沖まで出ると、わたしたちは水着を脱ぎ捨て甲板に寝そべって日光浴をした。キューバには、ヌーディスト・ビーチというものがない。スペイン人の血をひくこの国の人々は、かつてアメリカ人もそうであったように何かの理由で裸体というものにおそろしく神経質なのだ。

まったく申し分のない休暇で、二週間が終わるべくして終わったときは、二人ともすっかり休養を満喫して、心身ともに調子は上々だった。それからエレンはワシントンへ、わたしはロサンジェルスのロケット空港へ。

忙しい一週間。クロッキイが休暇をとる前の最後の一週間で、わたしがかれの仕事をひきついで留守をまもるについて承知しておかなければならないこと、見ておかなければならないものを、教えてもらい見せてもらった。クロッキイは一つ、また一つ、わたしに教えておくべきことを思い出して、結局毎日かなり夜おそくまで休む間がなかった。

ロサンジェルスのロケット空港をきりまわすというのは、なかなかどうして、容易ならぬ大仕事だということをわたしは知った。多くの責任と、自分の下に所属する部課について、知っておかなければならないことが山ほどあった。クロッキイが戻ってくる頃までには、わたしは耳のところまで仕事に埋まっちまっているにちがいない。

クロッキイは四月一日にアフリカにむかって旅立った。出立は霧の深い明け方だった。

「連絡を欠かさないようにな、マックス。おまえの任命がきまって、おれがまた帰ってきてもいい時期がきたら、それと知らせてもらえるように。だが、すくなくとも三ヵ月だけはなんとか頼むぜ。それくらいは骨休めさせてもらわなくちゃ。じゃ――幸運を祈ってるぜ」


しばらくというもの、仕事に目鼻がついてどうにかてきぱきと処理していけるようになるまで、わたしは自分の運命のことなんか考えている暇はなかった。が、その間にもわたしの運勢はずっと上昇線をたどっていたのだ。

五月も末近くなってから、わたしの議員閣下から手紙がとどいた。

「いましばらくの辛抱よ、あなた。例の法案を、今週の末に下院の票決にかける予定でいます。木曜日か金曜日になるでしょう。惑星間のものにしろ地球圏内のものにしろ、ロケットの遭難事故が起こらないかぎり、通過することはほぼ確実です。万一そういう事故が起こったとしたら、法案提出を延期することになるでしょう。この前上院であったような、際どい勝負はしたくありませんので。絶対に勝てるたたかいをしたいのです。すくなくとも六〇パーセントの過半数をとりたいと思っています。

これまで大いに奮闘をつづけ、その甲斐あってどうやらもうこれ以上待たなくても大丈夫だろうと思われるところまでこぎつけることができました。

票決の成行きがどちらにむかうか、はっきり判明しだい電話で知らせてあげますから、そのときまでまだあと二、三日ありますけど、ニュースの時間ごとにいらいらしながらテレビとにらめっこしたりなさらないように。テレビの速報よりも、わたしの電話のほうが早いはずです。というのは、それはニュース・キャスターにとってあまり重要な法案という中には入りませんので、たとえ速報の内容に繰り入れるにしても票決が終わってから、その結果だけを知らせるという程度にすぎないでしょうから。でも、わたしは、法案可決の見きわめがついたとみたら、最終的に何票獲得したかとかいったことにはかまわず、すぐに電話します。

午前十時以前、また午後五時以後には法案の票決はおこなわれないことになっています。これはワシントン時間で、そちらの時刻ではそれぞれ午前七時と午後二時にあたりますから、もしわたしの口から早くニュースを聞きたいとお思いでしたら、きたる木曜日と金曜日、この時間にはさまれた時間中、なるべく電話のそばから離れないようにしてください。もし九時（そちらの時間で）前でしたら、まずあなたのアパートを呼び出し、それで応答がなかったら空港のオフィスのほうにかけることにします。

きっと吉報をさし上げられるつもりでいます。大丈夫、安心して任せといてくださいな。それに、もう一つ別にいいお知らせがあるの。昨日、わたしは他の二人の上院議員といっしょに、別の用件でホワイト・ハウスに参りましたが、他の人たちにとってはそっちのほうが重大問題だったその用件がすんでから、うまく口実をもうけて、ごく自然にわたしと大統領と、ごく短い時間ですけれど二人きりでお話しできるようにもっていきました。わたしは木星探査計画の話をもち出し、その法案が両院を通過したら署名してくださるという約束を覚えておいでだろうか、とたずねてみました。覚えているとも、きっとお望みのようにするよ、と大統領はいいました。

上院を通ったというニュースも耳に入っているが、予算割当額がたった二千六百万ドルだと聞いて実はおどろいたことを覚えている、と。正確な数字は覚えていないが、なんでも確かその法案の話をはじめて聞かされたときの印象では、予算額は二千六百万ドルどころではなかったような気がするのだが、と。

その言葉はわたしに、あなたの任命の地盤がためをはじめる絶好の機会をあたえてくれました。わたしは多少あなたのことを大統領に話し、ロケットの計画にあまり費用をかけずに仕上げるためには、絶対に信用のおける人物だ、と吹きこみました。クロッカーマンがあなたの計画書と費用の見積もりに目を通してくれたという割引きはあるにしても。

鉄は熱いうちに打てということわざどおり、わたしはもうすこし打っておきました。あなたはロケットの計画の最高責任者にうってつけの人物だ、と言ったの。けれどもむしろその地位には政府の仕事につきものの面倒な制限や手続きに馴れた政治家を、名目上の最高責任者としてすえ、ただその場合に今いった人物に、プロジェクト監督官という肩書でロケット建造の実際上の責任をもたせる条件をつけたほうがいいだろう、と言ってやりました。

すると大統領は、それこそ両手《もろて》をあげて賛成してくれたのよ、あなた！　三億ドルの予算の工事を、その十分の一の経費に切りつめることができるような人物なら、もし本人にその気があるのなら当然その計画に許される限り高い地位について仕事の采配をふるってもらいたいものだ、と。

実のところ、大統領がその時その場であなたをプロジェクト監督官でなく計画全体の最高責任者にきめてしまおうとするのを、受け流してわきへそらすのにちょっと冷汗をかいたほどです。もしそんなことになったら、ぶちこわしですもの。というのは、こういうわけなの——つまり、大統領の指名による人事は上院の承認を受けなければならないので、そうなるとこっちが仕組んだ計画の歯車が、欠ける危険が大きくなるのよ。政治家たちの間ではほとんど知られていないあなたがロケットの計画の最高責任者の地位につくということになると、いつか機会があったらいい仕事を世話してやろうと誰かに約束したりしている議員が、あなたに嚙みついてこないとも限りません。

嚙みつくというのは、要するにあなたの適性にけちをつけようとかかることで、その結果がどうなるか、あなたはよくご存じでしょう。あなたが学位をとってからまだ一年にもならないこと、たった一年半前までは部下を監督するような仕事に全然ついたことがないことなどが明るみに出されるでしょう。そういうことが公けにとり上げられたら、上院も、そのように報告を受けた大統領も、なるほど、何千万ドルという費用をかける政府の計画の最高責任者に任命するには経歴が不足している、と考えるにちがいありません。それではあまりに危険が大きすぎます。そうしていったん最高責任者として不信任されたとなると、それではプロジェクト監督官に、ということもわたしとしては言い出しにくくなるわけです。絶対にそうできないというわけではないにしても。

そこでわたしはジャンセン大統領に、きっと本人自身、最高責任者にはなりたがらないだろう、と言ってやりました。本人は何よりも実際の設計や施工に興味をもっているので、書類いじりよりロケットそのもののほうが性に合っていると言うだろう、と。またあなたがロケット操縦士と機械技術者の前歴をもち、地球の表面から火星までの間のロケットのことならなんでも心得ているけれども、別に政治的に外部との折衝にあたる最高責任者というものは、いずれにせよ必要なのだ、と。

では、そういう地位にふさわしい人物に心当たりがあるのか、と大統領はたずねました。何人か候補者としてあてにしている人物はあるけれども、法案が下院を通過するまで名前は伏せておきたい、とわたしは答えて、だいたい予定している法案通過の時期を教えてやりました。

たしかに通過させられる見込みがついているのか、と大統領は念を押し、わたしが大丈夫だと答えると、秘書を呼び入れて面会予定表を持ってこさせ、今日から一週間後にあたる来週の水曜午後二時にわたしと面会の約束をしてくれました。

そのときまでには、最高責任者として推薦する第一の候補者と、もし大統領がその人の任命に反対した場合かわりにすすめられる第二の候補者を、はっきりきめておきます。そしてその前に二人の相手とも会って、こっちの持ち札をすっかり相手の目の前に並べて、推薦してあげてもいいけれども、それはわたしが勧める人物をプロジェクト監督官に任命するという条件つきで、それでなければ推薦してやらない、と、はっきり念を押してやるつもりです。

相手は、きっとそうすると約束するにきまっています、だいたいわたしの考えどおりにでき上った法案によれば、なにしろそれは、政治的にもかなりの要職ですし、報酬もいいのですから。それにわたしはよく調べた上で、はじめから誘い水を向ければ飛びついてくるにきまっていて、たった一つこちらがつける条件をとやかく言う気づかいのない相手を選ぶのですから。

いよいよ、最後の追込みにかかったのよ、あなた。いま一息、辛抱なさってね」


わたしは辛抱した。エレンの手紙はロケット特別速達便で、差出人がそれを書いた日、つまり火曜日の午後まだ早いうちにわたしの手もとにとどいた。したがって、もし法案が木曜日に票決に付されるとすれば二日間、金曜日なら三日間、辛抱しなければならないわけだった。

実際、待ち遠しかった。脅迫され、追いつめられたような気分だった。事実、事の成否がきまる時はすぐ目の前に迫っていたのだ。

さんざん苦労してここまでこぎつけはしたものの、最後のどたん場まできて背負い投げを食わされることは、往々にしてありがちなことだから。

またこの前のようなロケット事故が起こったらどうなる？　幸い、同じ法案の上院通過の際すんでのところでわたしたちの計画の命とりになるところだったデイモスでの事故いらい、一つも事故は起こっていなかった。わたしは毎晩おそく放送されるその日の重要総合ニュースにテレビのダイヤルを合わせて確かめることにしていたから、これは確かだ。

けれども今、法案票決まであと二、三日という今になって、また事故が起こったらどうなる？　何もかも次期議会までお預けになることは間違いなかろうし、全体の形勢もがらりと一変してしまうかもしれない。とにかく、すくなくともほとんど一年間の遅延は覚悟しなければなるまい。それにわたしだって、年を逆にとってだんだん若くなっていくわけじゃない。わたしはちょうど五十九回目の誕生日を迎えたところだった。六十はもうすぐ目と鼻のさきだ。

その後の二、三日、わたしはポケット・テレビをオフィスの机の上に置いて、ニュースのたびごとに、気をつけて見ていた。ことに木曜日には、何かの故障があってエレンからの電話がうまく通じないような場合、テレビのニュースのほうがさきになるかもしれないと思って、オフィスを出る時には必ず出先を秘書に伝え、ワシントンから電話がかかってきたらそちらへまわしてくれるように、と念を押すことを忘れなかった。が、電話はかかってこなかった。

わたしは一日の勤めを終えてアパートに帰り、そこでとうとう我慢できなくなってこちらからエレンに電話をかけた。ワシントン時間の九時で、その時分にはもう彼女も帰宅しているにちがいなかった。また事実そのとおりだった。

「順調にはこんでいるのかい？」とわたしはきいた。

「ええ、何もかも。法案は明日上程されることになっているわ。最初から三つ目の議事として。前の二つは、これといって問題のないありきたりの議事だから、十一時にはわたしたちの法案の票決にかかれると思うのよ。そちらの時間の午前八時ね。その頃、あなたはまだおうちでしょ？　どう？」

「うん。だが――しかしそれより遅くなると、うちとオフィスと、ちょうどその中間にいるってことにならないとも限らないよ。だから、こうしよう。わたしはいつもより早く家を出て、そうだな……七時にはオフィスに着いているようにする。そうすれば、おまえから電話がかかる時間には出勤の途中なんてことは絶対になくてすむだろうから」

エレンの笑い声が電話線をつたわってきた。「いいわ。じゃ、とにかくオフィスを呼び出すことにしましょう。でも、七時半より早く行ったってむだよ。それより早く大勢がきまるってことは、けっしてないわ。それからわたしたちの法案が討議もなしにすらすらと通ったとしても――」

「わかった。それじゃ、七時半以後ずっとオフィスにいることにする。ところで、エレン、ずいぶん疲れたような声だぜ、大丈夫なのかい？」

「疲れているの。そのことを別にすれば、元気よ」

「もう頭痛はしないのかい？」

「もう頭痛はしません。それに、今から休めるわ。今夜は早く床につくつもりなの。明日は上院のほうには登院しないで、下院の傍聴席に出かけて、大勢がきまるまで様子を見とどけて、あなたに電話をかけて、あとその日はもう臨時休業ってことにするつもり」

「そして何もしないで、休養するって約束してくれるかい？」

「ええ、何もしないで休むわ。それともお昼休みの前に法案が通ったら、午後どこかへ行ってみるかもしれないわ。ただ気晴らしのために。どこへ行くか、教えてあげましょうか？　動物園に出かけて、猿を見るのよ。午前中いっぱい下院の代議士さんたちの茶番を見たあとでは、きっとそれで神経が休まるわ。わたし、人間ってものにそれほど信用をおいていないの。まったく、その点にかけては猿といくらも違っちゃいないわ。わたしもあなたみたいに、人間の本性や能力を信頼できるといいんだけれど」

「わたしより、おまえのほうがずっと信頼してるはずだよ。ただ、今は疲れすぎてるだけだ。これ以上しゃべっていると、また疲れるといけないから……じゃ、おやすみ」

その夜は、わたしも早めに床についた。けれども気が張って、心配で、なかなか眠れなかった。しばらくやきもきしたあとで眠ることは一時あきらめ、ガウンをはおって、屋上に出て望遠鏡をのぞいた。木星は地平線下にあって見えなかったが、その夜はちょうど環《わ》をかぶった土星が見やすい位置に来ていて、美しかった。土星も見て美しい星の一つだ。木星より一まわり遠い、地球から外にむかって木星のつぎの足がかりだ。

そして明日こそ、わたしたちが間もなく木星に行けるかどうかが、はっきりきまる。木星探査の法案は通るだろうか？　それとも運命の歯車のどこかが欠けて、これまでの計画がぶちこわしになってしまう……？

歯車は、欠けなかった。

エレンから電話がかかったのは、九時二、三分前だった。「オーケーよ、あなた」と彼女は言った。「いま通過するところ」

「すごい！」

「余裕しゃくしゃくよ。名前を呼び上げて順番に投票するので、今までつづいてるわ。投票に参加したのは全議員の四分の三ですけれど、もう過半数をとってしまったわ――というのは、投票される予定の票数の過半数ですけど。だから、実際はもう可決したのと同じ。もし最終の票決結果が知りたければ、あと二十分したらまた電話するけど？」

「そんなこと、放っとけ」とわたしは言った。「エレン、まだ疲れてるみたいな声だ。すぐ家に帰って休んだほうがいい。それとも、動物園へ行って猿を見るつもりだと昨日言ったのは、ありゃ本気なのかい？」

「言ったときは半分本気だったけれど、でも、やっぱり帰ってすこし寝ることにするわ。今夜、ひとと会食の約束があるの。もうすぐに最高人事の推薦のお膳立てを始めなけりゃ」

「誰だい、今夜つき合う相手は？」

「ホイットローよ。ウィリアム・J・ホイットロー。それが第一の候補なの。名前を聞いて、何か思い出すことがあって？」

「何度も聞いた名前のような気がするんだが。思い出せない。簡単に説明してくれ」

「ウィスコンシン州選出のもと下院議員よ。ジャンセンと同じ政党の所属。この前の選挙で落選したんだけれど、本人のせいじゃないの。同じ党の他の候補にくらべたら、ずっと多く票をとったのよ。ウィスコンシン州だけに限っていえば、大統領選挙で、ジャンセンが集めた票より多かったくらい。ところが選挙前あの州で汚職事件があったのよ。覚えてるでしょ、例の乳製品業者の贈賄事件。ホイットローは関係してなかったけど、同じ政党の人たちが、あまり大勢連座していたもんだから、人よりも党をとって票が全部よそへいっちゃったの。二年前、下院でアラスカ開発法案を通すために戦ったので有名で――その法律にはあのひとの名前をとってバーンズ＝ホイットロー法って名がついてるわ。それででしょう、あなたが名前を聞いたような気がするってのは」

「今、何をしてるんだね？」

「国務省の次官補の中の一人よ。選挙の後でジャンセンが世話してやれた一番いい地位が結局それだったの。でも、木星探査計画の最高長官とはくらべものにならない、つまらない仕事だわ――報酬も半分以下だし、あまり名を売る役にもたたない。木星探査の話をしたら、とびついてくるわよ。ジャンセン大統領も、自分の息がかかった男の地位が上がるんだから喜ぶでしょう、きっと」

「上院の承認を受ける場合、面倒のたねになりそうなことはないのかい？」

「これっぽっちも。清廉潔白ってことで通ってるの。うんざりするほど実直な人柄よ。上院議員たちは、指一本さしゃしないでしょう。その点は、おあつらえむきといっていいわ。マックス」

「そりゃ結構。しかし、ものの考え方のほうはどうだい？」

「わたしは、あのひとがこれまで議会でどんな動き方をしてきたか、調べてみたの。絶対中立より、どっちかっていえばこっちの味方に近いほうよ。とくに発展的な法案の後押しをするってとこはみられないけど、ロケットを作ったり、飛ばしたり、地球の外に植民地を開拓する計画には、一度も反対投票したことはありません。ということは、あのひとがわたしたちの仕事に向いてるってことなのよ——政治的に都合がいいってことですけど、わたしが言う意味は、なまじ急進的な拡張主義者という評判をとってるような人物より、むしろ」

「そりゃそうだ。で、人柄は？」

「少々こちこちね。その点わたしもちょっと……。でも、心配いらないわ。あなたなら、きっとうまく操縦できるし、あなたの邪魔はしないわ。工学とかロケットとかいうことには、ほんの初歩の知識もありゃしないし、建設工事というもの一般についてだって、どうだか怪しいもんだわ。とにかく実際の仕事はあなたに任せっきりで、自分は書類いじりのほうが立派な仕事だと思って満足してるような人よ。今夜、きっと上手にあなたを売りこんでみせるわ。いえ、話がそこへ来たから言うけど、今夜はあなたの名前は出さずにおこうと思うの。わたしはただ、あのひとを最高監督官に推薦するかわりに、わたしが指名する人物を第二の地位にすえなきゃいけないって言ってやるだけ」

「どうして？」

「それで、相手を二重に縛ってやろうと思うのよ。マキャベリそこのけの政治の駆けひきってとこね。もしあのひとがその人事のことでジャンセン大統領と会談するまでわたしがあなたの名前を伏せておいて、たまたま大統領がわたしの言ったことを思い出して、自分の考えとしてあなたをホイットローに推薦したらどうなると思う？　わたしとの約束のことを考えて、それこそ考えちゃうわよ。そこでわたしがあなたの名前を言うと、それがちょうど大統領が推薦したのと同一人物だったとしたら——それがどうホイットローに響くか、考えてごらんなさいな！　あなたを自分のすぐ下の地位にすえることで、わたしとの約束をはたすと同時に大統領の勧めをうけいれることができるんだわ。何につけても、あなたと衝突するのはよそう、と思うでしょう？　逆に、ジャンセン大統領があなたの名前を口に出さなかったとしても、こっちとしては、どうせもともとなんだから」

「感心したよ」とわたしは言った。「ただ、相手をもてなすあまりに、夜ふかしをしないように」

「しません。する必要がないんですもの。こっちから押売りするんじゃなくて、むこうからとびついてくるにきまってる取引きを一方的に申し入れるだけだから。誘惑する必要はもちろんないし、いい顔を見せてやらなくたっていいくらいよ」

「そんなところだな、どうやら。しかし、それで思い出したんだが――お祝いをしても、いいんじゃないか？　今日は金曜日だ。明日と日曜と二日つづけて休みをとれるように都合できないこともない。おまえだって今夜と明日いちんち眠ったら、明日の夜二人っきりで水入らずのお祝いをやれるだけに元気を回復できるとは思わないか？　わたしのほうは明日の午後のジェット機で出かけて、日曜午後ので帰ってこられる」

「すてきな思いつきね。だけど、マックス、あなたの任命が終わって、本当にお祝いできるときまでお預けにしましょうよ。わたしが本気でかかったら、来週の末にはそっちのほうも片付いてしまうんじゃないかと思うの。だったら、それまで待つだけの値うちはあるんじゃないかしら？」

わたしはため息をついた。「だろうな。しかし、おそろしく淋しいんだ、こっちは、クロッキイまで行っちまって。エムバッシにはときどき会うが、あの男とじゃお祝いらしい気分にもなれない。ワインより強い酒は飲まないし、それさえ一杯か二杯しかやらないいんだから」

エレンは笑った。「そう、それじゃあんまりお祭り気分になれそうもないわね。あなた、明日の午後バークリーへ出かけて、ベスとロリイの二人とお祝いしたらどうなの？　二人とも、いい人たちだわ」

「そうだね。そうしよう」

「ええと、それから、今日の夕刊を忘れずにごらんになってね。腕ききの広告業者に頼んで、ロケットの計画についてすばらしい新聞発表のために配布資料を用意してあるのよ。とっくにできていたんだけど、下院を確実に通過するまでって抑えてあったの。それをまもなく、記事解禁にしますからね」

「気をつけて見るよ」とわたしは言った。「ありがとう、エレン。電話での話を、あんまり長くひっぱるのは迷惑だろうから、この辺でやめる。それじゃ、来週の末にきっと会おう。それまでにも、ときどきわたしのことを思い出しとくれ」

「新しいニュースができたら、すぐに知らせるわ。それじゃ、さよなら」


その日の夕方、わたしはロリイとベスが翌日の夜在宅するか、またその夜から翌日にかけてわたしとつき合う暇があるかどうか、念のため電話で問い合わせようとしているところへ、むこうから先手を打って電話を、ひけどきの直前オフィスにかけて来た。

「マックス、明日こっちへ飛んでこれるか？」

行ける、とわたしは答えた。

「木星探査計画法案の通過記念大パーティをやろうって話がもち上がってるんだ」とかれは言った。「五十人かそこらで——たいていはトレジャー・アイランド・ロケット空港の連中なんだが、人数はもっと多くなるかもしれん。プレイアデス・ホテルの部屋をいくつも借り切って、ちょいとした大無礼講《ぶれいこう》になりそうだぜ」

結果はまさしくオール・ナイトの大無礼講になった。明け方までつづいた。行ってみると、わたしは当夜の主賓ということになっていた。というのはエレンが言った新聞発表に、ロケット計画の功労の大半はわたしに帰《き》すべきだと書きたててあったからだ。わたしは演説をさせられ、途中でへどもどつっかえてしまった。が、そんなことを気にするやつは一人だっていなかった。

そんなふうに名前を宣伝されたためにロサンジェルス・ロケット空港でわたしの株が下がるということもなかった。月曜日に職場に戻って、そのことがわかった。クロッキイがわたしを、他の連中をさしおいてむやみに早く昇進させたことについて、空港の人々の間に多少恨みがましい気持ちが流れていたとしても——事実、すこしはそういう傾向があったとわたしは思うが、今やそれは一掃された。三日天下かもしれないが、とにかくわたしは英雄だった。うっかり英雄にふさわしくないことをしたら、ぶち壊しだ。昨日と今日の違いを、わたしははっきりと感じた。

月曜日にも火曜日にも、エレンからは音沙汰なし。むろん、電話がかかるか手紙が来るかしなけりゃならない理由なんてない。火曜の午後のニュースは、大統領が木星ロケット計画法案に署名し、今やそれが正式に法令として成立したことを知らせた。けれどもそのことについてはすでに話もしたことだから、ぜひエレンから電話がかかってこなけりゃならないいわれはない。

しかし水曜日はエレンとジャンセン大統領との会見の約束の日で、会談が終わりしだいきっと電話をかけるか、すくなくとも電報を打つくらいのことはしてくれるはずだった。もしホイットローとの話し合いがうまくいって、同時にホイットローの計画長官任命が確実となったら、わたしの将来もきまったと同じになるのだから。

エレンと大統領の会見の約束の時間は午後二時——太平洋標準時の午前十一時のはずだったから、十一時以後ずっとわたしは電話をとりそこなうまいと、オフィスから出ずにいた。やがて昼になったが、まだ電話はかかってこない。わたしは食事をとりに外へ出るかわりにオフィスに弁当を運ばせて、電話器のそばに頑張っていた。午後一時になると、すこし心配になってきた。エレンと大統領の会見は、十五分と長びくことはありえない。しかし、きっとエレンは何か大切な用事でもあって大急ぎで上院に戻り、わたしへの電話は夜にすることにしたのだろう。

しかし、オフィスのひけどきの五時——エレンがいるワシントンの時間で八時になっても、まだ、電話はかかってこない。ばかな！　とわたしは自分に向って言った。便りのないのは無事の証拠さ、と。何もかもうまくいっていて、エレンはわたしが家に帰ってくつろぎ、話の途中で邪魔がはいる心配がなくなったところをみすまして電話をよこそうとしているのさ。

わたしは帰途レストランでそそくさと夕食をかき込んで六時には家に着いた。七時にワシントンのエレンのアパートに電話をかけてみたが、応答がなかった。それから深夜の二時まで——わたしにとっては午後十一時まで一時間ごとに電話で呼出しをかけ、その夜はそれで打ち切りにした。二時になってもまだ帰宅しないとすれば、その夜はどこかよそに泊まるだろう。が、だったらなぜわたしに電話をかけて知らせてくれないのか？　わたしが電話を待ちわびていること、もしその電話がかかってこなければわたしのほうから電話をかけるだろうということ、それで彼女が家にいなければわたしがひどく心配するだろうということは、エレンとしては充分承知のはずなのに。

わたしは、目覚まし時計のベルを五時にかけてベッドに入った。とぎれとぎれに、それでも眠ったようだが、四時半にはもう起き上がってコーヒーを自分でいれた。五時、ふたたびわたしはエレンのアパートを電話で呼んでみた。よそで一夜を過ごしたとしても、その時刻にはきっと着替えか、それとも登院の際に持っていく書類でもとりに、一度は戻ってくるだろう。それに一番ふさわしい時間——上院の議事開始の一時間前だった。が、応答なし。エレンは全然帰宅していないことになる。

三十分待ってから、こんどは開会三十分前の上院に電話をかけ、議院の守衛を呼び出した。ちゃんと院内の議席まで行って、そこにエレンがいないかどうか確かに見とどけてもらうために、わたしはことさらロケット空港長という肩書をふりかざして、大事な用事だという印象を与えるようにした。けれども、もしギャラハー議員が忙しそうだったら、今すぐわざわざ電話口まで引張ってこなくてもいいから、暇ができしだいわたしに電話をくれるようにことづてしてくれ、とわたしは頼み、相手がかしこまって、即座に見にいってくれている間、通話を切らずに待った。十分もたたないうちに守衛は戻ってきて、「ギャラハー議員はまだ登院なさっておられません」と言い、けれども気をつけて見ていて、見かけたらすぐにわたしの伝言をとりついでくれると、約束してくれた。

わたしは礼を言って電話を切った。

ワシントン市の警察に電話をかけてみるか？　もしエレンの身に何か事故があったとすれば、それはおそらく昨夜のうちにちがいないし、きっと今頃はもう警察にもわかっているだろう。けれども、もし事故なんか全然なかったのだとしたら、よく考えてみればごくあたり前の何かの理由があって家を留守にしていたのだとしたら、わたしが電話をかけたせいで警察が大騒ぎで捜索をはじめ、そのためにエレンに迷惑がかかり、彼女が姿をあらわす前に新聞やテレビで大げさに扱われてひっこみがつかなくなったりしないとも限らなかった。

わたしはすわって受話器をにらみつけていた。と、そのベルが鳴りだした。

ワシントンからだ。わたしはほっと息をつき、きっとエレンが上院に着いて守衛からわたしのことを聞いたのだなと思い、すぐに応答した。

けれども先方は男の声だった。「ミスター・アンドルーズですか？」

そうだ、とわたしは言った。

「こちらはケリイ病院の医師で、グランドルマンと申します。エレン・ギャラハー上院議員の御依頼で電話をしております。ギャラハー議員は只今当方に入院中で、こうしてあなたに電話をかけるようわたしにお頼みになったのです」

「どうしたんだ？　けがはひどいのか？」

「けがではありません、ミスター・アンドルーズ。本日後刻、脳腫瘍の切除手術をすることになっております。あなたへのおことづてと申しますのは――」

「ことづては、ちょっと後まわしにしてくれ。その手術は危険なのかね？」

「かなりの大手術ですが、見込みはそう悲観的というほどでもありません。はじめて診察をお受けになった、今から十日前に手術できたら、もっとよかったのですが。しかし今からでも、最悪の事態だけはまぬがれることができると思っております」

「手術の時刻は？　その前に、わたしが行って本人と話をすることができるかね？」

「午後二時半の予定です。二時には準備にとりかかりますので、今は九時五十分ですから——こちらの時間で、あと四時間と十分ということになります。ロケットをチャーターすれば別ですが、それにはおそろしく金がかかり——」

「行く、と伝えてくれ」とわたしは言って、叩きつけるように受話器をもどした。

それからまたすぐにとり上げ、わたしの秘書の自宅の電話番号にダイヤルをまわした。二、三分して、眠そうな声が聞こえてきた。

「マックスだよ、ドッティー」とわたしは言った。「しゃっきり目をさましとくれ、至急の用事なんだから。鉛筆と紙がそばにあるかい?」

「はい、ミスター・アンドルーズ」

「よし。手ぬかりのないように、今から言うことを書きとめてくれ。そしてこの電話が切れたら、すぐ実行してくれ。第一、空港を呼び出してチャーター・ロケットの出発準備をさせ、わたしがそちらに行くと同時に離陸できるようにすること。二十分以内に行く。操縦士は、他に交替の当直がいるなら、レッドにしてほしい。行先はワシントン。いいかい?」

「はい、ミスター・アンドルーズ」

「第二、それがすんだら、ヘリ・タクシー会社を呼び出して、一台わたしの自宅へまわさせること。非常特例として、アパートの屋上に直接着陸するように。それでももし問題が起こったら、わたしが全責任をとる。わたしは、この通話の十分後には屋上に出ている。いいかね。わたしが着替えをしてる間にこれだけのことを実行して、終わったらそっちから電話をかけてくれ。まだ、あと二、三、頼みたい用事があるから」

わたしは自分の体に服を叩きつけるようにして着た。そこへドッティーから折りかえし電話。ロケットはすでに出発準備にかかり、ヘリ・タクシーも、すぐそちらへまわる、と。それからわたしはドッティーに、今度は仕事のことを――留守中、誰に代理を頼むとか、その男にこう伝えてほしいとかいったことについて指示をあたえた。

それから屋上まで三階をかけ上り、二分待ったところでヘリ・タクシーが屋上に舞い下りてわたしをさらっていった。

わたしたちはロケット空港を七時二十分に離陸した。病院からの長距離電話の会話を打ち切ってから二十二分後だ。もし旅客ロケットの航行規則に許された最高上昇速度と最低下降速度を守っていたら、ワシントンまでは二時間十五分かかるはずだった。けれどもわたしが分秒を争う飛行だと言った瞬間から、レッドはわたしを〝旅客〟だとは考えていなかった。一時間五十分で目的地に着いた。先方にはもうヘリがわたしを待っていて、わたしたちが着陸すると同時に空港に出てきた。わたしが言いつけたのではなく、ドッティーが手配してくれたのだ。

で、わたしは東部標準時間の正午——エレンの手術の準備がはじまる二時間前に病院に到着した。

受付では、わたしにエレンの病室を教えてくれようとしなかった。グランドルマン医師から、わたしが来たら自分の部屋へよこすように、と指示があったのだ。わたしはかれのオフィスへ案内された。

かれは赤ら顔をした、ずんぐり背の低い、まるでロケットの鼻面のような禿げ頭の男だった。外見は、医者よりもバーテンダーかレスリングの選手にふさわしい。握手の手をさし出したので、やむをえず握ったが、あんまり長くは握らなかった。わたしはこんな男に会いに来たんじゃない。エレンに会いに来たのだ。さっさと病室に通してもらいたいのだ。

「ずいぶん早くお着きでしたな、ミスター・アンドルーズ。もうここまでいらした以上、あわてることはありません」

「あんたはあわてなくてもいいだろうが、わたしはそういうわけにはいかん。どこにいるんだね、病人は？」

「どうぞおかけください、ミスター・アンドルーズ。しばらくそこにおすわりになったからとて、あのかたと一緒にお過ごしになれる時間が一分でも縮まるわけではありませんよ。手術の準備にとりかかるまでにはまだ二時間ちかくありますが、どう延長しても一時間以上面会をお許しするわけには参りません。実際一時間でも通常の限度を越えているくらいでして。どっちにしても同じ一時間なら、いよいよ手術の用意をはじめる直前の最後の一時間、つまり一時から二時まで、そばについていてさしあげたほうがいいのではありませんか？」

「よかろう」とわたしは言った。「ただ、わたしがすでに到着していて、一時になったら会えるのだということを本人に知らせるという条件つきで。はたして間に合うように到着できるかどうか、やきもき気をもんだりしないように」

「もうご存じですよ。あなたがこちらへ案内されておいでになる間に、受付からここへ電話で知らせがあり、あなたがお見えになったことと一時から二時まで面会なさることは即刻わたしからギャラハー議員にお伝えしておきました。さあ、おかけになりませんか？」

わたしはすわって、言った。「すまん、ドクター。なにぶん気がたっているもので」

「それもまた、あなたを今すぐに患者におひき合わせしたくない一つの理由なのですよ。お会いになるときは冷静に、興奮なさらないように。そうできますか？」

「そういうふりはできると思う」とわたしは言った。「いったい何事がおこったんだね？原因は？　またここへ入院するようになったいきさつは？　発病の時期は？」

「腫瘍は、すくなくとも一年以上前すでに発生していたにちがいありません。最初の自覚症状にあたる頭痛は、一月から始まっていたそうです。最初は断続的で、また耐えきれないほどひどくはないのです。ギャラハー議員は三月末——つまり二カ月ほど前に、医者のところへ診察を受けにいかれました」

わたしはうなずいた。それはわたしたちのハバナ行きの直後にあたっていた。あの頃きっとエレンは、わたしにそれと見てとれるよりずっとひどい苦痛になやまされていたのだろう。

グランドルマンは話しつづけた。「あのかたが受診した医者は、偏頭痛と診断して、それに応じた手当をしました。これは、その医者の責任ではありません。腫瘍の位置は、ちょうどそのためにおこる症状が偏頭痛のそれと混同されやすいところにあたっていたものですから。それからしばらく、本人の自覚では病状は快方にむかっているようでした。ところが十日前に突然また悪化して、それではと、あのかたを偏頭痛と診断した医者が、この病院で精密検査を受けるように、あのかたに勧めたのです。その結果、腫瘍が発生していること、およびその位置がわかり、わたしは即刻手術を受けるようにお勧めしました。けれどもあのかたは、どうしても二週間だけ手術を延期してくれ、と頑張られるのです。そのためにみすみす危険率が増すことはわかりきっているのに。なんでもひどく重要な法案についての仕事を片づけるまで待ってくれ、と」

わたしは目をあけていられなかった。木星探査計画だ。命をかけても、とエレンは思ったのか。命をかけても推進しなければならないほど重大な仕事だと思ったのか。それともその計画に対するわたしの執着と、彼女のわたしに対する愛情に命をかけようと決心したのか？　「それから？」とわたしは話のさきを促した。

相手は肩をすくめた。「そうおっしゃられたのでは、わたしに何ができましょう？　本当は明後日――土曜日の予定だったのを、今日に早めたのです。バイスザッハ博士の執刀で――ご存じですか、このかたの名前を？」

わたしは首を横に振った。

「脳外科の手術では、おそらく世界一でしょう。リスボンにお住まいですが、普通の診察はなさらず、手術だけが専門です。病状が許す場合には、患者は飛行機でリスボンに行って手術してもらいますが、今度のギャラハー議員のように非常の場合には、あちらから出向いておいでにもなります。むろん費用はずっと高くなりますけれども」

「費用の点で、何か問題は？」

「ありません。ギャラハー議員が、すべて御自分でお支払いになるそうです。バイスザッハ博士も、すでに到着しています。今朝着いて、予備診察と打合わせをすませました。今は、しばらく御休息になっておいでです。他におききになりたいことは？」

「うん。手術成功の見込みは？」

「ほかならぬバイスザッハ博士の御執刀ですから、成功率は極めて高かろうと申し上げてよろしいでしょう」

「手術が終わって、もう大丈夫――絶対に大丈夫と見きわめがつくまで、どれくらい時間がかかる？」

「そのご質問には、手術後でないとお答えをはばかります」

「なるほど。わたしの勤め先へ、留守にする期間を知らせなけりゃならないのできいたわけだが、いや、それじゃまた後できこう」


一時きっかり、わたしはエレンの病室に歩み入った。

顔色が蒼ざめているようだったが、他はわたしと最後に会ったときとちっとも変わりはないように見えた。エレンは微笑しながらわたしを見上げた。まだ、すぐには、わたしは相手にキスしようとはしなかった。わたしはただ立って、じっと彼女を見下ろしていた。あざやかな色のコントラスト——栗色の髪の毛が枕の白を背景にして。

エレンも気がついたのだろう。「最後の見おさめよ、あなた」と彼女は言った。「剃らなけりゃならないんですから。ね、ご存じでしょ」

「髪の毛なんぞ、どうだっていい」とわたしは言った。あまりロマンチックな挨拶ではなかったかもしれないが、そう言ったわたしの気持ちは通じて、エレンはもう一度微笑した。

「エレン——」とわたしは言った。「こんなことになっているんだと、なぜわたしに知らせなかったんだ？　手術を受けることは、十日前からわかってたっていうじゃないか」

「心配をかけたくなかったの。そりゃもう、来ていただきたいのはやまやまだったけれど。

手術前にぜひもう一度お顔を見ておきたくて――いよいよ手術する直前に。けれども予定では土曜日に手術するはずだったでしょ？　だから金曜の晩あなたにお電話して、夜行の飛行機で土曜日の朝こちらに来ていただくつもりだったの。そうすれば日曜日にはお帰りになれるから。こんなふうに――ごめんなさい、おそろしく急なことになって、あなた。でもとにかく来てくださって嬉しいわ。キスしてくださらないの？」

わたしは優しく、柔らかくキスした。

エレンは言った。「さ、マックス、その椅子をこっちへお寄せなさいな。すわって、今までにわたしがやりとげたことの報告を聞いて。グランドルマン博士に、ことづてを頼んだのに、あなたってば、聞いてくださらなかったんですって？」

「時間が惜しかったから。理由はただそれだけだ。ただここへ飛んできたくて、夢中で。なんだったんだい、ことづてってのは？」

「ジャンセン大統領はホイットローを計画長官に任命することにきめたってこと。それからホイットローも、わたしが申し入れた条件をのむ約束をしたってこと」

「おまえ、なぜ十日前にグランドルマンが手術を受けろと言ったとき、すぐにそうしなかったんだい？　木星ロケットは、建造にどうせ二、三年はかかるんだから、二週間や三週間おくれたってどうってことはないのに」

「そうはいかなかったのよ、マックス。法案は下院を通るように、またほかのこともすっかりお膳立てができあがっていたわ。わたしがいなくても、法案は難なく通過していたでしょうけど」

「そんなら、なんだって――」

「わからない、あなた？　そこでわたしが手術を受けたら、一番かんじんな、人事をきめるときにわたしが立ち会えないってことになるじゃないの。でも、わたしはどうしても、あなたの地位を確保しておきたかったの。それにわたしは、グランドルマンは早く手術を受けさせるために危険を誇張して言ってるのだと思ったのよ。たった二週間ばかり延長したところで、ここまできたからにはたいした違いはない――それで危険が増すなんてことはないだろうとたかをくったのよ。どっちみち死ぬ危険があるのだとしたら、あなたがあれほどお望みだった――いいえ、わたしたち二人の念願だったロケットの仕事を、確かに手の中におさめておきたかったの」

「やめろ、そんな、まるで。ばかな――おまえはきっとよくなるにきまってるよ」

「もちろん、そのつもりよ。だけど、そういかない場合のことも考えに入れておかなきゃ。昨日はね、こんな具合だったのよ。わたしは二時に大統領に面接するとき、二重の手間を省くためにホイットローを一緒に連れていったの。もちろん、わたしが大統領の部屋に入っている間、ホイットローは控えの部屋に待たせておいたわ。わたしはすぐ用談をきり出して推薦する人物の名前を言うと、大統領は喜んだわ。ホイットローならまさに打ってつけの人物だし、かねがね国務省であの男が現在占めている地位は役不足だと思っていたところだ、と言うの。よろしい、喜んでホイットローを計画長官に任命しよう、というわけで大統領は秘書を呼んで、ホイットローと会う時間をきめて予定に繰り込むように言いつけようとしたの。

そこでわたしはにっこり大統領に笑いかけて、きっと大統領はわたしの推薦する人事に同意してくださると確信していたので、実はホイットローを同道してきているのだが、はじめ面会の時間としてお約束くださった十五分のうち、まだたった二分しかたっていない今のこの機会を利用して、ホイットローにお目通りくださって、一時に用事を片付けてしまったらどうだろうか、と言ってやったのよ。そこで大統領は秘書にホイットローを呼び入れるようにいいつけ、それで万事決着よ。ただね、あなた、一番おしまいの幕ぎれったら！　大統領があなたのことを思い出して、あなたのことをしきりにほめそやして、ぜひあなたを計画実施の監督官にしろと勧めるのよ。すると、ホイットローってば――」そこでエレンはくっくっと笑った。「じわじわ汗をにじませているのがわかるの。それってのが、わたしが推薦する人物をその地位につけると約束したばかりのところへ、大統領からそんなこと言われたものだから。それからホイットローがこっそりこっちのほうを盗み見たから、わたしはうなずいてやったの。まあ、そのときのあのひとのほっとした顔つきったら！　まるでその場でダンスでも始めるんじゃないかと思ったほどだわ。きっとあなたを監督官に任命する、とあのひとは大統領に約束しました」

わたしは言った。「そりゃ、よかった。エレン。しかし、なぜわたしに電話をかけなかったんだい――いや、そのことじゃなくて、土曜の予定を繰り上げて今日手術を受けるってことを？」

「わたしがそうきめたんじゃないの。用談をすましてホワイト・ハウスを出ると、ホイットローはタクシーを拾って、どうせ行先が同じ方角だから、その車でわたしを家まで送ってくれると言うので、遠慮せずそうしてもらうことにしたの。わたしが覚えているのは、その車に乗り込んだところまでで、つぎに気がついてみるともう今朝になっていて、わたしはここに入院させられていたってわけ。ホイットローは、わたしを救急病院へ運んでくれたのよ。それからわたしのハンドバッグの中からグランドルマン博士の署名入りの診察料の領収書がみつかって、すぐ博士のところへ問い合わせがいき、博士はわたしをここへ運びこませると同時に、リスボンへ国際電話をかけてバイスザッハ博士に出張手術を依頼してくださったの。今朝目がさめてみると、もうすっかり手術の手配ができあがっていてね。わたしにできることといったら、すぐあなたに電話をかけてくれるようにって、グランドルマン博士にお願いするだけ。もちろん間に合えば、来ていただきたかったけれど、もし間に合わない場合は、せめて、あなたのお仕事の件について話がすっかりまとまったってことだけ、どうしても知らせておきたかったのよ」

わたしは言った。「でも、よかった。間に合うように電話がかかって」

「嬉しいわ、来てくださって。でも、お話だけならできないことはなかったのよ、どっちにしても。あなたが、もうあちらをお発ちになったって知らされたあとだから、もう後の祭りだったけれど、この部屋まで電話の内線を引張ってもらえば、あなたと直接お話できるってことに気がついたの。もしこれなかったとしたら、きっとそうしてもらっていたでしょう」

「いや、このほうがいい」とわたしは言った。「電話じゃキスはできないからな」

「それから手をつなぐことも、ね。わたしの手を握ってちょうだい、マックス。そうしていくつかあなたに聞いていただきたいことがあるの」

わたしは椅子をいっそう近く寄せ、エレンの手をわたしの両手の中につつんだ。

「ほかの話はあとでいい」とわたしは言った。「今は、いま一度、わたしを愛してると言っておくれ」

「今さらなにをおっしゃるの。わたし、今までの一生を通じてあなたほど強くひかれた相手は他に誰もいないわ。いえ、過去のことじゃなくて、今はなおさらそうよ。まるでわたしはあなた、あなたはわたし——二人は一人で、どこからわたしでどこからあなたなのか見境いがつかないくらい」

「そうだ」とわたしは言った。「わたしもおなじだ」

「でも、もし――万一わたしの手術の結果がよくなくても、それでくじけてしまわないでね、あなた。あなたには、なさらなければならない仕事があるんだから。わたしがおそばにいようといまいと」

「おまえ、そんな縁起でもないこと――」

「マックス、ひょっとすると手術が失敗する可能性もあるって事実に、まともにたちむかわなければいけないわ。その率は百に十か一かしれないけれど、その場合を考えに入れて、聞いておいていただきたいことがあるの。それだけ言わせて。ね？　そしたらあとはそれこそ縁起でもないことは一言も言いませんから」

「よし」とわたしは言った。「言っちまっとくれ。わたしは黙って聞いているから」わたしは彼女の手を握った両手に力をこめた。

「第一に、わたしの遺言状のこと。遺産をあなたに譲るように書き換えたい気持ちはやまやまだけれど――」

「なんだと？　おまえ――」とわたしは言った。「遺産のことなんか、聞きたくもない」

「黙って聞くと約束なさったでしょ？　なぜわたしが遺言状を書き換えないか、理由だけ知っておいてほしいの。遺産は遠い親戚の二人に譲るようになっているの。その二人は一番近い身寄りということになるけれど、ラルフ・ギャラハーの兄妹で結婚を通じて親戚になった、血のつながりのない身寄りでしかないの。それでもわたしが遺言状を書き換えない理由を知ってほしいの。

　第一の理由は、もしわたしの遺言が公開されて、わたしが遺産をあなたに贈ったって事実が噂となって流れ出したら、木星探査計画に参画したいというあなたの真意が誤解されて、せっかくここまできまった仕事をとりあげられてしまうかもしれないからなの。もしゴシップ記者か何かが、そのことをとりあげて――」

「わかったよ、もう」

「それに、遺産といっても本当にたいしたことないのよ。この手術の費用を払い、お葬式の費用とか――」

「何を言うんだ、おまえ！」

「もしもの場合のことを話してるのよ、あなた。もしわたしが死んだら、とにかくお葬式だけはしなくちゃなりませんからね。それで、もしそうなった場合、お願いがあるの。それはね、あなたにはお葬式に出てもらいたくないってこと」

「なぜ？　参列者は幾百人となくあるだろう。まさか、その中にわたしが混ざってたからって、そのことをとりあげてかれこれ――」

「そうじゃないのよ、このほうの理由は。ただとにかく、あなたにはお葬式に来てもらいたくないの。わたし、お葬式って、大嫌い。体裁ばかり大げさで、ばかげていて、胸がむかむかするわ。自分のお葬式ってことを考えるのもいや。もっとも、どんなふうだろうと、そのときにはもう自分にはわからないんですけれどね。上院議員というからには一種の公人ですから、やっぱりお葬式はしなけりゃならないでしょう。それは仕方ないと諦めるとして、自分が心から愛しているただ一人までがその仲間入りしてるところを想像すると、たまらないの。もしわたしが死んだら、死んだわたしなんてもの、ここでも、葬儀屋でも、あなたの目に入れてもらいたくないの。あなたの思い出に残るわたしが、死体であったりお棺であったりしてもらいたくないの。生きているわたしを、あなたの思い出の中に住む最後のわたしにしたいのよ。お葬式のことを考えたり、花を送ったりもしてほしくない。これだけのこと、きっと約束してくださる、マックス」

「ああ。そういう話はもうそれで終わりって条件つきで」

「いいわ、死の舞踏はもう終わりよ。あとはもう楽しく、朗らかにしましょう。あと、時間はどれくらい？」

わたしは腕時計を見た。「三十分ちかく」

「あら、まだそんなに？　嬉しい！　さ、今度はすこしあなたがしゃべる番だわ。おはなししてよ」

「おはなし？　おはなしをするのは、得意じゃないんだ」

「お伽噺なんかじゃない、実話よ。いつか聞かせるって約束して、いっこう聞かせてくださらないお話があったでしょ？　覚えてる？」

わたしは首を振った。

「ほら、去年の十月。あなたが学位をとって、お祝いのパーティにあなたの弟さんのビルと奥さんがシアトルからおいでになったでしょ？　ね？　そのときビルがミシンとかなんとか言ってあなたをからかって、二人で声をそろえて笑ったので、わたしがいったいそれなんの話？　ってきいたら、あなたはそれは昔あなたがやったとんでもないことについての笑い話で、説明すると長くなるからまたいつか別のときにしようっておっしゃったわ。それからわたしもずっと忘れていたんだけれど、今朝あなたが来るって知らされたとき、ひょいとそのことを思い出して、時間があったらぜひきこうってきめたのよ」

わたしは声をたてて笑った。「たいした話じゃないんだよ、エレン。あのときはパーティの最中で、話なんかで時間をつぶすのが惜しかっただけさ。ことの起こりはわたしが十代の年頃に読んだ一冊の本で、ＳＦのはしりともいうべきやつだった。著者の名前は忘れたが、題は『発狂した宇宙』とかなんとかいうのだった。例のパラレル・ワールドというやつをテーマにした小説で、その小説の、主人公はふとしたはずみで自分が現に住んでいる宇宙とは別の宇宙にとびこんでしまう。ところがその二つの宇宙は歴史上のある瞬間まで、何から何まですっかり同一なんだが、そこから両宇宙の時間の軌跡がずれてしまうんだ。つまりそれまでは両方の宇宙で必ず同じことが起こっていたのが、それからは片方の宇宙で起こることが、もうひとつの宇宙では起こらなくなり、別の方向にむかって発展していくことになる。

その小説の中ではその瞬間というのが十九世紀のあるときになっていて、その原因は片方の宇宙に住んでいる一科学者が星と星との間を旅行する方法を発見したためだということにしてある。たまたまその科学者が、中古の踏み板式のミシンから低電圧の小型発電機をつくり出そうと奮闘している最中に、偶然そういう旅行方法が発見された、というんだ。その男は一組の小さなコイルをとりつけて、相互のコイルをミシンの踏み板につないで、さて試運転にとりかかったとたんに、ミシンは消え失せてしまった。配線を間違えたってわけだ――つまり、発電機をつくるには。しかしどこで間違えたか見当がついたので、こんどは中古でないミシンを使ってやってみた。するとそいつも消えちまった。

それでもその男はくじけずに、あとからあとからいくつもミシンをなくしながら研究をつづけたあげく、ついに瞬時にして宇宙を旅行する方法の、秘密をつきとめた――というお話さ。読んだことあるかい、エレン？」

彼女はゆっくりかぶりをふった。

「手術がすんで、すこし快方にむかったら読んでごらん、退屈しのぎにはなるよ。もちろんその本がみつかればの話だが、みつかるかどうかわからないな。もう四、五十年も前に絶版になっちまってるだろうし、題も確かには覚えていない。昔のＳＦを集めてる誰かが持ってれば別だが。

わたしがはじめてそれを読んだのは十代の子供の頃で、それっきりそんな本のことなんか思い出しもしなかったのに、四十いくつかになって偶然その本の古い版をみつけて読み直したんだ。ほかのことはおくが、とにかくその本は前に読んだ本とは全然違う本のような印象をあたえた。もちろん、ちっとも不思議なことじゃない。前とそのときとでは、わたしも変わっていたし、他の何もかもが変化していたのだから。

その時分のわたしは、不満と反抗心で腹の底までむしばまれた男だったよ、エレン。自分が片一方しか足がないロケットの技術者だってこと、二度と宇宙ロケットを操縦できないってこと、すでに知られている以外のどこへも出ていけないってこと……何もかも不満で癪にさわってたまらなかった。ことに一番くやしく思っていたのは、自分がではなく人類が、未知の世界へ乗り出していこうとすることをやめてしまっていることだった。われわれは月と火星と金星まで行って、そこに黄金やダイヤモンドが散らばった野原がなく、見も知らぬ不思議な生物や文明がみつからなかったというので、それきり興味をなくしてしまいかけていた。わたしが生きている間には、それ以上遠くに——ことに星をめがけていってみようとする試みはおこなわれそうにないし、宇宙旅行の研究はほったらかしにされていた。その頃に保守主義者たちときたら、今の同類よりずっとたちが悪かった。それにくらべると今は、二度目の風が吹きおこって、もう一度やってみようという気がまえができかかっているような気がするんだが。けれども、その当時は宇宙旅行というものに対する反動が一番ひどかった時で、政府はすでに設けた宇宙ステーションさえとり込んでしまおうかと相談しているようなありさまだった。地球圏内ロケットでさえ、最悪の状態にあった。折から大型旅客ロケットがパリの町の人ごみの真ん中に墜落して、乗っていた連中ばかりでなく他に百人以上が死傷する事故が起こったばかりで、ロケットによる旅行はいっさい禁止しようという議論まで出ているほどだった。たしか、あれは、一九八四年のこと——だっけ？」

わたしは自分の話の方向に気がついて眉をしかめた。

「こいつはいかん、わたしは自分がやった、ばかげた、とんでもない行ないのことを話そうとしているのに、妙な方向へはずれちまったようだな。だがもうここまで混乱しちまったからには、ついでのことに当時の状況をすっかり話しちまうことにしよう。その頃のわたしは酒飲みだった。常習の大酒飲みだ。酒で身をもちくずす一歩手前のところまでいっていた。ロリイなんか、わたしを立ち直らせようとしてずいぶんきつくいさめてくれたものだ。ビルもそうだ。ビルはまだ独身でサンフランシスコに住んでいたっけ。でも、わたしは性根なしの飲んだくれで、誰がいくら言ってくれてもほとんど効き目はあらわれなかった。

そうしてある夜も、わたしは一人っきりで自分の部屋で酒に溺れていたが、ふとそのミシンのことが出てくる昔の本をみつけて、読み直してみる気になったんだ。それからわたしは妙な考えにとりつかれた。なぜやってみちゃいけないんだってね。せんじつめれば、宇宙旅行の原則ってものについて、ロケット以外、人間はまるっきり知っちゃいない。けれども何か他の方法があったって、ちっともおかしくはない。ところでそういう方法があるとして、それがどう作用するのか人間は全然知らないんだから、発見されるとしたら何かのはずみで発見される可能性が大きいんじゃないか？　わたしたちにできることといったら、ただそのはずみにぶつかる時を早めるだけで、それにはやたらにコイルやら電線やらをつなぎ合わして、わざとめちゃくちゃなことをやってみるほかはないんじゃないか、とね。

そう決心したとき、わたしの目の前にある瓶の中には、ちょうど半分だけウィスキーが残っていた。わたしはそれを流しに持っていってぶちまけ、ベッドにもぐりこんだ。あくる朝、わたしは銀行へ出かけて貯金をありったけひきおろした。うん、千ドルもあったかな。わたしはそれまでの勤め先に電話で辞職すると言ってやって、それからロリイにもビルにもみつけ出されないように市内の別の地区の部屋に引越した。

それからわたしは出かけて買いこんだんだ。何をって？　あらたまって、言わせてくれるなよ、エレン。つまり、その、中古ミシンを、さ。それも三台。一台は電動式のポータブルだったが、二台は旧式の踏み板式のやつで、さんざん骨董品屋を探しまわって目玉がとび出るほど高い値段をふんだくられたものだ。それからやたらに電気器具の部品を買いこんだ。電線、コイル、コンデンサー、真空管、トランジスタ、スイッチ、クリスタル、電池、その他思いつける限り、ありとあらゆるものを。

わたしはその部屋にとじこもって一日に十五、六時間ずつ二週間というもの、思いっきりでたらめな回路や思いつきをそのままに組み立て、つなぎ合わすことに没頭した。休むと言ったらただ食事をしに外へ出るときだけで、酒は一滴も喉を通さなかった」そこでわたしはにやりと笑った。

「たぶん、それがいけなかったんだろう。もし酒を飲みながらやったら、もっとうまくはずみにぶつかった——というか、発明の才を発揮することができたかもしれない。が、わたしはそうしなかった。何千とおり、いや何万とおりも組み立てては壊しまた組み立てた組み合わせの中から、たとえ宇宙旅行の方法でなくとも何かしら発見したんじゃないかと言われるかもしれない。が、事実は、何ひとつ出てこなかった。二週間かかってわたしがやったことといったら、一文なしになったことと、ハンダごてでできた火傷だけだ。

ちょうどそのときビルがとうとうわたしの居所をつきとめて、踏みこんできた。わたしはビルに自分がやっていること——あるいはやろうとしていることを、説明しようとしているうちに、急におかしくなって、大声で笑い出した、というのも突然わたしはものごとを冷静に——か、それともビルの目を通して見ることができたからだ。いったいなんたるばかげたことだろう、と気がついて、だからわたしは獣が吠えるみたいな声で笑いだし、しばらくしてビルにもそれが通じて、二人して腹をかかえて大笑いしたってわけさ。

いずれにしろ、その事件はわたしが長いことぶちこまれていた暗い絶望の淵からわたしを救い上げてくれ、ビルとわたしの仲をそれまでよりずっとちかづけてくれた。その晩、そこらをすっかり片づけ、翌日からまた働きに出られるように話もつけ、当座をしのぐだけの金をビルから借りて、それからわたしとビルは一緒に一杯やった。めったにないことだが、ビルもいいかげん酔っぱらった。もちろん、わたしだって。しかし、その晩、わたしの酔い方はいい酔い方で、また落ち着いた酔いで、たった二週間前まで毎晩つづけていたような逃避的な酔い方じゃなかった。そして以前のような卑怯な酒の飲み方はぷっつり止まった」

わたしはまたエレンに笑ってみせた。「つまり、これがいわゆるミシンのお話さ。それからというもの、こいつはビルとわたしの間だけで通じる笑い話になって、いつもああして折をつかまえちゃからかいやがるのさ。これからは、おまえもそう言ってからかっていいよ」

エレンは微笑した。「好きだわ、今のお話。おかしいお話だからではなく——もちろんおかしい話だとは思うけれど。でも、わたしがそのお話を好きなのは、それがいかにもあなたらしいからよ。そしてそういうあなたを、わたしは愛しているから。だけど、あなたのお話の中に、たった一つ間違っているところがあるわ」

「どういうことだい、そりゃ？」

「宇宙旅行の原理を、人間はちゃんとものにしてるってことよ。それはあなたの中に、あなたと同類の人々の中にあるのよ。わたしの中にだって、ほんのすこしだけれど、あるわ――あなたからもらって。クロッキイにも、ロリイにも、ロケットに関係した仕事をしている〝星屑〟たちなら、たいてい誰の中にでもあるわ。エムバッシの中にさえ」

「エムバッシだって？」わたしはきっとぽかんとした顔をしていたにちがいない。「エムバッシは〝星屑〟じゃないよ。あの男は神秘主義者だ」

彼女はふたたびにっこりした。「あのひとがどういう点で神秘主義を信じているのか、たずねてみたことないんでしょう？　こんど会ったとき、きいてみるといいわ」

そのときドアに軽いノックの音がして、グランドルマンが入ってきた。「あと一分ですよ」とかれは言った。「それだけ、お知らせしたほうがいいと思いまして」かれは出ていって、ドアを閉めた。

「マックス、もう一つ約束してくださる？」

「なんなりと」

「もしわたしが死んでも――きっと死にやしないけれども、万一まさかのことがあっても――けっしてくじけないって。またお酒を飲みはじめたりしないって」

「約束するよ」

ドアが再び開いて、こんどはグランドルマンでなく、看護婦と男の看護人だった。男のほうが言った。

「失礼ですが、面会はこれで打切りに願います。準備をはじめますから」

準備だって？　そうだ、髪を剃るのだ。白い枕によくうつる、こんなに美しい栗色の髪の毛を。わたしはかがみこんでまず髪の毛に、それから唇にキスした。


グランドルマン博士が待合室に入ってきた。

「今、手術室にお連れしているところです」とかれは言った。「バイスザッハ博士は、すでに手術室に行っておいでになります。けれども手術はかなり長くかかりますし、手術そのものがすんでも、すくなくとも二十四時間は面会厳禁になります。ホテルにいらしたほうが、おくつろぎになれるでしょう。手術が終わりしだい、できるだけ早くお電話をさし上げますから――」

「いや、ここで待つ」

わたしはそこで待った。

祈りたい衝動に襲われた。それからわたしは祈った。「神さま、わたしは神さまなんてものが存在するとは信じておりません。かりに存在するとしても、人格をもった存在ではなく、たとえ目の前でツバメが一羽地に落ちようとしているのを見ても、誰かの頼みや祈りにこたえて救いの手をさし伸べたりなさる神さまがあろうとは、とてもわたしには信じられません。けれどもわたしは間違っているのかもしれません。だったら、許してください。そしてもしわたしが間違っているのでしたら、わたしはあなたにお祈りします。神さま、どうかエレンを……」

何年もたったようだった。やっとグランドルマンが戻ってきた。かれは微笑していた。しめた！

かれは言った。「みごとな手術でした。奇蹟というほかはありません。おそらく、命はとりとめるでしょう」

わたしは相手をにらみつけた。「命はとりとめるだって？　みごとな手術だってのに、命はとりとめるってくらいのことしか言えないのか？」

かれはふっと微笑を消した。「さよう、生死の可能性は五分五分か、あるいはかすかに生存の見込みのほうが勝《まさ》っているといったところでしょう。けれども完全に危険から脱したと見きわめをつけるのは、まだ三、四日たってからでなければ——」

畜生、とわたしは思った。すると、手術する前の見込みはどうだったんだ？　たった二時間半前、わたしがエレンと話をしていたとき、見込みはどうだったんだ？　医者が言う「成功率は極めて高かろう」ってのは、いったいどの程度の見込みを意味するんだ？　百か、それとも千に一つってことなのか？

「明日、病人に会わせてもらえるかね？」

「たぶん。しかし確かな約束は、まだできかねます。明日の朝、電話をかけてみてください」

「泊まるところがきまったら、すぐ電話するよ。何か変わったことがあったら知らせてもらえるように」

医者はうなずいた。


ホテルの部屋に落ち着いて、はじめてわたしは自分がどれほど疲れているかをさとった。前夜わたしはほとんど眠っていなかったし、心労からくる緊張は肉体的な労働よりははなはだしく人を疲れさせる。

けれども何もかも成行きに任せて休む前に、わたしはロケット空港に電話をかけ、留守中わたしの代理をつとめさせることにした男を呼び出して、たぶん一週間くらい帰れないだろうということを知らせ、空港のほうは何事も変わりなくうまくいっていることを確かめ、何かわからないことや知らせたいことがあったらここへ電話するように、と言ってこちらの電話番号を知らせた。

つぎに病院を呼び出し、わたしの居場所を教えて、それからベッドに入った。けれども浅い眠りだった。ほんのちょっとでも物音がすると、はっとして目がさめた。というのは、今鳴るか、今鳴るかと思いながら、どうか鳴らずにすんでくれと祈りながら、電話のベルが鳴りはしないかと、気がそっちのほうへいっていたからだ。

そして、それはついに朝まで鳴らずにすんだ。

浅い眠りではあったけれども、かなり長い時間にわたって目ざめては眠り、また目ざめてはまた眠りしたので、朝起きたときにはかなり疲労が消えて元気が回復しているのがわかった。それに、おそろしく腹がへっていた。というのは、そのときになって気がついたことだが、前日、ぜんぜん食事をしていなかったのだ。

さっそく病院に電話をかけてみると、エレンは夜中じゅうずっと安静で、容体は快方にむかっている、ということだった。グランドルマンはまだ出勤してなかったので、エレンに面会できるかどうかはきけなかった。来たらすぐに電話をもらいたい、とわたしはことづてを頼んだ。

電話のそばから離れなくてもすむように、電話でルームサービスを申し込み、ふつうの三倍ほどの量の朝飯を注文した。それをわたしは全部平らげた。

九時をすこしまわった時分、グランドルマンから電話がかかってきた。エレンの「容体は順調」だとかれは言った。

「そいつは、また例の社交辞令かね？　それとも本当に見通しが明るくなってきたという

す」

「見通しはずっと明るくなりました。今は、はっきり快方にむかっていると言いきれま

意味かね？」

「今日の午後、面会させてもらえるかい？」

「たぶん。一時に電話をかけてみてくださいませんか？　それとも、ずっと今のお部屋においでなら、こちらからおかけしてもよろしゅうございますが」

「そっちで勝手にこうときめこまれないように、どっちともきめずにおくよ」とわたしは言った。「わたしはずっとここにいるから、かけてくれるつもりがあるなら、ここへかけてくれ。しかし一時までにそっちからなんとも言ってこなけりゃ、こっちからかける」

病院からの電話は、今かかったばかりだから、しばらくは音沙汰あるまい。で、わたしはその間を利用してアフリカのクロッカーマンに国際電話をかけることにした。こんなちょっとした暇でもなけりゃ、大事な電話がふさがっていては困る。何か身辺に変わったことがあればクロッカーマンだって聞きたいだろうし、それにせっかく預かった仕事を一時他人まかせにしなければならなくなったいきさつも説明しておきたかった。もしかすると、わたしがあとを任せてきた男ではクロッカーマンには不安心で、すぐロケットで飛んで帰らなければならないと思うかもしれない。

ヨハネスブルグにいるということだけは、わかっていたので、わたしはそこのオペレー

ターに、その土地のアメリカ大使館にたずねてくれれば、泊まっている場所がわかるだろう、と言った。オペレーターはそうしてくれて、うまくいった。二十分とたたないうちに、わたしは事情をすっかりクロッカーマンに知らせることができた。

「やれやれ、よかったな」とかれはエレンのことを聞き終わると言った。「それじゃ、今はいいほうにむかってるんだな？」

「ああ。しかし、仕事のほうはどうだ？　おれはグレシャムに代理の代理を頼んできたが。あの男で間に合うかな？」

「大丈夫だとも。心配するな。おれのほうは、ちっとも心配じゃないよ。ただ、エレンのことは、何くれとなく知らせを頼む。もし急に容体が変わったり、あるいはもう大丈夫だという見きわめがついたら、忘れずに電話で教えてくれ。木星ロケットのほうはどうなんだい？　法案が通ったってことは聞いたが——こっちでもニュースがあってな。しかし、おれがききたいのは、おまえとそれとの関係さ。うまくいってるのか？」

うまくいってる、とわたしは答え、要するにそのためにエレンは手術の時期をおくらせ、おかげで今こんな危険に自分をおとしいれているのだということを説明してやった。

「たいした女だな、マックス」とかれは言った。

まるで、わたしが知らないことでも教えるような調子で。

るとグランドルマンに先を越された。一時きっかりに呼出しをかけようと時計をにらんでいると、三分前に目の前の電話のベルが鳴った。

かれは言った。「患者の経過は良好で、今はもう目がさめておいでです。いつなりと、こちらにお出でになりしだい三十分の面会を許可します。が、その前にわたしのオフィスに寄ってください。ちょっとお話があるのです」

「どうせ話すんなら、今にしてくれ。内容のいかんにかかわらず、今この電話で。行く途中で、あれこれ気をまわして心配させられるのはかなわんよ。何か手違いでも？」

「というほどのことではありません。身体的には患者の容体は上々です――あれだけの大手術だったこと、それに終わってからまだ二十四時間もたっていないことを考えると。ただ、精神状態のほうが、すこしどうも、どういうわけですか、すっかり元気をなくして、悲観的になっておしまいになり、その点、手術の前よりひどいと申し上げてもよろしいほどで――いや、本人は知りませんが、手術前なら悲観に価するだけの理由は山ほどあったんですがね。だから、あなたに三十分も面会を許可するつもりになったようなわけでして。あの方を、元気づけてあげてください。手術は申し分ない成功で、危険はすっかり去ったとわたしから聞いた、とおっしゃって。わたし自身そう申しましたが、信用してくださらないのですよ」

「言おう。しかし、本当にもう危険はないのかね？」

「ほとんどないと申してもよろしいでしょう」

「そのほとんどということの正確な意味は？　数字に直して言ってみてくれ」

「さよう——目下のところ、治癒の見込みは四分の三とでも申しましょうか」

「よし」とわたしは言った。「今後とも、わたしにわからせようと思うなら、そういう言い方をしてもらいたい。できるだけ、患者を元気づけるようにやってみるよ。ただ、それならそれで、こっちから一つ提案があるんだが」

「何です？」

「本当のことを、患者に知らせるのさ。もし嘘をつこうとしたら、相手はきっと感づいちまうだろう。あんたの嘘を感づいたより、わたしの嘘ならなおさらはっきりと。包み隠しなく、回復の見込みは四分の三だとありのままを言っちゃいけないかね？　そのほうが喜ぶし、また信用もするだろう、嘘を並べたてるより結局そのほうがいい効果を生むんじゃないか？」

「うーん。あなたのおっしゃることにも一理はあるようですな、ミスター・アンドルーズ。ただ、どうです、すこし水増しするのは？　四分の三ではなく、十に九つのチャンスだと」

「本当のこと以外はだめだ。水増しをすりゃ、相手はちゃんと感づくさ」

「よろしい、それでは、本当のことを、しかし、いいですか？——面会中患者を興奮させないように、またあなたも興奮なさらないように、気をつけてくださいよ。キスなさるなら、なさってもいいです。が、そっと軽くして、頭を動かさせてはいけません。もっとも、ご本人もそのことは充分に承知のはずですが」

こんどは栗色の髪の毛のかわりに厚い白い包帯に包まれた頭。けれどもエレンはわたしを見上げて微笑した。「ずいぶんご心配になったでしょ、あなた？」

「おまえは、そうしてわたしのことばかり心配しているが、わたしのことを心配するのはやめとくれ。どうだね、気分は？　痛むかい？」

「痛みはしないけど、ひどく力が抜けちゃったみたいな感じなの。なるべく、あなたのほうが話す役にまわってね」

わたしは枕元ちかくへ椅子をひき寄せた。「いいとも。何を話そう？」

「一番はじめに、医者からわたしの容体について、本当のことをお聞きになったでしょ？」

「ああ」とわたしは言い、グランドルマンとの電話の模様を詳しく説明してやった。

エレンの目は、すこし輝きを増した。「ありがと、マックス。そう、あなたが言うとおりよ。四分の三までこっちのものだというなら、そのとおりはっきり教えてもらうほうが、いいかげんなことを言われていろいろ気をまわしているよりずっといいわ。四分の三ですって？　わたしが、思っていたよりいいのね。おかげで、気が楽になったわ」

「だろうとも。わたしにはわかる。さあ、それはそれでよし、と。何か特別にお好みの話題があるかね？」

「あなたのことを、ね？　昨日あなたからあの話を聞いて――ほら、あのミシンの話を聞いて、わたし、あなたがロケット乗りだったころのことや、その前のことを、どれほど少ししか知らないかってことに気がついたの。あなたが十七歳になる前のことと、ロケットの技術者になってからのこと。あなた、子供時代にはどんなふうだったの？」

「とりたてていうほど変わっちゃいない。シカゴで、前にも話したように、一九四〇年に生まれた。中心部から十ブロックほど南のステート・ストリートにあるペンキ屋の三階の四部屋の住居で生まれた。当時、あのへんは貧乏人だらけの、ひどい場所だった。

　わたしは三人兄弟の二番目だった。わたしより二つ上の姉がいたが、二十年前に死んじまった。それに五つ年下の弟が一人――ビルだ。親父は市電の車掌で、かなりの大酒飲みだった。

　子供の頃のわたしはやくざなガキで、遊び仲間と一緒になってさんざん小さな悪事もした。やがて中の何人かは、小さくない悪事もするようになった。腕白時代の友達の中には、バーのむこうで一生を終える運命《バー》におちいった連中も少なくない。バーといったって酒場のバーじゃない、牢屋の鉄棒だ。今になって考えてみれば、わたしがそうならなかったのは、たった一つのもののおかげだった。

というのは、ものを読めるほどの年頃になってからというもの、わたしはやたらにSFというやつを読みふけるようになったのだ。覚えてるかい？　コミック・ブックだ。それから雑誌、さらに本格的なSF小説に移っていった。中にはけっこうすばらしいのがあったよ。すくなくとも、その頃のわたしにはすばらしい読物だった。火星や、その他の惑星や、銀河系の宇宙を越えて、ずっと遠くの星まで飛んでいく冒険物語だ。そういう初期のSF小説を書いた連中は、やがて宇宙旅行が現実にできるようになるということを知っていたんだ。その作者たちは、夢をもっていた。そして、その夢をわたしたちにも分けてくれたんだ。その連中が書くものの中には星屑がいっぱいちりばめられていて、それがわたしの目にとびこんできたんだ。今に宇宙旅行の時代が必ずやってくる、そして宇宙ロケット乗りになるんだ、とわたしは信じて疑わなかった。

それがわたしに節度というものを守らせ、あまり遠くわき道にはずれないように引きとめてくれたのだ。わたしは警察の犯罪者名簿に名前をのせられないようにつとめ、感化院なんかに送られないように気をつけなければならないということを知っていた――さもなければ、宇宙ロケット隊が編成されるとき、その一員に加えてもらうことはできないだろう。遊び仲間たちが学校をサボってばかりいるときでも、わたしは学校だけはほとんど欠席しなかったが、それにしてから、自分が行きたいと思っているところへ行けるようになるには教育が必要だということを勘定に入れていたからだった。

喧嘩はしたよ。ことに、学校をサボる仲間に入らないからといって臆病者呼ばわりされたときとか、警察につかまって悪事の前歴を残すのがいやで、酔っ払いの持物をかっぱらったり店屋に泥棒に押し入る手伝いをしないからといって卑怯者呼ばわりされたりすれば、喧嘩しないわけにはいかなかった。しかし、結局はそれはわたしのためになった。わたしはそれで強く鍊えられ、どんなことでもそうやすやすとうまくいくものではないということ、また自分が欲しいものを手に入れるためには力をつくして戦わなければならないのだということを学んだ。わたしが欲しいもの——それは宇宙だった。そしてわたしはそれを手に入れるために戦った。

わたしたちはずっと原子爆弾の脅威——原爆による皆殺し戦争の影におびえながら育った。わたしには、それが嬉しいことのようにさえ思われた。お礼を言いたいくらいだった。そのわけは、その当時ですらわたしは気がついていたからだ——宇宙ステーションや月や惑星に行くために、政府が惜し気なく金を使うのは、そういう脅威のせいにほかならないことに。また、そういう脅威が現にある間に限られていることに。どんなに恐るべき脅威にさらされているか、どんな危険に直面させられているか、わたしにとってそんなことは問題じゃなかった。人間がそういうことからくる恐怖に駆りたてられて、やむをえず星にむかって出発せざるをえなくなるというのなら。

事実、わたしたちはそういうふうにして出発し、そういうことを繰り返しながらいつかきっと星にたどりつくだろう。それはもうはじめからわかりきったことなんだよ、エレン。どうしてもそうしなければならないんだ。——恐竜みたいに絶滅してしまうのがいやなら。そして人類はけっして、絶滅しやしない——恐竜なんかよりずっと賢いんだから。わたしたち人類は、環境の変化のために絶滅させられてしまうような段階はもう乗りこえてしまったんだ——わたしたちには自分の思うがままに環境を変える力があるんだから。今では、もう人類は、自然が人類に対してしかける以上のことを、自然に対してしかけることができる。で、将来は？　これからさき人類が退化するということもありえない——すでに遺伝子学を自分のものにしてしまったのだから。今後二、三世紀かけて、人々を遺伝子の応用ということについて教育すれば、肉体的にも精神的にも、人類が退歩することは絶対にない。人類はいよいよ強く、いよいよ賢くなって、ついには神様になる。あるいはむしろ、これくらい神に近くなりたいと自分で望むだけ神に近づく。あんまり神様みたいになったんじゃ退屈でやりきれないから、すこしは悪魔の名残りも自分の中に残しておいたほうがいいだろう。

エレン、人間はきっと星にたどり着く。どうしても他に方法がなければ、光より遅いスピードの宇宙船に乗って、親が死ねば子、子が死ねば孫がかわって操縦しながら、あるいは道中に何世紀かかろうとも死にもせず年をとりもしない仮死状態に自らをおく方法でもに、発明して。しかし、そんなことをしなくてもいい、もっといい方法をきっとみつけ出すにちがいない。相対性原理によると、人間は光のスピードを追い越すことができないというが、相対性原理ってのは要するに理論にすぎない。きっとどこかに近道があるにちがいない。ハイパー・スペースか、サブ・スペースか、それはどうとでも想像は自由だ。が、とにかく通っていける近道があるなら、人間は必ずそれをみつける。人間てものの能力を、あんまりみくびっちゃいかん」

エレンはほほ笑んでいた。「人間なんて言わなくたって、あなたをみくびることだってできやしないわ、マックス。不思議ね——あなたと一緒にいると、本当にそう信じられてくるのよ。あまり信用できなかったわ——はじめは。だけど、今はもう信じられるの」彼女の声には、ほとんど子供っぽい讃嘆の響きがあった。「わたしたちは、きっと星にたどり着けるのね！」

「もちろん。ただ時間の問題さ——ちょうど太陽系の中でつぎの一歩を、木星にむかって踏み出すのが時間の問題にすぎないのと同じ意味で。そのときはもうすぐ目の前だ。おまえのおかげで」

「わたしたち二人の協力のおかげよ、あなた。わたしたちのロケットよ。ぜひ二人で一緒に乗っていきたいものね」

「一緒に乗っていく——？」わたしは彼女をみつめた。

エレンはまた微笑した。「あなた、もうそろそろわたしに感づかれたとしても不思議はないでしょ、マックス？　わたしに、あなたってものが、隅々まで手にとるようにわかり、あなたのものの考え方がすっかりわかっているとしたって、不思議はないでしょ？　あなたが、命だけは別として、残っている一本の足と両腕とを投げ出しても、自分で木星行きのロケットを操縦したいと思っていること、またそうできるって自信をもってることくらい、とっくにわたしが承知してるとしたって不思議はないでしょ？　そして、あなたが本気でそうしようと決心してることを、わたしが知ってるとしたって不思議はないでしょ？」

わたしは黙っていた。

彼女は言った。「いいことよ、マックス、やってごらんなさい。できるかどうかはわからないけど、わたしはなんとしてでもあなたに、あのロケットを乗り逃げさせてあげたいと思ってるの。それであなたが自分を殺す結果になろうとも、それがあなたの望みならば、その望みをかなえさせてあげたい――そういうふうにして死ぬ望みを」

わたしはかたくエレンの手を握りしめた。まったく言うべき言葉を思いつけなかった。まったく、全然。

「マックス、もしわたしが死んだら――」

「ばかな。死ぬものか。死ぬ話はやめだ」

「ええ、もうこれだけ。今一度だけ――そこの、その封筒をとって。それをあなたのポケットにしまってちょうだい」

わたしはそれをとり上げた。「なんだい、これは？」

「わたしの髪の毛がすこし。剃られるとき、とっておいてもらったの。年甲斐《としがい》もなくおセンチだと思われるのはいやだから、手術のあとで伸びてきた髪が白髪になっていたら、もとと同じ色に染めるための見本だと言って、でも、本当はあなたに渡すためだったのよ、マックス。木星にむかっていくとき、きっと身につけていらしてね、わたしだと思って。そして、行ったさきに――木星の衛星のうち、どれでもあなたが着陸なさったところに残してきていただきたいの。でも、あなただけは、ばかばかしいことだなんてお思いにならないわね、マックス？」

わたしは黙って首を振った。胸がつまって、まともな声を出せる自信がなかったからだ。

彼女は言った。「いいこと、あなた？　たとえわたしが死んでも、宇宙空間を飛びながら、木星をまわりながら、わたしのことを思い出してね。そういうかたちでいいから、わたしはあなたと一緒にいたいの。できるだけおそばに」

わたしは言った。「エレン、おまえは死にやしないよ。それだけは、しっかり頭に刻みこんでおくんだ。けれども、死のうが生きようが、もしわたしがロケットを乗り逃げできたとしたら、木星に行って帰るまでの間じゅう、おまえとわたしは始終いっしょで、寝てもさめても、片時たりとも離れていることなんかありえない。ありえないとも、エレン。おまえはいつだってわたしと一心同体だ」

エレンが完全に危険から脱するまでは、ずっと電話のそばについていたいと思った。だから、その日は夕食も部屋に運ばせ、眠くなるまで雑誌を読んで時間をつぶした。時のたつのがひどく遅く感じられた。

それでも真夜中の十二時ちかくベッドにもぐりこんで眠ったが、午前三時十五分、電話のベルで眠りを破られた。

エレンはたったいま最期《さいご》の息をひきとった、とその電話は言った。

わたしはどこかのバーの椅子に腰かけていた。両手にグラスを捧げていた。手がぶるぶる震えるので、両手で包むようにして捧げなければならなかった。まだ一口もすすっていなかった。ただそうして捧げていただけだ。

わたしは、のぞきこむようにそのグラスの中の液体をにらんだ。

飲んじゃいかんぞ、とわたしは自分にむかって言った。もしほんの一口でもすすったら、もうおしまいだ、と、わたしは感じていた。一口が二口となり、一杯が二杯となって、それで。

今度こそ、それじゃいけない。束の間の死にひとしいひとときの忘却――おきまりの逃げ道。それじゃいけない、今度は。

それですむと思うか？

エレンに対して、すむと思うか？　エレンがわたしに捧げてくれたもの。エレンの愛情。エレンの命。わたしたちのロケット。そのロケットの建造はもう今にも始まろうとしている。そして木星めがけて飛びたっていくだろう。けれどもエレンは、そのロケットをわたしの手でつくらせ、そのロケットにわたしを乗せたいと思っていたのだ。もしできることなら。

飲みはじめることが飲みつづけることを意味し、その結果エレンの贈りものをすっかり失ってしまうことがわかりきっている今、この酒をすすって彼女の真心を踏みにじって、それですむのか？

おまけに約束までしたんじゃないか、とわたしは突然思い出した。わたしははっきりエレンに、たとえ彼女が死んでも、そのためにたった今わたしがしようとしているようなことはしない、と約束したのではなかったか。

わたしはグラスをテーブルの上にもどし、後も見ずにそのバーを出た。わたしはホテルの自分の部屋に戻った。午前十時だった。三時十五分からずっとわたしは歩きつづけていたのだろう。ふと気がついてみると、あのバーで酒のグラスを両手に捧げて今にも一口すすろうとしていた。そしてようやくはっきり我にかえったのだ。

部屋から外線につないでもらって、わたしはクロッカーマンに電話をかけ、ありのままを知らせた。

「うーむ」とかれは唸った。「何といって慰めたらいいのか、おれには――」

「何も言うな」とわたしは言った。「言おうとするな。ただそう知らせておきたかっただけだ」

「おれは、つぎのロケットで飛んで帰るよ」

「よせ、クロッキイ」とわたしは言った。「もし葬式のことを考えてるんだったら、やめてくれ、と、これは本人が言ったんだ。おれにもそう言ったよ。もし空港の仕事のほうだったら、頼む、しばらくおれに任しておいてくれ。そっちの都合が悪いというのでなけりゃ」

「それは、確かにおまえの本心からの望みなんだろうな、マックス？」

「望みじゃない。それが、おれのなすべきことなんだ。今のおれにできる、たった一つのことなんだ、クロッキイ。おれは、つぎの定期ロケットで空港に帰る。そして仕事に戻る。そしてむちゃくちゃに仕事にうちこむんだ」

エレンの葬式がワシントンであったのか、それとも遺骸をロサンジェルスに送って、そこで営まれたのか、わたしはいまだに知らない。わたしは仕事にうちこみ、死にもの狂いに働き、新聞は読まず、毎晩睡眠薬をのんで倒れるように眠り、起きるとまたすぐ一心不乱に働きつづけた。

一カ月ちかくたつと、仕事以外のことを冷静に考えることができるようになった。仕事は酒より害のすくない、鎮痛剤になっていたのだ。

心の底は依然として痛くうずいた。その痛みが消えることはけっしてなかろう。けれども、痛みにかかわらず、痛みは痛みのままにそっとしておいて、ものを考えることはできる。わたしはふたたび人恋しくなりはじめた。エムバッシも、ロリイも、ビルも、それまでに何度か誘いの電話をかけてきていたが、わたしは片っぱしからはねつけていた。クロッキイも毎週欠かさず電話をよこして、表面はいかにももっともらしく空港の模様をたずねるのだが、その実わたしがどうしているか、いつになったら自分が仕事に戻らなければならないか、さぐりを入れているのだった。七月の中頃、四度目の電話をかけてきたクロッキイに、わたしは答えた。「オーケー、クロッキイ。こっちはちっとも急ぎやしないが、いつでも、帰る気になったら帰ってきていいよ」それはよかった、とかれは言い、もう二週間だけ最後の保養をしてから、八月の一日までに帰ると約束した。

わたしのほうから電話をかけてみると、エムバッシは不在だった。下宿の女主人の話だと、エムバッシは今チベットへ出かけていて、来週か再来週、帰ってくることになっているということだった。バークリーに電話をかけると、ロリイは折よく家にいて、週末に遊びにいってもいいかときくと、いいとも、と嬉しそうに答えた。

いっぽう、何はおいても、この辺で一度ロケット計画のほうがどうなっているのかすこし調べてみよう、とわたしはきめた。その晩、仕事からの帰りみち、わたしは下町にまわり道してタイムズ紙とヘラルド紙の過去一ヵ月分をまとめて買って家へ持って帰った。夕食をすましてから、それにざっと目を通してみた。

ウィリアム・J・ホイットローを木星探査計画の長官とする大統領の指名人事は、三週間前に公表されていた。その指名は、すでに一週間前、まったく反対なしに上院の承認を受けた。

だいたいニュースとしてはそんなところだったが、日曜版に二度ロケット計画に関係のある解説読物がのっていた。一つはそれほどひどくでたらめではないロケットの図と挿絵つきので、もう一つは木星の衛星はそれぞれどんな状態にあるだろうかとか、またアンモニア採取のために着陸するにはどの衛星が一番適当かということについて、大勢の天文学者と天文物理学者の意見をふんだんに引用した記事だった。木星の衛星のどれかに、もし知能の発達している生物が住んでいるとしたら、それはどんな生物だろうかということについて、その記事の筆者の恐ろしくとっぴな思いつきも書きつけてあった。例によって例のごときあてずっぽうだ。

ホイットローに電話をかけて、仕事はいつ頃から始まるのかたずねてみようと思いつき、それからやはりクロッキイが帰ってきてからのことにしようと考え直した。いつ何時わたしが暇をとると言いだしても、すぐにクロッキイがとってかわって後をひきつぐことができるようになってからのほうがいい。

　クロッキイは二日前に帰って、旅の疲れもおさまり、もうわたしがいつ出ていったってよくなった。空港長代理を解任されて副空港長の身分に戻ると、すぐにわたしはホイットローに電話をかけた。

「ウィリアム・J・ホイットローですが……？」ひからびた、わざとらしくとり澄ました声だ。

「こちらはマックス・アンドルーズ」と、わたしは言った。「木星探査計画の仕事は、いつから始まるのかと思って――いつ頃こっちの仕事をやめると申し出たらいいのかと思ってね」

　相手はちょっと黙った。心配になるほど長い間ではなく、やがて相手は言った。「お急ぎになることはありませんよ、ミスター・アンドルーズ。まだ最初の純粋に行政的な段階にあるので、それはそれで順調にこちらで進行させております。あなたにやっていただく仕事は、ロケットの建造と発射場の建設作業の監督なので、今のところ必要ありません。

それが始まるのは、来年になってからのことでしょうな」

「なぜ？」

「なぜって、ミスター・アンドルーズ、これほど大がかりな計画であるからには、いざ実行に着手するまでにどれほどこみ入った手続きをふまなければならないか、あなたはご存じないのですか？　予算上の措置だけだって……」まるでいくら言ってもわかってもらえるはずのない相手にぶつかって説明を諦めるときのように、声が尾をひいてとぎれた。

「予算上の措置って、なんだね？」とわたしは追及した。「議会は二千七百万ドルの予算を認可した。大統領はその予算法案に署名して、あんたをプロジェクトの長官に任命した。ところが財務省が貧乏で、その金を都合しきれない、とでも言うのかね？」

「とんだご冗談を、ミスター・アンドルーズ。政府の仕事ってものが、いざ軌道に乗って走りだすまでにどれほど長い手間をとるか、あなただってご存じでしょうに」

「ああ、そのことは知ってる。で、どうしてそうなんだろうって、いつも不思議に思ってるんだ」

二千マイル以上もむこうで、相手がため息をついたのがわかった。

かれは言った。「やれやれ、あなた、こういうことにはすべて面倒な、とても面倒な手続きがつきまとうものなんですよ。いろいろの書式を印刷したり――」

「〝極秘〟と彫ったゴム印を作ったり、ね。だが、それはそれとして、来年より早く仕事を始めることはどうしてもできないのかね？」

「――でしょうな、おそらく。実のところ、もし明年そうそう設計を終えて、実際の建造作業にとりかかることができたら、上できと言わなければなりますまい。設計を始めるだけでも、三つの段階で認可を得なければならないのですからね」

わたしは唸った。「わかった。来年そうそうでなけりゃならないというなら、それはそれで仕方ない。しかし、できるだけ早くとりかかれるように、やれるだけのことはやってみようじゃないか。とにかく、それよりは絶対に遅らせないようにしなけりゃ。建設作業だけでも、まる一年かかるんだから」

「もっと長くかかりゃ、しませんか？」

「長くかからせるわけにゃ、いかないんだよ、予算を超過せずには」とわたしは言った。

「工費の見積もりは、一年以内に完成させるということを条件にして算出してあるんだ。それやこれやで、ミスター・ホイットロー、わたしはあんたに詳しく話したいことがあるんだ――電話では話せないほど、うんと。どうだね、そのうち週末にでも、こっちからワシントンへ出向くから、いっぺんゆっくり膝をまじえて話し合うってのは？　いつなら都合がいい？」

「ええと――今週はだめですな。それから来週も。そのつぎの週では？」

「もしそれ以上早くはできないというんだったら、オーケイ、もちっとはっきりきめておこう。そのためにまた改めて電話をかけたりしなくてもいいように。時間と場所は？」

「ふつう、土曜日にはオフィスに出ないことにしているのですがね。しかし、まあ、出られないことはありますまい」

出られないことはないだろうとわたしも思った。やっこさんに会いに、こっちはロサンジェルスからはるばる出向いていこうってのに、そのわたしに会うためにオフィスまで出てこられないことはなかろう——じゃないか？

わたしは言った。「じゃ、あんたのオフィスで。それとも、そうだ、もし午前中早くにロケットに乗れば、ちょうど昼頃にそちらに着ける。どこかで一緒に昼食を食べて、それからあんたのオフィスに行くことにしたら？——」

「その日の昼は、もう他に会食の約束がきまっておりまして、ミスター・アンドルーズ。二時にオフィスにおこし願えませんか？」

二時にかれのオフィスに行く、とわたしは約束した。

やれやれ、相手はすこしこちこちだとエレンがいつか断わったのは、つまりこのことだったのか。が、わたしがうんざりしたのは、相手がこちこちだったからじゃない。そうじゃなくて、木星行きのロケットを飛びたたせるまでの事の運びのスピードののろさに愛想がつきかけたのだ。

ま、いいさ、そのことはホイットローに会った上で、まだかけ合いの余地はあるだろう。

すくなくとも、相手がわたしを監督官にする約束を忘れたみたいなそぶりをみせなかったことだけで、今のところはよしとしなけりゃ……。

心のうずきは相変わらず。それに空虚な感じ――わたしというものの一部が、それも一番大事な一部がどこかにいってしまったような、うつろな感じ。しかしもうクロッキイが帰ってきて空港での仕事の重荷から解放されたわたしは、孤独のかわりに他人との接触をもとめるようになった。夜、ときどきクロッキイのところへ行って、チェスをしたり、話したりした。二人で、木星のつぎに太陽から遠い土星に行って戻ってこれるロケットの大ざっぱな図面をひき、大ざっぱな計画をたててみたりした。土星――神秘な環《わ》をかぶった惑星。その環について現在わたしたちの知識はごく乏しいし、今後も現にそのそばに行ってみるまでは、あまり多くのことはわかるまい。けれども土星には、木星と同じように、アンモニアをたくわえた衛星があって、そこへ行くには原理の上では木星行きのロケットと同じ構造のロケットを使うことができる。土星までの距離は木星までよりずっと遠いが、おどろいたことに、土星行きのロケットは木星行きのロケットのたった三倍の費用でできる計算になるのだ――ブラッドリーが見積もった木星行き多段式ロケットの工費三億ドルにくらべたら、まだまだ問題にならないほど安上がりでできることになる。けれども土星のことは、まず木星行きが成功して、それからでなければ話になるまい。

翌週末、つまりホイットローと会う約束の一週間前、わたしは飛行機でシアトルへ行って、マーリーンとビルの夫婦のところで一日を過ごした。久しぶりで、楽しかった。エレンに亡くなられてしまったわたしは、もはや一生自分の家庭をもつようなことはありそうになかった。ということになると、ともかくわたしにとってもっとも家庭に近いものといえば、やっぱり実の弟のビルの家だ。まったく、おれにもイースターやビル・ジュニアのような子供が一人二人あったらなあ、とわたしは思った。けれども子供をつくるという点では、いずれにせよわたしがエレンに会ったときはすでに遅すぎた。

本当に遅すぎたろうか？　なるほど、四十五歳のエレンが自分で子供を生むことは、無理だったかもしれない。が、もしエレンが生きていて、わたしとおなじことを感じたとしたら、養子を一人もらって育てるようにできたかもしれない。たぶん、ビリーと同じくらいの年頃の子を。それなら、わたしたちは必ずしも年をとりすぎてはいなかった。すくなくともエレンだけは、子供が一人前になるまで見とどけることができただろう。

わたしはもっと頻繁にビル夫婦と子供たちの顔を見られるように、みんなロサンジェルスに引越してこないかと勧めてみようかと思ったが、そこでわたしは当の自分がロスに住むのはあとわずか――木星探査計画の作業開始までにすぎないのだということを思い出した。それ以後は、どこか知らないがとにかく作業現場に住むことになるわけだ。その作業地をどこにするか、予定はきまっているのかな？　とわたしは思い、ホイットローに会ったら、その点を確かめてみること、と心の中のメモに書きつけた。もし全然予定がないのだとしたら、わたしのほうから案を出せるようにしておかなければ。

その晩、夕食がすんでから、マーリーンはまずイースターをさきに寝かせに二階へ連れていき、そのすきにわたしはビリーをさらって、玄関さきに連れ出した。もう薄暗くなって星がまたたきはじめていた。わたしたちは玄関の石段に腰をおろして、星を見上げた。

「ねえ、マックス伯父さん」

「何だい、ビリー？」

「伯父さん、星に行ったことある？」

「ないよ、坊や。恒星《ほし》には、まだ誰も行った人はいないんだ。でも、今にきっと行く。坊やだって、行きたいんじゃないのかい？」

「もちろん！　テレビに出てくるロック・ブレイクみたいにさ。あのね、ブレイクはね、星をうんと占領して、戦争したり、いろんなことをするんだよ。でもパパはね、あれはフィクションだから、本当じゃないって言うんだ」

「それは、パパはね、まだ本当におこっていないことだって言うつもりなんだよ、ビリー」

「それにパパは、でたらめの、ろくでもない番組だから、見る価値もないって言うんだ。でも見させてはくれる。伯父さんも、でたらめの、ろくでもない番組だと思う？」

「伯父さんは知らない。見たことがないから。でも、でたらめの、ろくでもない番組だとしても、それを見てると坊やはロック・ブレイクみたいに星まで飛んでいってみたくなるんだろ？　だったら、やっぱりいい番組さ」

「そうだよ、ね？　ぼくもそう思うんだ。それにキャプテン・スペースの冒険だって……凄かったよ、今日は。ライオンみたいな頭をした緑色のやつらと喧嘩するとこ。ええと、その星はね、シリ――シリ……」

「シリウスかい？」

「そう、そう、シリウス。伯父さん、その星には、ほんとにあんな緑色の宇宙人がいるの？」

わたしは思わず頰をくずした。「教えてやろうか、坊や？――どこへ行ったらそれが本当かどうかわかるか」

わたしは空にひときわ燦然と輝く星――あらゆる星の中で最も明るい光を放つシリウスを指さしてみせた。


翌週の水曜日の晩、エムバッシが帰ってきた。わたしはジェット機空港まで迎えに出た。着陸地点からこちらにむかってタラップを上ってくる乗客たちの中でも、ずば抜けてひょろ長い姿がすぐに目について、わたしは微笑を誘われた。

「お帰り、相変わらずノッポだな」とわたしは言った。

エムバッシは大きな白い歯をみせて微笑した。「お出迎えありがとう、マックス」それから真面目な顔にかえって、「聞きましたよ、エレンのこと。どんなにお気の毒に思っているか、口では言いあらわせません」

わたしたちは空港のバーで軽く一杯やった。エムバッシはワインだ。かれはワインだけ、それもごく控え目にしか飲まない。それからわたしは、わたしのアパートへ来てチェスをしないかと誘い、そうすることになった。

上着を脱ぐと、ほとんど透明なナイロンのシャツをとおして、エムバッシが以前よりひどく痩せているのが見てとれた。肋骨が、まるで洗濯板の畝《うね》のように浮き出して見えた。

わたしが気づいたことに察しがついたのだろう、エムバッシは微笑した。「なんでもありませんよ、マックス。十日間断食をしただけです。それも四日前で終わり、今またもとどおりになりはじめているところです。あなたこそ、すこしお痩せになったようじゃありませんか」

たしかにわたしも痩せた。エレンが死んだ直後の二、三週間、ほとんど食物が喉を通らなかったのだ。しかし、わたしだってもうもとどおりになりはじめている。

チェスの盤と駒をとり出し、エムバッシが駒を分けてならべてくれている間に、わたしは二つの小さなグラスに白ワインのソーテルヌを注いで、さてそれから盤上の戦闘を開始した。

エムバッシはキングの前のポーンを二マス進めた。わたしは、最初の一手に着手しようとして、ふと思い出して言った。

「そうだ。エムバッシ、たったいま思い出したんだが、いつかエレンが言ったっけ——あんたの中にも星にむかっていく原動力があるって。それから、どういう点であんたが神秘主義を信じてるのか、いつかきいてみるといいって。どういう意味でそんなことを言ったのか、わかるか？」

「わかりますとも、マックス。わたしたちは同じ目標をめざしているんです。わたしとあなたとは、それぞれ別の道を通って星に行こうとしているんですよ」

「あんたも〝星屑〟の仲間なのかい？　なぜもっと早くそう言わなかったんだい？」

「おたずねにならなかったからですよ」かれは柔和な微笑をうかべた。「それに、わたしが通っていこうとしている道のことは、話してもあなたにはわかっていただけないでしょうからね。あなたがたに言わせれば、それは神秘主義で、わたしは神秘主義の信奉者ということになるので、その言葉が目隠しのカーテンになって、あなたがたにはそれからこちら側をごらんになることはできないのです。霊魂とその能力の研究を神秘主義と呼ぶことは、人間の肉体は理解できるが精神は不可解な謎だ、というのと同じことです。しかし、それは正しいものの見方ではありません」

「それと、星へ行くことと、どんな関係があるんだね?」

「あなたのやり方は、とにかく肉体を星まで運んでいけば、霊魂もそれについて一緒にいくというのでしょう? いや、霊魂というより精神といったほうがあなたがた物質主義者には通りがいいかもしれない。ところでわたしの方法は、まず精神をそこへ行かせて、その精神に肉体を運ばせようというのです」

わたしはぽかんと口を開けて、それからまた閉じた。

エムバッシは言った。「この考え方は、あなたがたにも初耳ではないはずです。あなたは昔、SFをよくお読みになったそうですね。だとすると、きっとエドガー・ライス・バロウズのものもお読みでしょう——火星に行ったジョン・カーターという名の男を主人公にしたシリーズを書いた。『火星のプリンセス』でしたっけ、確か、最初の一篇の題は。それに五、六篇、続きがあったと思いますが」

「読んだ、読んだ」とわたしは言った。「ありゃ、とんでもないでたらめ小説だ」

「とんでもないでたらめだったら、なぜお読みになりました?」

「その頃はまだ子供で、くだらない愚作だってことがわからなかったからさ。まさか、エムバッシ、あんたはあれが傑作だなんて説をわたしに押し付けるつもりじゃあるまい?」

「そんなつもりはありません。あの小説の文学作品としての評価に関しては、わたしもあなたと同意見です。しかし、あの小説に一つだけ、同じころ書かれた他のSFとはっきり違う点があることを、思い出しませんか？」

「いや、そう言われても即座には。なんだったっけ？」

「主人公のジョン・カーターが火星に到達するためにもちいた方法ですよ。覚えていますか？」

わたしはうんと考えこんだ。なにしろ、わたしがバロウズの作品を読んだのは五十年ちかくも昔——一九五〇年頃のことだ。

わたしは言った。「ああ、思い出した。あの物語の主人公のカーターは、ある夜、火星をにらんで、ああ、あそこへ行けたらなあ、と思った。そしてふと気がついてみると、そこへ行ってた。まったく突然——」

わたしはけたたましい声をたてて笑いだしたが、エムバッシの感情を傷つけたくないので、すぐに笑いやめた。

「笑いたければ、どうぞ、かまいませんよ」とエムバッシは言った。「あなたみたいな言い方をすれば、確かに滑稽に聞こえます。また事実バロウズの本に書かれた方法は、あまりにも単純化されすぎています。けれどもあれが、いつか人間が実際にやれるようになることの単純化された表現だったとしたら、どうです？　物質主義者のあなたを傷つけないように、かりに名付けるならテレポーテーションとでも言いましょうか。つまりある物体を、物質的な方法によらずして空間中を移動させる能力のことです」

「しかし、そんな方法が実証された例は、まだ一つもないだろう、エムバッシ」

「そういう言い方をなさるなら、亜空間航法だとか、空間の湾曲だとか、SFの作者たちが予言している他の恒星間旅行の方法だって、全然実証されているわけではありますまい？　けれども心霊学でいわゆるテレキネシスといわれる現象については、かなり確実な証拠があげられています。一口に言えば、それは物質的な方法によらずに物体にはたらきかける方法です――たとえばサイコロの目を自由に出すとか。星への旅行も、要するにテレキネシスの拡大延長にすぎないのですよ、マックス。一つが可能ならば、他も必ず可能なはずです」

「かもしれん」とわたしは言った。「が、わたしはロケットのほうにするよ。とにかく、ロケットは間違いなく動くんだからな」

「そりゃ動くし、近くの惑星へ行くには現にそれで間に合っています。でも、恒星へはどうですかな、マックス？」

「イオン・エンジンができれば――」

「どんなエンジンができても、ロケットは光の速度にさえ達する見込みはほとんどありません。統一場理論がそのことを証明しています――そんな理論は理論といっても一種の神秘主義だ、とあなたがお考えになるのは勝手ですが。とすると、何十万光年もむこうの星まで、どうやってたどり着くつもりなんです？　何十万年もロケットに乗りづめで行こうというんですか?」

かれは一口ワインをすすり、またグラスをテーブルに戻した。かれは言った。「そこへいくと、思考というものはほとんど時間を要しません。もし思考の力によって旅行することができるとすれば、そのスピードは思考そのもののスピードに等しいでしょう。その速さにくらべたら、光のスピードなんか問題になりません。もしテレポーテーションの方法の秘密を明かすことができたら、わたしたちは一番遠いところにある星にでもたった一インチ動くのと同じ時間で飛んでいくことができるようになるでしょう」

はじめに駒を一度動かしたきり、チェスなんかもうすっかりそっちのけで、あとは夜じゅう二人で夢中で話し合った。エムバッシはチベット旅行の話をしてくれた。かれはテレポーテーションを修行している有名な導師《グールー》を訪ねていったのだった。かれはそのグールーの教えを受け、かつまた一緒に断食の行《ぎょう》をした。

「で、そのテレポートとかいうやつを経験できたのかい?」とわたしはたずねた。

「その質問には、お答えをさし控えておきましょう。ただ、あることが起こったことは事実です。あるいは、そうわたしが錯覚しただけなのかもしれませんが。断食の九日目のことでした。けれども断食が長びくにつれて幻覚があらわれるのは、一般によくありがちな現象だとも言われています。たとえそれが現実に起こったことだったとしても、グールーにはそれを繰り返すことはできませんでしたし、確かに事実だという証拠もなく、わたしにも確かに見たという自信はありません。ですから、どういう経験だったかは説明せずにおきたいのです。許してくれますね？」

許さないと言ったって仕方がない。どう頼んでみても、しゃべるまいときめた決心をひるがえしてくれそうにはみえなかったから。ただ一つ、他のそのことについてエムバッシから聞き出すことができたのは、断食の十日目にそのグールーはひどく衰弱してしまい、それ以上食物をとらないと生命が危険なので試みはそこで終わりにせざるをえなかった、ということだけだった。

「とても年寄りなんですよ、マックス、そのグールーは。百七歳です。もう二度と同じことはやれないかもしれません。もしやる場合には、あらかじめ知らせてくれることになっていて、もしその知らせがきたら、たとえ一生かかって積み上げた貯金をひきおろし、ロケットをチャーターしてでも飛んでいくつもりでいます」

わたしはかれをみつめた。「エムバッシ、すてきなクソ野郎。だのに、よくも今までそのことをわたしに黙っていたな？　考えてみろ、今まで二人してどれだけの時間をむだにしてきたことか――チェスをしたり、つまらないことをしゃべったりして、なぜだ？　きっと何か理由があるはずだ」

「はじめは確かに理由がありました。あなたに統一場理論を教えることになったとき、エレンからそう注意されたのです。もしあなたと恒星間旅行の議論をはじめたら、勉強のほうがちっともはかどらないだろうって。それでだいたい別のことばかり話すのが習慣のようになってしまって。それで途中から急にその習慣を変えようという気も今日まで起こらなかったのですよ。それというのも、あなたをわたしの考え方のほうに引き寄せるのは、あなたがわたしをあなたの考え方のほうに引き寄せるより、もっと難しいということがわかりきっていたからです。といっても、わたしはあなたの方法を頭から否定しようというのではありません。わたしのほうが間違っているかもしれません。そしてあなたの方法だけが、星にたどりつく唯一の方法だということが、いつか証明されないとは断言できません」

かれはため息をついた。「本当に、わたしもあなたみたいに確固とした信念をもちたいと思いますよ。わたしたち二人のうち、どっちのほうが狂信的な神秘主義者かということになったら、それはむしろあなたのほうなんですからね」

時——土曜日の午後二時。ところ——首都ワシントンにおけるホイットローのオフィス。目の前にいるウィリアム・J・ホイットローは、電話で聞いた声から想像していたところと寸分違わなかった。小ぢんまりと、こせこせして、こちこちだった。まだ中年のくせにもう年寄りじみていた。けれども生まれついての年寄りじゃない。それは相手をしばらくじっと見ていればわかる。

わたしはいきなり第一問をぶつけた。「ロケット空港のほうへは、いつやめると言ってやっていいかね？」

「きりのいい、明年の元日からということではいかがですかな、ミスター・アンドルーズ？」とかれは言った。そして目の前の机の上にある汚れ一ついていない吸取紙のパッドをいじりながら、わたしを見た。「もっと早くこちらの人間になっていただくことも、できないこともありますまいが、工事がはじまるまではあなたにやっていただく仕事はほとんどないのでして、収入の面でもあなたのお得になりませんしな。当分の間、こちらでさし上げられる給料は、現在あなたがミスター・クロッカーマンのところでとっておいでの金額を上まわることはありますまいから」

「そんなこと、どうだってかまやしない」とわたしは言った。「わたしはただ、一刻も早くロケットを飛ばしたいだけだ」

「それはもう、もちろんそう心がけておりますから、任せておいてください。いったん仕事を始めるとなったら、それこそあなたには山ほどやっていただかなければならないことがありますからな。あるいは――そうそう、こういうことにしたらあなたのお気に召すかも……どうです、十一月一日付けでこちらの職員になっていただいて、その日かぎりロケット空港のほうはやめるということになさっては？　しかしはじめの二カ月間は、今申し上げたようにほとんどあなたの仕事らしい仕事はないので、その間適当に休暇をおとりになって、むろん給料はさし上げます、うんと忙がしくなる前にあらかじめ休養を――」

「休暇も休養も欲しくはないよ」とわたしは言った。

「それに、実際の仕事もないのに給料をもらおうなんて了見もない。作業地はもうきまったのかね？」

「いいえ、実はその点についてもあなたのご意見をうかがおうと思っておりましたので。どこかとくにこれといってはいってはいないんですけどね……」


「いいえ、実はその点についてもあなたのご意見をうかがおうと思っておりましたので。どこかとくにここというような目星をつけておいでですか？」

「いや、とくにこれといっては。しかし、やっぱりニューメキシコかアリゾナになるだろうな。それに工事の現地はそれなりの大きさの町から行き来できるところでなくちゃ。たとえばアルバカーキとか、フェニックスとか、ツーソンとか、エル・パソとか、作業要員をすっかり吸収できて、わざわざ新しく住宅を建てなくてもすむくらいの大きさのある町から。もし周囲に何もないところとか、あっても小さな町の近くだと、二、三百人の工事要員とその家族のために住居を新築しなけりゃならないから、それだけでだいぶ金がかかって、それだけ予算が減っちまうことになる。はじめの予算には入っていないのに」

かれはうなずいた。「しごくもっともなご意見のようですな。あなたが今おっしゃった中では、アルバカーキが一番好都合でしょう。あそこなら大きなジェット機空港があって、ワシントンから毎日何度か往復の定期便が出ています。どうせわたしは現地と当地を頻繁に行き来しなければならなくなるでしょうから、そのためにはおおいに便利です」

「なるほど」とわたしは言った。「それじゃアルバカーキを第一候補ってことにしよう。それに、あの辺には政府の所有地がうんとあるから、ひょっとしたら土地を買わずに使わしてもらえることになるかもしれない。もっとも、買ったって値段はたかが知れている。あの辺には、あんまり土地が痩せててヨモギさえ育たない土地がうんとあるんだから。そんな土地だと、ほとんどただ同然の値段で買える。何より大事なのは、なるたけ大きなハイウェイに近い場所を選ぶことで、そうすりゃ道路建設にむだな金を使わなくてすむわけだ。帰りに、わたしがちょっと寄ってみようかね？　どうせ明日一日は休みなんだから。明日いっぱい見てまわりゃ何か収穫があるかもしれない。もしそうなれば、どこを作業地にするかってことには、それ以上頭を悩まさなくてもよくなる」

「そうなさる気がおありなのでしたら、もちろん、どうぞ、ミスター・アンドルーズ。しかし――さしあたり、そのためにかかる費用を、こちらでお支払いすることはできないかもしれませんが」

「そんなこと心配しなさんな。帰り道の途中だし、ちょっと下りてみるくらい、心配してもらうほどの費用はかからないよ。オーケー、そうしてみて、何かいい収穫があったらすぐ知らせるよ。それから、ロケット空港のほうへは今年いっぱいでやめると言っておく。ほかに今話しておかなけりゃならないことは――？」

そんなことは何もなかった。が、それでもよかった、とわたしは思った。こうして二人で話したことは、電話でも充分通じたろうし、そのほうがずっと安あがりだった。けれどもわたしは、ホイットローという男をじかに見、確かめておきたかったのだ。

ホイットローという男から、感銘はちっとも受けなかったけれども、印象はよかった。いったん仕事がはじまったら、いちいち小うるさく干渉してわたしをいらだたせるようなタイプではない。たぶんホイットローはほとんど始終ワシントンに腰を落ち着けっぱなしになるだろうという予感がした。ことに現地がどんなに暑い無味乾燥な土地かということがわかったら。

わたしがアルバカーキに着いたのは薄暮れの頃だった。屋上にヘリの発着設備があるホテルに部屋をとり、翌日ヘリを一機レンタルできるように話をつけた。

それをみつけたのはちょうど正午頃だった。一目見て、まったく申し分なしと見極めをつけた。わたしはハイウェイ――ルート八十五に沿って、アルバカーキの南二十五マイル、ベレンの北約五マイルのところを飛んでいた。

それは道路の左手に、それほど引っこんでいないところの一画だった。平らなことでは月世界の〝海〟のようで、広さはほぼ一マイル平方。周囲をぐるりととりまいた丘は、砂を運んでくる風をよける役にたつだろう。

二車線の支道がすでに幹線道路から通じていて、その平坦な区域の道路寄りの側に大小とりまぜ五つ六つ建物が目についた。人気《ひとけ》はないが、ひどく荒れ果ててはいないようだ。その一画を手に入れることができて、修理や模様変えは必要だとしても、建物まで使えるというのでは、あんまり話がうますぎるような気がした。

わたしはその周囲に沿って一回旋回飛行してみた。すると、どうだ、塀まである！　まるで本式のロケット空港のように、高い金属の塀でとり囲んであるじゃないか。しかし、ロケット空港ではなかった。発射台らしいものは見えなかったから。

建物は、工事場の仮小屋のようなのと倉庫みたいなのがそれぞれ何棟かと、それに発電所らしいのが一つ。わたしはその建物の近くに着陸して、すこし歩きまわってみた。空中からみて想像したほど良好な状態ではなかったが、そうかといってひどくいたんでもいない。新しく建てることに比較したらほんのわずかの金で、使えるようになるだろう。

しかし、いったいこいつはなんだ。

だしぬけに記憶がよみがえった。思い出したぞ——そうだ、Gステーションだ！

覚えているだろうか？　一九七〇年代のことを覚えているなら、当時あれほど大評判だったGステーションのことを思い出せないはずはないだろう。

当時最大の賭博場経営者たちのシンジケートが資金を出して、地球から七百マイルの軌道に乗せて設けようとした賭博場用人工衛星だ。一夜の遊びに、ロケットの渡し賃千ドルを払っても惜しくないという上等のお客専門の賭博場にする予定だった。

賭博場経営者たちはすでに数百万ドルを投じてこの土地を買いこみ、これらの建物を建て、資材を少しずつ軌道まで運び上げるための運送ロケットの建造にとりかかろうとしていた。運送ロケットは、あとで客の送迎用ロケットに改造されることになっていた。

第一台目のロケットの建造にとりかかったところへ、ハリス＝フェンロウ法案が議会を通って賭博場経営者たちのシンジケートは破産してしまい、他の多くの賭博業者たちも破産した。そして賭博場用人工衛星の計画は、たった一台の資材運送用ロケットさえ完成しないうちに頓挫してしまったのだ。

しかし、木星探査計画にとっては、なんという好都合だろう！　どうしてわたしは今までに、そのことを思いつかなかったのか？　わたしでなくて、他の誰かでも？

金額にして、すくなくとも二百万ドルは助かるだろう。おまけに地ならしして塀をめぐらす時間も手間もいらず、建物までできていて、ただ修繕さえすればいいとは！

しかもこの土地の建物の所有主は、きっと合衆国かニューメキシコ州か、どちらかの政府にきまっている。未納税金の抵当流れにちがいない、二十年以上も誰かがずっと不動産税を払いつづけてきたとは千に一つも考えられないことだから。

まったく、なんたる幸運だろう。

わたしはさらに二時間ほどそのへんを歩きまわり、見てまわった。建物は窓や出入口にしっかり板を打ちつけて閉ざしてあったが、だいたいを察するには外から眺めるだけで充分で、眺めれば眺めるほどわたしは興奮して、いてもたってもいられなくなった。

わたしはアルバカーキに飛んで戻り、ヘリはまだ返してしまわず、ホテルの屋上にとめておいて、自分の部屋に下りていって電話をかけはじめた。親切な長距離電話のオペレーターは、サンタフェをすこし北にはずれたテスクにあるロメロ知事の家に線をつないでくれた。さよう、Gステーションは州のものです、とかれは言った。よろしい、その話なら、今すぐ飛んでおいでになるなら、しばらく時間をさいてもよろしい、とかれは言った。さよう、邸にはヘリを着陸させられるほどの空地がついています、とかれは言い、空からの目印を教えてくれた。

三十分後、わたしはロメロ知事とじかに話をしていた。一時間半後、わたしはホテルに戻って、ホイットローに事の次第を報告していた。

「ロメロ知事は、そういうことなら大歓迎だ、と言ったよ」とわたしは言った。「実現には州議会の承認がいるので、確約はできないけれども、自分としてはあれを無償でか、あるいは純粋に名目だけの賃貸料で、こちらに必要な期間だけ貸してあげられると思う、と言ったよ。木星ロケット計画の作業地がそこときまれば、何百万ドルかの金が州に流れこむことは誰にだって目に見えているし、それにわたしは、もしGステーションを貸してもらえないなら、ロケット計画の作業地はたぶんアリゾナ州のフェニックス付近になるだろう、と言ってやったよ」

「それはいいことを言われた、ミスター・アンドルーズ。とてもいいことを。それに、こんなことも言ってやったらよかったのですがな——木星探査計画が終わって基地を返すときには、たぶん修理や手入れができた上に、こちらで追加した建物もふえて、その施設の価値ははじめより上がっているということになるかもしれないのだ、と」

「言ってやったよ、それも」とわたしは言った。「もっともこちらが新たに設けなければならない施設といったら、ロケット発射台だけなんだがね。それに起重機を一台か二台。その二つだけは、今のところないから。しかし建物のほうは、今あるだけで充分間に合う」

「大変結構なお話のように聞こえますな、ミスター・アンドルーズ。ひとつ、わたしも調査することにしましょう。来月にでも、じかに検分してみましょう。もしだいたい見たところだけでも、今あなたがおっしゃったこととあまり違いがなければ、早速ロメロ知事に連絡をとって正式の借用申請を出すことにしましょう」

「鉄は熱いうちに打て、ということわざがあるだろう？　明日すぐ航空郵便で正式の借用申請をおくって、本人自身が乗り気でいるうちに議会にはたらきかけさせるようにしたらどうだい？　政府の名目だけの賃貸料といえば、ふつう一ドルってことにきまっている。あんたが実地検分する前に話がきまっちまって、あんたが行ってみたら、わたしの言ったことはでたらめだったってことになったら、その一ドルはわたしが払おう。そうすれば、誰も損しやしまい?」

「あなたの言われることにも一理はある——実地検分といっても、わたしはここひと月ほどは出ていけませんからな。しかし、わたしが知事に手紙を書くのは、あなたから報告を書面にして受け取ってからのことにしたい。ロサンジェルスに帰ってから、そういう報告書をつくって送ってくださらんかな」

きっとそうする、とわたしは答えたけれども、実はもっとうまい手を使ってやったのだ。暗くなるまでには、まだかなり時間があった。で、第一にわたしはホテルの支配人に土地の腕ききの私立探偵を推薦してもらって、ホテルの交換台からその探偵を呼び出させた。わたしはその探偵に、問題の土地と建物の状態について法律的に完全な報告書を、それも早く、つくってくれと頼んだ。ホイットローという相手を動かすには、法律的に首尾がととのった書類を送りつけてやらなければだめだとわたしは見抜いていた。どうやって手に入れようと、そんなことはこっちの知ったことじゃない、とわたしは探偵に言ってやった。そういうことはそっちの縄張りなんだから、知りたいことがどこへ行ったらわかるのか、知らなかったら自分で探し出せ、と。もし今日は日曜日で公けの記録は閲覧させないと言われたら、なんとかして見られるように自分で算段をつけろ、と。わたしが欲しいのは法律的に完備した報告書だ。それも、一刻も早く。

それからわたしは大型のポラロイド・カメラを借り出し、ヘリでGステーションの敷地に出かけて、やたらにたくさん写真をとった。まず空中から、いろいろの角度と高さから五、六枚。それから建物、塀、道路などを地上で遠近それぞれの距離から。

ホテルに戻ると、ちょうど日が暮れかかっていた。探偵が来て待っていた。なんと頼んだ以上のことをやってくれていた。さすがのわたしも顔負けのスピードだ。税金抵当と抵当流れを証明する書類の謄本もあった。敷地をはっきりとマークで仕切った地図もあった。それをみると、塀で囲まれた区域ばかりでなく街道まで前面一マイルほどにかけて、ずっと敷地に付属していることがわかり、わたしはすっかり有頂天になった。何よりありがたかったのは、建物の内部がすっかりわかる青写真まで手に入れてくれたことだった。わたしが苦労してとった写真なんか全然必要がなくなってしまった——ただ現状を示すため以外には。

かけ値なしに腕ききだった——その探偵は。わたしは請求された料金を即座に払ってやったばかりでなく、おまけに夕食をおごってやった。あまり興奮したので、わたしは昼食を食べるのを忘れていて、うんと腹が減っていた。

夕食後わたしは代書屋の速記者を雇って、ロメロ知事との会談の模様まで逐一詳しく述べた報告書を口述した。書類と写真につけて送るためだ。

速記者が仕事をつづけている間に、わたしはワシントン行きジェット機の時間を確かめ、結局かなりかさのある小包になった仕事の結果を持って空港へ行き、九時四十分発のジェット機に間に合わせた。ホイットローの自宅に宛てて、至急速達便にした。

わたしはひとりでにやりと笑った。ホイットローが真夜中にたたき起こされて、たった数時間前わたしにむかってロサンジェルスに帰って暇があったら作って送ってくれと頼んだ報告書をつきつけられたらどんな顔をするだろうかと思ったからだ。それに、そうなれば翌朝まず一番にロメロ知事に手紙を書かざるをえなくなる。

ロサンジェルス行きの最終発ジェット機には乗り遅れたが、そんなことは問題じゃなかった。朝の一番機に乗って、着いてすぐ家に寄らずにまっすぐ仕事に行けば充分間に合う。

ホテルに帰って寝る前に、わたしは自分に一杯おごった。今日の働きにはそれくらいの価値はある、と思ったのだ。

木星探査計画は、実現の芽をふきはじめた。もしホイットローがへまをしないかぎり、作業地はすでにきまった。そして、こっちがこれほどまでにしている以上ホイットローだってへまをすることはできないし、そんなことをするいわれもなかった。

エムバッシはハリウッドのスラム街に住んでいた。サンセットにある、その辺にはそう珍しくない、ぞっとしない十二階建てかそこらのアパートの一つだ。廊下は暗く陰気で、がたついたエレベーターがついている。十六室ある三階は、もともと一フロアひとまとめで貸し出されていたのだが、今では祖母が昔映画スターだったとかいう変な女が分割して何家族かに貸している。けれどもエムバッシがその女から借りている裏手のほうの四部屋つづきの一郭に一歩踏みこむと、自分が今どこにいるのか、すっかり忘れてしまう。

中心になる大きな部屋は、かれが何度となく中国へ旅行するたびに持ち帰った品物で、隅々まで東洋風に美しく飾りたてられている。その部屋が異国趣味であるのと同じ程度に実用一点張りなのは書斎で、どちらの側も床から天井までぎっしり本が詰まった書棚で、ほかには机と椅子が一つずつあるっきりだ。もう一つの部屋は寝室兼台所。第四の部屋は小さくて、家具といわず道具らしいものはまるっきりなく、絨毯さえ敷いていない。それが修道室で、エムバッシはそこに閉じこもって瞑想にふけるのだ。

聞くともなく音楽を聞きながら話をするのが好きなエムバッシの趣味で、柔らかい音楽――今夜はスクリャービンの曲を静かにかけながら、エムバッシはわたしの質問に答えていた。というより、むしろ答えようとしていたと言ったほうがいいかもしれないけれど。

「どういうふうにしてテレポートするかって？　マックス、マックス、もしわたしがそんなことを知っていたら、今こうしてこんなところにじっとしていると思いますかね？」

「でも、エムバッシ、あんたはその術を習ってるんだろ？　だったら、すくなくともどういうふうにして修行するのかは知ってるはずだ」

「修行の方法は無数にありますよ。けれども全然その道に心得のない相手には、どれも説明のしようがありません。あなただって、自然科学の知識が全然ない相手に、ロケットがどうして動くのか説明できますか?」

「もちろん、できるとも、大づかみにならね。原子エネルギーが液体を高圧ガスにしてロケットの尻から噴き出し、その反動で前に進むのさ」

「それでは、ワープ・エンジンの原理を説明してください」

「なに言ってるんだ、知ってるくせに——ワープ・エンジンなんかまだできてないってことくらい。だが、今にきっと発明されるよ」

「あなたこそ、わたしにはまだテレポートができないってことを知ってるくせに。しかし、今にきっとできるようになります」

「できるようになると思う根拠は?」

「どうしてそう思うか、理由は二つあります。第一に、それはすでに実証され、事実としてみとめられているテレキネシスの延長にすぎないからです。もう一つの理由は、これまでに確かにテレポートの例が事実としてある、とわたしが信じているからです。わたしがよく知っていて信用できる三人の人物がそれぞれ何らかのかたちでテレポートを経験しているのです。その人たちはテレポートには成功したのですが、いずれも——なんと説明したらわかっていただけるか——どういう具合にして成功したのか自分ではわからず、それがわからないので、思いのままに繰り返しそうするというわけにはいかないのです。うまくいったときに自分がおかれていた精神的、肉体的な状態に、もう一度できるだけ自分を近づけようとしてやってみても、どうしても繰り返すことができないのです」

「最初の一度は成功したってことは絶対に確かなのかい？」

「絶対に確かなんてことが、この世の中にありますかね？　幻覚だったか、その他の錯覚だったか、その可能性はいつもつきまとっています。こうして今わたしがここにいて、あなたと話しているということが、絶対に確かなことだとあなたは言いきれますか？」

「しかし、あんたはその連中が確かにテレポートしたと信じるんだね？」

「信じます。たとえば、今年の夏わたしがチベットまで行って教えを受け、また一緒に修行したグールーは、自分は確かに二度テレポーテーションをしたと話してくれました。けっして嘘をつくような人ではありません」

「それはまあそうとしよう。しかし、なぜその男のテレポートは錯覚じゃないと思えるのかね？」

「その人は賢い人だからなんです。その人は、幻覚に惑わされないように、予防の手を打っておきました。どういう予防線を張っておいたのか、わたしに教えてくれましたが、それだけでわたしは充分信じてよいと思いました」

「実験をするのに予防線を張っとくのかい、あんたたちは、エムバッシ？」

「もちろん。そうしなければ、もし成功しても、どうして成功したとわかります？　たとえばわたしがこのアパートの修道室で実験するとすれば、わたしはその部屋にとじこもってドアに内側から錠をおろします。内側からでなければ、かけもはずしもできない錠を。そこでかりにわたしが成功したとします——つまり、気がついてみたら別の場所にいたというわけです。たとえば修道室とは別室の、この部屋に来ていたとしましょう。わたしはそのドアのところへ行って、まだ修道室の内側から錠がおりているかどうか調べてみます。もしちゃんと鍵がかかっていれば、夢遊病者のように自分で知らずに錠をはずして、この部屋に出てきて、それからふと我にかえったのではないという証明になるでしょう」

「そしたら、また修道室に入るのに、ドアを壊さなけりゃならんな」

「それができたら、ドアの一枚や二枚、犠牲にしたっていいんじゃありませんか？」

わたしは言った。「それはそうだ。しかし、ところで、断食とテレポートとどんな関係があるんだい？」

「肉体はね、マックス、いろいろと精神に影響を及ぼすんですよ。体内にある食物、あるいは食物が欠乏している状態、疲労、刺激剤や鎮静剤を摂取したときの状態など、いずれもわたしたちの精神の能力と、そのはたらき方に微妙な影響があるのです。ずっと大昔から賢人たちは——いや、愚かな連中だっていく人かは、断食すると頭が冴えて、ときには目の前にないものを見ることができるということを知っていました」

「それがいわゆる幻覚だろう。それならアルコールだって同じことだ。わたしだって——いや、わたしが見たものの話はやめておこう。とにかく、わたしだって目の前にはないものを見たことがあるよ」

「そのとおり。ですがね、マックス、同じ酩酊状態でもある一定の段階にさしかかったとき、何かこう、ひどく重大な何かがもうすこしわかる瀬戸際に来たような感じを味わったことはありませんか？　その、なんというか——わかるでしょう、わたしが言うことの意味は？」

「わかるとも」とわたしは言った。「しかし、いつだって瀬戸際までだ。そこを踏みこえることはけっしてできない」

「ある特殊な状態のもとで、踏みこえることができる場合がありうるかもしれない、とは思いませんか？　もっとも、わたしはアルコールより麻薬のほうに望みをかけていますがね。わたし自身、そのうちに麻薬で実験してみるつもりでいます」

「アルコールのほうは、もう実験ずみなのかい？」

「ええ。それにアヘンの喫煙も。どちらかと言えば、アヘンを吸ったときのほうが目的に近づけたような気がしました」

「そいつは危い実験だぞ、エムバッシ」

「ロケットは安全、とおっしゃるんですか？」わたしが思わず自分の義足に視線をおとすのを見てエムバッシは微笑した。かれは言った。「マックス、どこか自分の行きたいところへ行くためなら、あなたはどんな危険でもおかすつもりでいることを、わたしは知っています。だったら、わたしだって危険をおかしていけない道理はないでしょう」

その夜わたしはエムバッシの書棚から一かかえほどの本を借りて帰った。みんなわかりやすく書かれた入門書だ、とエムバッシは言った。

しかし、わたしにとってはわかりやすいどころではなかった。わたしという読者に関する限り、どいつもこいつもちんぷんかんぷんだった。午前三時まで頑張ってみたが、どうにもそれ以上我慢できずに諦めることにして寝た。エムバッシはかれのやり方でやってみりゃいい。わたしは今までのわたしのやり方でつづけよう。これから新しい手品を習うには、わたしは老いぼれすぎている。

それだけじゃなく、エムバッシが何事かを成就するようにと心から祈りながら、またかれの不屈の情熱には大いに敬服しながらも、わたしにはどうしてもかれがやっていることが正しいと信じることができなかったのだ。

木星行きロケット、土星行きロケット、冥王星行きロケット、プロクシマ・ケンタウリ行きロケット——そういう順を追って進むのが、わたしの行くべき道だ。八正道ではなく、唯一の道だ。

十月、木星探査計画はふたたび時の話題となった。ニューメキシコ州の旧Gステーション建設作業場の正式借用契約がきまった、と発表されたからだ。

発表された当日の水曜日のニュースでは、ほんのちょっと触れられただけだったが、新聞の日曜版と週刊総合ニュースでは、最初のロケットさえ発射することなく挫折したかつてのGステーションの物語をかなり詳しく再生させて、大々的に報道した。記事の中のいくつかは写真つきで、中に二枚、わたしがヘリの上から撮影したものもまじっていた。どちらにも写真はマックス・アンドルーズ撮影と但し書きがついていたけれど、記事には全然わたしの名前は出てなかった。それにひきかえ、ホイットローの名前はやたらに出てきた。ただ偶然かれがプロジェクトの長官であるというだけの理由で。そもそも旧Gステーション基地を木星探査計画に使おうと思いついたのはわたしだということについても一言も、ホイットローはしゃべっていなかった。もっとも、自分だ、とも言っていなかったけれども。そんなことはまあどうでもいい。とにかく木星探査計画がひろく宣伝されることは大いに結構だ。要は、ホイットローが計画をふいにしなかったことだ。

木星ロケット計画にも、こうしてようやく基地ができた。

建設作業が始まるのも、もうそれほど遠いさきのことではなかろう。いったん工事が始まったら、わたしはそれこそ毎日二十四時間、ほとんど身も心もやすまる暇がなくなるだろう。一刻も早くそういう状態になることが、わたしの望みだ。本心からの望みなのだ。

その待ち遠しさを別にすれば、現在の状況にさして不満はなかった。わたしはエレンを亡くしたことを、やむをえなかったこととして諦めることができるようになり、その諦めはある意味でふたたび彼女をわたしの身近に引きもどしてくれた。というのは、以前にはエレンのことを考えると絶望と悲しみのために心に雲がかかり、思考を歪められずにはすまなかったのが、今では前ほどの苦痛なしにエレンのことを考え、また思い出すことができるようになったからだ。近頃ではときどき話さえする。想像だけの会話を、声には出さずに。励ましや慰めが欲しいときには、それを心の中のエレンにもとめることもできる。そして、ときにはわたしはエレンと一時的に離れているだけなのだ、と自分に思いこませることさえできるようになった。ちょうど以前エレンがワシントンの議会に出かけ、わたしはロサンジェルスの空港勤めで、その間やむをえず離れて別々に暮らさなければならなかったときのように。エレンは今でも生きていて、どこかでわたしを待っているのだ、と。事実、ある意味でエレンは生きていた。わたしの心の中に。彼女は現在立派にわたしの記憶の中に生きているし、わたしが生きているかぎり、いつまでもそこに生きつづけるにちがいなかった。

死という冷厳な事実でさえも、エレンをわたしから完全に奪い去ることはできないのだ、ということをわたしは悟った。そしてその悟りはわたしの心に平安をもたらした。

十一月。十二月はもう目と鼻のさきだ。わたしは早く木星探査計画のほうの仕事の仲間入りをしたくて、我慢しきれなくなってきた。もう今頃、ワシントンで計画はしだいに形をととのえはじめ、さかんに討議がおこなわれ、計画が練られはじめているにちがいない、とわたしは思った。だったら、わたしだって仲間に入れてもらわなくちゃ、と。正式の要員として給料をもらうのは来年の元日からという約束はしたけれども、計画を推進する手伝いさえできるなら、給料なんかどうでもいい。

わたしはクロッキイに、もしわたしが予告したより早く辞職したらひどく迷惑をかけることになるだろうか、とたずねてみた。

かれはうんと笑った。「おまえが、このロケット空港で他にかけがえのないほど大事な人間だなんて、どこからそんな考えをひねり出したんだ？　どっちみち、おまえが元日からよその人間になるってことは、とっくに覚悟してるんだ。後任はバナーマンてことにして、用意はちゃんとできているんだぜ。それどころか、マックス、おまえさんがなかなか行っちまわないんで、こっちは先月あたりからそろそろしびれがきれかけていたところだ。当然もっと早く飛んでいっちまうものと思っていたからな。いつもに似合わず、なんでそう鷹揚《おうよう》にかまえてるんだね？」

「そいつは本人のおれが教えてもらいたいことさ」と、わたしは言った。「しかし、たぶん、行ってみて何もすることがない、なんてことになるのがおっかないんだろう。それよりゃ、ここに腰を落ち着けてるほうがまだましだからな」

「もし行ってみて何もすることがなけりゃ、また戻ってくりゃいいじゃないか。どうだね、いっそこういうことにしたら？　特別休暇をやろう——待てよ、今日は水曜日だから……と、今週いっぱいワシントンへ飛んでいって、ホイットローと鼻つき合わせ、何かおまえにできる手伝い仕事はないかってきいてみろ。あると言ったら、おれに電話をかけて辞職の手続きをとれ。ないと言われたら、戻ってきて来週月曜日からあと一ヵ月ここで働きゃいい。むろん、それより長く、いつまでだって好きなだけいろという意味だが」

「クロッキイ、おまえって、なんていい男なんだ」

かれは鼻を鳴らした。「そんなことが、今頃やっとわかったのかね？　ところで、今住んでるアパートのほうはどうする？　本とか、ほかの荷物なんかも？」

そのことは考えていなかった。わたしはちょっと喉の奥で捻り、とたんにこの二年に自分がどれほどしこたまがらくたを蓄《た》めこんでいたかに気がついた。

「考えることをすっかりお留守にしてたぞ」とわたしは言った。「——本や荷物のことは。アパートのほうは大丈夫。今年いっぱいで出るって予告をして、家賃もそれまでの分は支払い済みだから」

「おれに鍵をよこしとけ、マックス。おれが心配して、ワシントンへ送るようにしてやるから。それともアルバカーキか——作業地に落ち着いてからのほうがよけりゃ」

わたしは安堵のため息をついた。「ありがたい」とわたしは言った。「ワシントンには送ってくれるな。それだけはもうはじめからきまってることだ。それから、もし今年の末ぎりぎりになってもまだおれの落ち着き先がきまらなかったら、運送会社の連中をここへよこしていいかげんに荷作りさせ、ひきとって保管倉庫にぶちこんでおくように言いつけてやってくれ」

「望遠鏡はまだ屋上にすえつけたまんまなのか？」

わたしはうなずいた。「今夜とりはずして分解しとくよ。それに、運送業者がわかるように、おれの物については、明細書を作って、タグをつけておくことにしよう。さもないと大事なものを置いていかれちまうからな、たとえばボーンステルの原画とかを」

「そんな心配はするな、マックス。おまえが大事にしてる物は、おれにはちゃんとわかってるから、おれが荷作りに立ち会ってやる。しかし、望遠鏡をはずして分解しとくってのは悪い思いつきじゃない。が、どうせやるなら夜でなく今日の昼からにしたらどうだ？それで夕方のジェット機でワシントンにむけて発《た》って、今夜ゆっくり休んで明日の朝から行動開始ってことにしたら？」

「つまり、この場からいますぐ休暇をとってもかまわないってことか、そりゃ？」

「ばか言え」と、かれは腕時計を見ながら言った。「まだ正午の二十分前だよ。休暇は正午きっかりからってことにしろ。あと二十分だ。おまえの新しい出発のために、乾杯するのにちょうどいいだけ、時間の余裕があるわけだ」

かれは、秘書のところに通じるインターホンのスイッチを入れ、「ドッティー」と秘書の名を呼んだ。「今から二十分、誰もおれの部屋に通すな。おれたちは、これからしばらく、ロケット空港就業規則に完全に違反したことをやらかそうとしてるんでな。電話もつながないでくれ。留守だと言って」

かれはスイッチを切り、それから瓶とグラスを机のいちばん下の引出しからとり出した。二つのグラスに酒を満たし、その一つをわたしに手渡した。

「マックス、木星のために、乾杯！」

二人はグラスを乾《ほ》した。それからかれは、じっとわたしをみつめた。その目にきらりと光る露がやどっていたように見えたのは、神かけてわたしの目の迷いではなかったと思う。かれの声は静かだった。「うまくやれると思うか、マックス？」

わたしは答えなかった。エレンと同様、クロッキイもちゃんと察しをつけていたのだ。知己というべきだろう。

わたしはやっと答えた。「望みなきにあらず、さ」

「おれはおまえが羨ましいよ、マックス。どんなにきわどい橋を渡らなきゃならないとしても。なんだってくれてやったっていい、もしおまえにかわって――」

そこでかれは言葉をとぎらせ、二つのグラスにもう一杯ずつ酒を注いだ。

二つのスーツケースの中に、わたしはほぼ二カ月間の生活にどうしても必要と思われるものだけを詰めこんだ。作業現場に落ち着くまでに、それくらいの日にちがかかる場合の用意だ。

わたしは望遠鏡をとり下ろし、すぐ荷作りできるように分解した。

畜生、とわたしは自分の身のまわりをながめながら舌打ちした。なんだって、こうがらくたを山ほど蓄《た》めこんじまったんだろう？　人間は、どこかへむかって駆けだそうというとき、かついで走れる以上のものを蓄めこむべきではない。が、すでにそうなってしまった以上どうにも仕方なかった。

ジェット機でワシントン着。それからヘリ・タクシーでホテルに着くと、もう晩だった。すぐホイットローの自宅に電話をかけようと思ったが、思いとどまった。

明日でいい。ただし電話でなく直接に襲うのだ。

早目に床について、ゆっくり、ぐっすり眠った。

木曜日、午前九時。ホイットローはマホガニーの大机のむこうから、うかがうようにわたしを見た。ホイットロー――というのは、つまり新たにわたしの親方になろうとしているウィリアム・Ｊ・ホイットローだ。それからホイットローはうつむいて、それまで何か書いていた手をとめ、その手に握ったボールペンの先をじっとみつめた。

そして言った。「おいでにならないほうがよかったのに」

やれやれ、まだそんなことを言っているのか。「給料なんかもらわんでいいよ。何か、わたしだって手伝えることがあるはずだ」

「そういうことを問題にしているのではありません。実は昨日手紙を書いたところで。一足違いでお気の毒でしたな、あれをお読みにならずに出て来てしまわれたとは」

畜生、なんだっていったい……まさか、この期《ご》に及んでおれを——？　殴ってやるか、このげんこで？　それともその肥った首をおれの突然うずきだしたこの両手で絞めつけてやるか？　どっちだ？

「あなたの監督官任命の人事は、もう間もなく公表する段どりになっていました。けれども、ミスター・アンドルーズ、当然の手続きとして当方では一応あなたの経歴を調査させていただきました。それで、調査の結果について報告がくると、亡くなられたギャラハー議員と生前の約束もあり、またこの人事はジャンセン大統領自身のお声がかりでもありますので、さっそく大統領のところへその報告を持っていき相談いたしましたが——」

そうだ、思い出した。わかった。とたんにわたしは生きながら死の淵に投げこまれ、目がくらみ、ぶん殴るにも絞めるにも相手の姿が見えなくなり、あたり一面灰色にとざされ、ただ声だけが耳に入った。

その声はしゃべっていた。「……あなたが精神病的虚言症におかされているのか、それともそうすれば人事決定の際ご自分の利益になると思って故意に嘘の申し立てをなさったのか、それは存じませんが、いずれにせよ……」

その声はしゃべりつづけた。「一九六三年に宇宙ロケット乗組員養成所を卒業なさったことは確かに事実であるけれども、あなたが片脚を失うにいたった事故がおこったのは、地球上においてであって、金星ではなかったということがわかりました。しかもそれは養成所卒業直後のことであって、したがって、あなたは月へも、いえ宇宙ステーションですら行ったことがないということがわかりました」

その声はなおもしつこくしゃべりつづけた。「しかし、ミスター・アンドルーズ、実のところわたしには合点がいきかねるのです――あなたの他の履歴からみて、あんなばかげた嘘を申し立てなくても資格に不足はなかったのに、なぜそんなことをなさったのか。ロケット工学の学位と、ロサンジェルス・ロケット空港の空港長代理という要職と、それだけで資格は充分でしたのに。学位取得と空港長代理就任と、いずれもごく最近のことであるということを割り引いても。とにかくあなたにお願いする予定の仕事は、ロケットを操縦することではなくて、建造作業の監督をしていただくことだったのですから。

けれども大統領閣下もまったくわたしと同意見で、またギャラハー議員が今なおこの世においでになったとしても、きっと同じ判断をお下しになったにちがいありません。つまり宇宙ロケットに乗って地球の外に出たことは一度もなかったにもかかわらず、そうしたという偽りの申し立てをなさったことは誠実の資質に欠けるきらいがあるか、あるいは精神病的虚言症の傾向があるかのどちらかを示すもので、どちらにせよ……」

　声はなおしきりにつづいた。


　どこかのバー。それから別のバー。それからまたどこかの……。それからホテルの部屋にわたしはいた。かたわらには空になった瓶が一本と、まだ中身が多少残った瓶が一本。そして部屋の中にはホイットローのオフィスにたちこめていたのと同じような灰色の靄がたちこめ、その灰色の靄に隠されて姿は見えないけれども、エレンがいた。

「おまえ――」とわたしはエレンに呼びかけていた。「本当なんだ、エレン。あの声がしゃべったことは本当なんだ。あれが本当だということに間違いはないけれども、わたしはけっしておまえをあざむくつもりじゃなかったんだ。どうか、それだけはわかってくれ。わたしは自分が嘘をついているということを、知っていたけれども自覚していなかった。あまり長いこと他人にだけじゃなく自分にもそう言いつづけてきたので、それで――」

「弁解なんかしなくていいのよ、マックス。わたしにはよくわかってるわ」

「しかし、エレン、わたしにはわからないんだ。わたしは狂っているのか、それとも狂っていたのか？　自分ではっきり嘘だと知っていることを、本当だと信じこんじまうなんて。いや、本当だなどと信じはしないし、嘘だと知ってはいたけれども、あまり長いこと他人にも自分にもそう言いつづけてきたので、嘘だということを忘れ、本当のこととして受けいれ――」

わたしは言った。「エレン、宇宙空間にむかって出ていく戸口に足を踏みだしかけたところで、ぐいとわたしを突き戻したあの事故以来、わたしはずっと狂人――狂気の状態におちこんでいたのにちがいない。たった一時間――かけ値なしの一時間きりで終わりを告げたのだ、わたしの最初で最後の宇宙旅行は。乗組員養成所を出てひと月経ったとき、はじめて宇宙旅行の順番がまわってきた。そして事故は、いつかわたしがおまえに話したとおりにして起こった。ただそのときロケットは金星から地球に帰ろうとしていたのでなく、地球から金星にむかって出発しようとしていたのだった。

金星へ！　わたしは金星へ行こうとしていたのだ。最初はたいてい小手馴らしに月へ行かされるのが普通なのに、わたしの場合ははじめから金星へ！　そこへその事故――で、わたしがその事故からこうむったのは、たんに肉体的な苦痛とかショックとかいったものではなかった。わたしを襲ったのはわたしが地球にへばりついたまま一生を終わらなければならないという事実、わたしは一生地球を離れることができないということ、名実ともにそなわった宇宙ロケット乗りにはけっしてなれないということ、それらの事実を否応なしに認めなければならないということからくる精神的なショックだった。

それから歳月が、長い歳月がたつ間に、わたしはじょじょに心の中に夢を築いた。わたしの心は、自分がそれこそ宇宙の戸口まで足を踏みだしたのに、たった一時間で、自分の過失でもないたった一つの事故のためにいっさいが終わってしまったのだという事実を、どうしても認めようとしなかったのだ。

わたしは宇宙狂いだった。おまえにいつかも話したように。そのわたしにとって、あまりといえばひどい運命だった。わたしは自分が精神病になったのか、それともただの嘘つきになったのか、今でもわからない。けれどもわたしは、おまえに嘘をつく気はなかった。自分にならば、また他の連中にならば、話は別だ。が、おまえにだけは嘘をついてはならないということくらい、もちろん充分に心得ていた」

「わかるわ、マックス。それくらいのこと、はじめからわかっていてしかるべきだったのよ」

「だが、おまえにそうして嘘をついてしまった以上、最後までおまえにわたしが嘘つきだと知られずにすんだことが、せめてもの慰めだ。わたしが嘘つきだとわかったら、いくらおまえだってもうわたしを愛してはくれなかったろう？　知らずにすんだことが、せめてもの幸せだった」

彼女は、手を伸ばしてそっとわたしの額に触れた。それともカーテンが風にひるがえっただけだったのか？

「それでもわたしはあなたを愛したにちがいないわ、マックス。それでもきっとわたしはあなたを信じたにちがいなくてよ。だって、地球から飛び出せなかったのは、あなたの罪じゃなかったんですもの。仕方ないわ、できるだけのことはやって、それでそうなったなら。それに、それからも一生ずっとできるだけのことをやってきたんですもの」

「ずっとじゃないんだよ、おまえ。ちょうど今みたいに本当のことを思い出すと、事実をはっきり自覚せざるをえなくなると、わたしは酒でそれをまぎらわした。ちょうど今しているみたいに。正気で、あまりにも明白な事実から目をそむけることができずにいる間じゅう、何週間も、何カ月もつづけて、酒びたりだった。今までに何度もあったんだよ、おまえ、ちょうど今みたいなことが。シアトルでビルとマーリーンの家に身を寄せていたとき——ほら、おまえのことをはじめて耳にしたとき、おまえが木星にロケットを飛ばそうとしていることを聞いて、おまえに手を貸しにいったときも、やっぱりそういう酒びたりの一時期の直後だったんだ」

「そして、わたしたちはその仕事をやり遂げたのよ、マックス。忘れちゃだめよ、わたしたちのロケットは本当に飛び出そうとしてるんだってことを。あなたが建造にかかわったかどうか、あなたが乗っているかどうかは無関係。木星にむかって、今までに誰が飛び出したよりも遠くに。そして、もしあなたの力がなかったら、これからさきすくなくとも十年や、そこら、そういう企ては決して実現しなかっただろうってことを。それだけで充分じゃないこと、一人の人間が一生かかってやることとしては？」

「いや、充分じゃない」とわたしは言った。「ロケットは行く。けれどもわたしは置き去りにされるんだ」

「マックス、わたしを抱きしめて。そしたらすこしは心が安らかになるでしょうから」

わたしは灰色の靄の中にエレンをとらえようとした。しかしエレンはそこにはいなかった。エレンは死んでしまって、もういないのだ。二度と姿をあらわしてはくれないのだ。二度とエレンから慰めてもらうことはできないのだ。エレン、いとしいエレン、おまえは死んでしまって、声だけが、わたしの心の中に、心の中だけに残っているにすぎないのだ。

どこかの部屋。また別の部屋。それからまたどこか別の……。壁紙は大きな紫色の花模様だった。その壁の間にとりこまれて、わたしは夢み、その夢はかならず悪夢となってわたしはうなされた。このところ長いこと縁が切れていた悪夢に。その悪夢はやはり以前と同じ悪夢で、ただその悪夢につながる夢はその時々によって多少異なっていた。

今度は、もちろん、その夢の中にエレンがあらわれた。二人とも若く、同じ年ぐらいで、時は一九六〇年代初頭だった。わたしは宇宙ロケット乗組員養成所を卒業して、最初の宇宙旅行に出発しようとしていた。わたしたちは、わたしがその最初の宇宙旅行を終えて帰りしだい結婚することになっていた。

わたしはエレンに別れのキスをした――と思うと、もう彼女はいなかった。そしてわたしは大型獣《ビッグ・ビースト》――当時はロケットのことをそう呼んでいた――の整備の仕上げにかかっていた。布切れをポケットに突込んでロケットの外側の梯子を上がっていった。というのは、前の展望窓にぶつかって死んだ羽虫がへばりついているのを内側からみとめたからだ。たぶん上昇する間に大気と摩擦してとれるだろうが、どうしてもいくらか汚れが残るだろう。金星に着くまで、ずっとその汚れを気にしつづけるのは不愉快だから、拭きとっておこうと思ったのだ。

そのときだしぬけに轟音と気が遠くなるような苦痛がおこり、わたしは悪夢の淵に叩きこまれる。気がついてみると、わたしは白い部屋の中にいる。病院の一室だ。医者がわたしの足を覆った白い布のかげで、何かやっている。包帯をとりかえているのだ。

わたしは頭をもたげて、そのほうを見る。

おそろしい瞬間。永遠に凍りついて、けっして溶けて動きだそうとしない一瞬。そこでいつもきまって目がさめる。

わたしはぶるぶる身ぶるいしながら起きあがる。体じゅう汗まみれになって。

それからわたしはそこから出ていく。紫色の花模様の壁の部屋から。あてもなしに。もうその夜は二度と寝つくことができず、その後いく晩もほとんど眠れないことがわかりきっている。悪夢は、一度はじまってしまうと、とろとろと眠りに入る忘我の境で、きっとわたしを待ち伏せしているのだ。それは永久にわたしを解放してくれようとしないのだ。

それに対抗する手段は、とことんまで自分を疲れさせ、消耗しつくすより他になかった。

どこかの町のどこかのバー。ジュークボックスからは、エレンとわたしがハバナで聞いたのと似たキューバ音楽が流れていた。

それからあの声。音楽でもまぎらわすことができないあの声。「わたしには合点がいきかねるのです——あなたの他の履歴からみて、あんなばかげた嘘を申し立てなくても資格に不足はなかったのに、なぜそんなことをなさったのか。ロケット工学の学位と、ロサンジェルス・ロケット空港の空港長代理という要職と、それだけで資格は充分……」

一語一句まではっきり覚えていた。その一語一句がキューバ音楽のリズムに乗って耳の中でがんがん鳴った。

「もう一杯、もう一杯って、もうだめですよ、お客さん。これ以上さしあげたら、営業許可をとり上げられちまいまさ。もう、すっかり酔いつぶれちまっておいでじゃありませんか」

いや、まだだ。まだ不充分だ。

街の騒音。それからあの声。それから他の声。地球が回っている。地球——それ自体一種のロケットである地球が、わたしを乗せて宇宙の空間を回転しながら飛行している。わたしのロケットである地球が、わたしのお棺になるのはいつだ？

雪。きらびやかなデコレーション。誰かが「クリスマスおめでとう」と言い、誰かにわたしは一杯おごり、誰かがわたしに一杯おごり返し、ふいに目の焦点が合って相手の顔がはっきりした。五十年配の、醜いくせに美しい顔をした、鼻のひしゃげた、大きな澄んだ目をした、無垢《むく》の星をじかに見たことのある目をした、静かにまたたかぬ目をした男。宇宙ロケット乗りだ。

かれは言った。「おい、しっかりしろよ、おまえ。体をこわすぞ、こんな無茶な飲み方をしちゃ。何かあったんなら、話してみろ。おれにできることなら、なんでもするぜ」

「おれのことを、おまえ、おまえなんて呼ぶな。おれはロケット乗りなんかじゃない」

「ばか言え。おまえ、マックス・アンドルーズだろ？」

「おれは誰でもない」とわたしは言った。「おれはイカサマ師だ。死んじまったほうがましな男だ」

「おれは知ってるよ、おまえを。おまえは、腕ききのロケット技術者じゃないか、同じロケット操縦士出身の」かれは身を乗り出し、大きな澄んだ目をひときわ明るく輝かした。

「おい、おまえ、おまえだって知ってるだろ？　久しぶりでまたロケットを飛ばすんだぜ、木星へ」

「勝手に飛ばしやがれ」と、わたしは言った。「おまえさんはおれを誰かと間違えてるんだ。マックス・アンドルーズなんて、名前を聞いたこともないぜ」

かれは言った。「そうしておきたいんなら、そうしておくさ」

「したいんじゃない、本当にそうなんだ」

例の恐ろしい瞬間にぶつかって、わたしは目ざめた。まだすっかりさめきらない悪夢をふるい落とそうとして、わたしは起き直った。

どこかのホテルの部屋だった。が、紫の花模様ではなかった。大きな、清潔な部屋で、ベッドが二つ並んでいた。その一つにわたしがいて、もう一つのには昨夜わたしが出会った男が眠っていた。名前を知らないロケット乗りだ。かれがわたしをここへ連れてきてくれたのだ。

が、わたしを踏みとどまらせることはできない。まだ、だめだ。

わたしは静かに、ほんのすこしも物音をたてないようにして服を着た。相手を起こさないように。

議論はしたくなかった。相手のほうが正しいことがわかりきっていたからだ。いい男だ。相手のほうではわたしを知っていて、わたしのほうでは知らないか思い出せないこのロケット乗りは、わたしを助けてここへ連れてきてくれたのだ。かれがやってくれたことは正しいことだが、それはかれの規準にあてはめて正しいことなので、その規準はわたしに対してはあてはまらないのだ。なぜなら、わたしはまともでないからだ。わたしはまともでないので、もちろんそう急にまともにはなれない。まともでないコースがつきるところまで突っ走ってしまわなければ。かりにつきるところがあるとしても。

だが、そんなことをどうしたら相手に納得がいくように説明できる？　自分だけにとりついた悪夢を、どうして他人に見せてやることができる？

わたしは財布の中の金をあらためてみた。うんと入っていた。きっと電報でも打つかして送らせたのだろう。自分では覚えがないが。わたしはホテルの宿泊料にたっぷりたりるだけの額をとり出して鏡台の上に置いた。それからすす早く、静かにその部屋を後にした。

何よりも酒が欲しかった。たぶん、自分を殺し、いっさいあと腐れなく片をつけてしまうために。おそらく今そこに寝ている男は、わたしが起きぬけの迎え酒を欲しがることを察して、どこかに一本忍ばせているかもしれなかった。けれど、それがどこにかくしてあるのかわたしは探さなかった。ロケット乗りは、今はロケット乗りでなくてももとロケット乗りだった男は、かつて受けた訓練から、ちょっとしたものの気配にも目をさます習慣を身につけているはずだから。

まだ朝の八時だったが、それでもわたしはどうやらもう店を開けている酒屋をみつけた。

酒。また酒。どこかの部屋、また別の部屋。昼間と夜と人ごみと孤独。バーと酒と喧嘩。顔と拳の甲についた血の汚点。

悪夢と冷たい風。生けるもの、死せるものの幻影。親父と言い争い、ビルと言い争い、エレンにむかってかきくどいた。

「おまえ、おまえ、わかってくれるだろ？　な？　こうするよりほか仕方ないんだ。いくところまでいっちまわなければ、止まるわけにいかないんだ。いくところまでいったら一巻の終りだとしても、いかないわけにはいかないんだ」

エレンは、飲むなとは言わなかった。エレンだけは、わかってくれてるのだ。

本当にわかってくれてるのだろうか？　わたしはときたま酒の気が抜けて正気にかえった時、寒々としてそう考えた。

けれども、かりに死者に何かがわかるとすれば、その何かは何もかもであるにちがいない。

そしてある夜、まったく思いがけないある夜、町がひどくざわめき、楽しげな、よろこばしげな声があたりに満ちた。

笑い声。何か楽器を吹き鳴らす音。祝いの挨拶。

音はいよいよ高まり、今や最高潮。

サイレンの音。クラクションの音。ベルの音。鐘の音。

誰かがわたしにむかって呼びかけ、声が聞きとれた。「新年おめでとう！」

鐘とサイレンとクラクションの音と、呼び合い呼びかわす挨拶の声と、それからどこかの大時計がボン、ボン、ボン……と打ち出した。

だしぬけに、わたしはさとった。ただいつものクリスマスがすぎて、いつもの新年がやってきただけではないということを。それ以上の意味をもった元旦だということを。人声と物音と静かに舞い落ちる雪の中におとずれたものは、世紀の変わり目であるとともに千年の変わり目、ただありきたりの年ではない紀元二〇〇〇年の元日だということを。紀元二——→

二〇〇〇年

→〇〇〇年だ！　いつもの年とは違う、まさに祝うだけの値うちがある年だ。新年おめでとう！　千年にいっぺんしかこない年の新年おめでとう！　三重四重に客が包囲したバー。わたしはその列をかきわけて奥へ割りこもうとしたが、だめだった。注文は人の頭ごしに送られ、折返し酒のグラスが人の手から手を渡って戻ってきた。注文した男は、二つのグラスを両手に捧げて、きょろきょろしている。今までそばにいたはずの連れが、見えなくなってしまったのだ。その男は肩をすくめ、片っぽのグラスをわたしによこした。「おめでとう！」他の誰かれにかまわず一杯おごり、おごり返され、背中をどやし、背中をどやされ、意味もなく握手し合い、ときどきふいにはっきり見えてはまた朦朧とかすむ人の顔また顔。世紀末《ファン・ド・シエークル》、千年紀《ファン・ド・ミル》の熱狂的で狂騒的な陽気さにまきこまれる。それから人ごみはしだいに散り、薄れ、溶け去り、やがて閉店となった最後までねばっていた何人かと一緒に街路に掃き出された。夜の街路に。風のない夜。寒い、透明な、静かな夜。あてどなくよろめきながら歩いていった。あっちの道、こっちの通り、それから芝生を踏んで公園らしい一画へ。

池にかかった橋。静かに黒々とした水をたたえた池。

わたしはよろめきながら橋を渡りかかり、低い欄干《らんかん》ごしに暗い水面をのぞきこんだ。あまりにも静かで、あまりにも暗いので、星が映って見えた。黒々と静止した表面の何光年も底に、静かにまたたいている星。生命の源泉であるところの水。そこから生物が生まれ、陸に這い上り、進化し、憑かれた目つきで星を望んだ。それが今酔いどれて水の底の光を、星の反映をじっとみつめている。

わたしは空にむかって、星にむかって転落していった。


ふたたび白い部屋。だが、悪夢の中ではなく、ただの夢だ。それとも、ただの夢でさえないのか？　誰かがわたしのほうへ、栗色の髪の毛をした誰かが、わたしのほうへかがみこんでいる。わたしは目を凝らし、心を凝らしてじっと見たが、それはエレンではなかった。看護婦だ。白い制服を着て、エレンの髪の毛と同じ色合いの栗色の髪の毛をしている。が、エレンではない。

その声もエレンの声ではなく、わたしに語りかけたのでもなかった。「気がつかれたようですわ、ドクター・フェル」

その名前で、ナンセンスな詩を思い出した。

「わたしはあなたが嫌い、ドクター・フェル」大昔の詩はこのあとどう続いたんだっけ？「わたしはあなたが嫌い、ドクター・フェル。なぜなのか、理由はわからない。でも、これだけはわかってる。これだけはよくわかってる——わたしはあなたが嫌い、ドクター・フェル」

看護婦は一歩ひき、わたしは頭を動かしてそこにいる医者を見た。黒みがかった灰色の髪に、澄んだ灰色の目をした大きな男だ。その顔は、鼻がひしゃげていない点を除いては、わたしをホテルへ連れこんでくれたロケット乗りの男によく似ていた。

「口がきけるかね？」とかれはたずねた。深い、重く響く声だ。信用できる男の声だ。

「あんたが好きだと思うよ、ドクター・フェル」とわたしは言った。

かれは白い歯をみせて笑い、「わたしの患者はみんなそろってあのくだらない詩を思い出すんだ。改名するべきかもしれないね」と言った。肩ごしに看護婦をかえりみて「いいよ、もうさがって、ディーン」と言い、それからわたしにむかって、「どうだね、気分は？」

「まだよくわからない。どこか、わたしの体に具合の悪いところがあるのかね、脚のほかに？」

「行き倒れ、肺炎、栄養失調、振戦譫妄症《しんせんせんもうしょう》。だいたいそれくらいかな。どうしたのか、自分で覚えているかね？」

「池に落ちていくところまで覚えている。あとは知らない。わたしは自分で這いあがったのかい？」

「そのとおり。だが、水の深さは三十センチぐらいだった。あんたは水際に、濡れ凍えながら寝そべっていた。通行人が見つけるまで、どれくらいの時間そうしていたのかわからない。けれども、たった一つのことだけは確かだ。というのは、みつかるのがあと三十分遅かったら、今ここにこうしていることはできなかったろうということだ。それにもう一つ。もしもう一度ああいう無茶な飲み方をしたら、どこにも落ちなくてもあんたの一生はおしまいだ。わかるかね？」

「ああ」とわたしは言った。

「幸い、あんたは常習の大酒飲みじゃない。だから、回復して元気になったら、普通の、つき合い程度の酒までいけないとは言わない。しかし長時間つづけて酔いつぶれるほど飲んだら――」

「わかった、そのことは。しかし、あんたになぜわたしが常習の酒飲みじゃないなんてことがわかった？」

「あんたの弟さんと、ミスター・クロッカーマンの話で。二人とも見舞いにかけつけてくれたんだよ。弟さんはまだその辺においでのはずだ。午後また面会時間にやってくることになっている」

「二人が、あんなに遠くから、わざわざかけつけてくれたってのかい？　それとも、いや――わたしは今まだワシントンにいるのかい？」

「デンバーだよ、ここは。デンバーのケイリー・メモリアル病院だ」

「どれくらいになるんだね、わたしがここへ来てから？　今日は何日だい？」

「入院してから十一日間。あんたが運ばれてきたのは元日の午前五時だった。今日は一月十一日。火曜日だよ」

「何年の？」わたしはただ、誰かがその年号を口にするのを聞きたかっただけだ。

相手はけげんな目つきでわたしを見て、それから口ずさんだ声の調子では、どうやらわたしの気持ちをくみとったらしかった。

「二〇〇〇年だよ」とかれは言った。「紀元二〇〇〇年だ」


新しい千年のはじまりだ、とわたしは再び一人になってから思った。第二十一世紀、三度目の千年の始まり。

未来。未来という時、わたしはいつでも紀元二〇〇〇年を念頭において考えたものだった。一九五〇年代、まだ十代の少年だったころ、それは信じられないほど遠い未来の、あまり遠く先のほうにあって、本当にあるのかどうかわからないくらいだった。

それが、とうとうやってきた。そこに現在わたしは身をおいているのだ。

そして現在ここからなお生きつづけたいと思うなら、わたしは平和に暮らさなければならないのだ。わたしは真実に直面しなければならない。ごまかしなく、恨みがましい気持ちを捨てて。少なくとも、あまりはなはだしい恨みは捨てて。

わたしは年をとった。そのことを認めなけりゃいけない。チャンスはわたしがまだ若かったほどに年をとった。宇宙空間に飛び出していくには、惑星に到達することさえ無理な頃やって来て、わたしはそれをとり逃した。それから五十の坂を越してから、ふたたび奇蹟的にチャンスがおとずれた。どんなにわずかなチャンスであろうとも、とにかくチャンスが。しかし、それもわたしはつかみそこなった。そしてわたしは現実にもう六十で、二度とチャンスはやってきそうにない。そのことを、いさぎよく認めなけりゃいけない。だからどうだってんだ？　世の中には一生宇宙狂で、一生たった一度のチャンスにも恵まれない連中はうんとこさいるじゃないか。それでも、ちゃんと生きつづけている——じゃないか。

それだけのことをいさぎよく認めるんだ、とわたしは自分に言いきかせた。そうすれば、今からは平和に生きられる。もう二度とおまえの生活をかき乱すようなことは起こらない。なぜなら、チャンスはもう二度とやってこないのだから、二度と手ひどい失望を味わわされることもないのだ。それに愛ゆえに苦しむこともない。なぜなら、わたしはエレンを愛してしまったから。エレンの愛ほどすばらしいものは二度とわたしをおとずれることはなく、したがってエレンの死ほどはげしい苦痛は二度とわたしを見舞いはしない。

覚えておくんだ。いいか、きっと忘れるんじゃないぞ。おまえは一度も地球を離れたことがないのだということ、そして、けっして離れることはないということを。覚えておくんだ、そうすれば将来は下り坂をすべるだけだ。

おまえは、あまりにも多くを望みすぎた。一人の人間として、望む権利のある以上を。そしておまえは人類に対して、おまえが生きている間に達成してくれと望む権利がある以上を期待した。

人間はきっと星に行き着くだろう、これからの一千年の間に。考えてもみろ、たったいま終わった一千年のはじめに、人間がどんな状態にあったかを。剣と槍と弓と矢を持って、原始的な格闘をくりひろげていたのじゃないか。それがその千年の終わる前に、地球をはなれて一番近くの惑星に行き着いたのだ。

今からの千年が終わるとき、人間はどの辺まで行っているだろうか？

むろんおまえは、それを自分の目で見とどけることはできない。しかしおまえはその一部なのだ。なぜなら、おまえもまた人類の一員なのだから。そしておまえはその手伝いをすることができる。命のある限り、ロケットと人類を星にむかって押し進める手伝いをすることができるのだ。自分でロケットに乗るかわりに。

栗色の髪の毛をした看護婦が昼食を運んできてくれた。わたしはかなり弱っていたが、自分でフォークやスプーンを操れた。すこしなら食物が喉を通ることも知った。

同じ看護婦がトレイをさげにきたとき、わたしは面会時間はいつかとたずねた。ビルが来るまでに、一眠りできるほどの暇があるかもしれなかったからだ。けれども面会時間まであと三十分ということなので、昼寝はやめにした。

そのかわりに、エムバッシのことを考えた。チャン・エムバッシのことだ。

わたしが考えていることでなく、あの男が考えていることのほうが正しいとしたらどうなる？　それは、ありうることだ。ありえないことなんか、この世に何ひとつありゃしないのだから。いったい誰に、人間の精神力の限界などというものを定めることができるというのだ？　エムバッシが心の中に抱いているすばらしい不思議な思いつきがけっして実現できないと、誰にも断言はできるものか。

精神と物質との関係ということだけですら、確かに知りつくしていると、誰に断言できるものか。人間というのは、精神をその一部にとじこめた一塊の物質で、そのうちどちらかが死ねばもう一方も死ぬ、とわたしは考えている。けれども肉体が精神に作用を及ぼすことができるのだから、逆に精神のほうが肉体を動かすことだって、どうしてけっしてできないと断言できるものか。思考と同じスピードで。

もしそれが正しい道だとしたら、どうかエムバッシがさらに力を養い、その道をさぐり出し、その道に一歩を踏み出すことができるように、とわたしは祈った。

しかし、それはわたしの行くべき道ではない。そんな道を探ろうとするだけだって、自分を欺すことになるだろう。自分を欺すのは、もうたくさんだ。わたしのなわばりはロケットだ。わたしは、わたしのなわばりに最後までしがみついていよう。そしてそれを押し進め、それを改良するために残りわずかな一生を献《ささ》げるのだ。

ビルは言った。「やあ、マックス、よかったな。落ち着いて」

わたしはビルの手を握って、言った。「ああ、すっかりもとに落ち着いたよ。なにしろ、今度こそ、いくところまでいったあげくの果てだ」ビルにはわたしの言ったことの意味が通じたはずだ。そしてもしそれまでわたしのことを心配していたとしても、その心配はそれで吹っとんだはずだ。

かれは椅子をひき寄せた。

わたしは言った。「話は、こまかいことから先だ。おれの財政状態は？　病院の費用は誰が払ってる？」

「大丈夫だよ、それは。あんたの物はクロッカーマンが預かってくれてる。銀行の預金も調べて、ここの払いと退院のときの費用に充分だって言ってたっけ」

「その銀行のことだが、ひょっとするとおれは、かなり——」

「ああ、電報で二度ひき出して、銀行のほうでもそれに応じて送金したそうだが、それはちゃんと勘定にはいってる。いや、また働きはじめられるようになる頃までには、おれかそれともほかの誰かに二、三百ドル借りるってことになるかもしれないけれど、とにかく心配しなくちゃならないほどのことはないさ」

「ありがとう」とわたしは言った。「それから、もうひとつ。さっきドクター・フェルと話をしたが、いつまで入院してなきゃいけないのか、そいつをきくのを忘れちまった。おまえ、きいたか？」

「うん、今、来がけに。あと十日安静にしていたら、動いてもいいって。しかしその後すくなくとも一カ月は仕事をさせちゃいけないってさ。シアトルへ来て、一緒に暮らさないか？　そしたらマーリーンも子供たちも大喜びだし、おれだって」

「おれは――その返事を、今すぐしなけりゃいけないのか、ビル？」

「そんなことないよ、むろん。無理強いはしない。教えとかなけりゃいけないいんだが、クロッキイと、エムバッシと、ロリイと、それぞれからあんたをひきとるって申し出が出ているんだ。いい友達が揃ってるな、あんたには、マックス」

「それにいい身内も、な」わたしは、まっすぐ相手のほうに向いた。「それにつけても、ビル」とわたしは言った。「もしシアトルへ行って、きいておきたいことがあるんだよ、おまえの家の厄介になるとしたら、あらかじめ一つ話しておきたいことがあるんだ。他人のいない、二人きりのところで」

「言えよ」

「ビリーのことだ。もしおれが――」あの子の夢を育てにかかったら、とわたしは言おうとしたのだが、ビルにはそれでは通じまい。「もし、おれがあの子に宇宙の話をして聞かせて、それであの子が〝星屑〟になっちまったらどうする？」

「そのことは、マーリーンと話し合ったよ」とかれは静かに言った。「かまわない、というのが二人の結論だ。何をしようと、何になろうと、それは本人の自由だ」そこでかれは不意ににやりと笑った。「しかし、あの子が今のままの調子で育っていくとしたら、兄さんが手を貸してやる必要はないぜ。あんたの子供のときと、そっくりそのままだ」

「結構」とわたしは言った。「だったら、ビル、一カ月の休養のうち、しばらくおまえんとこに置いてもらうよ。たぶん最初の二週間でなく、あとのほうの二週間ばかり。そのほうが、おれも元気が回復して、子供を相手にするのに具合よくなってるだろうから。なにしろ年寄りにとっちゃ、体が参ってるときには子供の相手もなかなか骨だからな」

「よかろう。マーリーンに、そう言っとこう。で、はじめは誰のところへ行くか、きめているのかい？　手紙を書かないでもすむように、おれから言ってやってもいいぜ」

「いや、まだきめていない。しかし、こうしてもらえたらありがたいんだがな、ビル。電話でか電報でか、その三人ともに、おれの容体は峠を越して、もう大丈夫だって。もうずっとオーケーだ、と。やってもらえるかな？」

「もちろん」

「それから電話料か電報料、とにかくかかった費用を何かにつけといてくれ。それに、おまえがここまで来てくれるのに使った金も」

かれは笑った。「電話料はつけておくよ。だが、おれがここへ来るのにかかった費用とかなんとかなんて、ばかな。久しぶりで独身にかえったみたいだよ。家族をおっぽり出して出かけてくる口実ができたんだ。おれが今までずっとなんとかうまい理由をこじつけてやって来たくてしようがなかったデンバーにこれたんだよ、マックス。ここは牛の町だったんだ、ずっと昔。たしか指おりの。当時をしのぶ〝西部博物館〟もあるし、だいたい、おれが今泊まってるのはどんな所だと思う？」

「おいおい――」とわたしは言った。「まさか昔あったみたいな、観光客を泊める牧場なんてものが今でもあるんじゃないだろうな」

今でもあるんだそうだ。そしてビルはその中の一つに泊まって、わが世の春を謳歌しているのだった。どうやらビルにとっては、わたしが正気にかえり、自分も大人にかえって家と家族たちのところへ帰っていかなければならないことが、多少は本心から残念でなくもなさそうだった。

おれの実の弟。馬にまたがり、カウボーイの真似ごとに熱中し、もっぱら過去の夢をむさぼって御機嫌のおれの弟。おれの、すばらしい弟……。

手紙が届きはじめた。一通はマーリーンからで、わたしが行くのを自分も子供たちも——ことにビリーが首を長くして待っていると書いてあった。

それからベス・バースティーダーの手紙。「ロリイが忙しくて書く暇がないので、わたしがかわって書きます。うちのひとは、仕事を変えようとしていますの。もうこのところしばらく、あのひとはトレジャー・アイランドの勤めが面白くなくなっていましたの——会社の上の人たちと意見が合わずに。で、よそに仕事口をみつけて、今週末そちらのほうへうつっていくことになりました。今までと同じ技術部長の仕事ですけれど、こんどのは今までより小さなロケット空港ですので、給料はあまりよくありません。でも、それであのひとが今までより気持ちよく働けるなら、そんなことなんでもありませんわ。きっとそういうことになると思います。というのは、今度のところでは技術面に関する限りあのひとに全権をもたせて、誰を雇い、誰を首にしようが、またいちいちの仕事にどれだけ時間をかけようが、いっさい干渉はしないという条件つきですから。今までは、そういかなかったことが会社のお偉方と衝突する主な原因だったのです。重箱の隅をつつくようなやり方で、やたらに経費を節約することばかりやかましく言われて、それがあのひとには気に入らなかったのです。

わたしたちの引越先を教えたら、きっとあなたはお喜びになるでしょう――というのは、シアトルなんですの、わたしたちが行くのは。これからは、あなたがロケットで飛んでいらっしゃるにしても一石二鳥――弟さんのご家族と、わたしたちのところと、二軒をいっぺんに訪問できることになりますわね。わたしたちとしても、あなたの弟さんご夫婦ともっと親しくおつき合いしたいと思っています。たった一度しかお目にかかったことがありませんけれど、その一度だけでわたしはあなたの義妹《いもうと》さんが大好きになってしまいました。あなたが学位をとったお祝いのパーティを、ロサンジェルスでやったときよ。覚えてらっしゃる？

家を買うのは、しばらく落ち着いて様子をみてからにしようと思っていますが、昨週末夫婦してあちらへ出かけて、とりあえず住むためのアパートをきめてきました。あなたに滞在していただくのにちょうどいい客間がついています。わたしたちはこの土曜から日曜にかけて引越す予定で、あなたがおいでになれるようになる頃には、すっかり落ち着いてお迎えの用意ができているはずです。きっと来るわね？　これはもうきまってることなんだから、逃げ口上はきかないわよ。待って、今ちょっとロリイがわたしの肩ごしにここまでの文句を読んで、何か書きたしたいんですって。あとは任せるわ。以上、ベスより報告終わり！」

ロリイの太い筆蹟が、あとをひきとっていた。「待ってるぞ、マックス。ロサンジェルスのもとの仕事に戻るつもりでいるんだろうと思うが、もしそうでなかったら、シアトルにいつでも一つ仕事口があいているぜ。誰を雇おうが首にしようが……つまり、ベスが書いたとおりだ。元気を出せ」

そういう手紙をもらって、元気が出ないほうがどうかしてる。それでわたしのシアトル行きはきまった。

ところが、翌日とどいた手紙でまた気持ちがあやふやになった。それはエムバッシからで、短くあわただしい走り書きだった。最初の一節で、どうあってもわたしはかれのところで予後静養期間を過ごすべきだと説いたあと、「マックス、たぶん、きっと、今度こそあと一息で成功という境にいます。あなたのお力添えが欲しいのです。どうか、来てください」

そうなるとちょっと話は別だ。

あと一息で成功というのは、どういう意味だろう？　すでにある程度のテレポーテーションができるようになったというのか、それともまもなくできそうだというのか？

わたしの力添えが欲しいというのは、なんだ？

それともあの黒い賢人は、ただそうしてわたしの好奇心をかきたて、わたしを自分のところへおびき寄せようとしているだけなのか？

だが、しかし、もし万一――？

心をきめかねていると、二日後、クロッキイから手紙がとどいた。

「マックス、おれはエムバッシのことが心配でたまらない。あの男はまた例の修行に凝りはじめた。断食と麻薬とを同時にやっているんだ。この二つが危険な組み合わせであること言うまでもなしだ。あんまり痩せて、お日さまがあたっても影もうつらないほどで、おれがいくら常識ってものを説いて聞かせても、耳もかそうとしない。あんなふうじゃ、あといくらも長もちしそうにないぜ。

もしなんとかしてやる気があるなら――むろん、そんな気がおこらないとしても、おれとして責めるいわれはないが、ともかくあの男の招待を受けたかたちにして、一緒に住んですこしまともな生活にひき戻してやったほうがいいんじゃないかと思う。何をやるつもりでいるのか知らないが、とにかく今の様子は普通じゃない。餓死しないとしても、麻薬中毒になりはてる――いや、あれほど意志の強い男のことだから、けっしてそんなことにはなるまいと信用はしているがね。それにしても、とにかく現在危険な状態にあるってことに変わりはない。

なぜだか知らないが、ゴーダマ・ブッダをべつにしたら、あの男は誰よりもおまえの言うことを一番よくきくんだから、ぜひそうしてやってもらいたい。

もしエムバッシのところへ行ってやる気になったら、あらかじめおれに知らせをよこせ。そしたらヘリでむかえに出て、先方に行く前に一応おれとしては予備知識を吹き込んでおきたいから」

　それでわたしの心はきまった。と同時に、その結果、わたしの退院はドクター・フェルが予言したより三日繰上げになることになった。自分がもうどれほどよくなっているか、医者の目の前でやや誇張してみせたきらいはあるけれども、どうやら退院の許可をとれた。


　クロッキイは、この前最後に別れた時とちっとも変わらなかった。といっても、たった二カ月しかたっていないのだから、おどろかなければならない理由はないのだが、とにかくわたしは驚いた。たぶん、わたしにとってその一カ月は、二の二倍の年数がたったほどにこたえていたのだろう。

　あまり強く手を握られて痛かったほどだ。「よく帰ってきたな、マックス。淋しかったぜ。ちょっと喫茶店にでも寄って、ヘリに乗る前に、ざっと話を片づけてしまおう」

　クロッキイは機の操縦中、いや、地上の車を運転するときでさえ、おしゃべりをして注意力を分散するのが大嫌いだった、とわたしは思い出した。

　コーヒーを飲みながら、わたしはエムバッシのことをきいた。

「最近のことは知らない。ここ二日間、全然会っていないんだ。しかしエムバッシのことを話す前に、ちょっとおまえのことを話そうじゃないか。また、おれのところへ戻ってきてくれるんだろう？　え？」

「さあ、どうかな、クロッキイ。たぶん、そうはならないだろうと思うんだが」

「あけてあるんだぜ、もとの地位を。無期欠勤ってことにしてあるんだ。おまえは、かけがえがない人間なんだよ、マックス」

わたしはにやりと笑ってみせた。「この前に別れるときには、そう言わなかったぜ。しかし真面目な話、しばらくまた機械いじりをしようと思ってるんだ。必要なんだよ、今のおれには、それが。両手を機械油と砂と埃にまみれさせることが。肉体労働が」

「マックス、おまえだって年を逆にとってるんじゃなかろう。一生機械をいじって過ごすわけにゃいかんよ」

「もう二、三年は、やれる。その後は――またそのときになって考えるさ。しかし、おれのために欠員をつくっとくのはやめてくれ、クロッキイ」

かれは肩をすくめた。「結局はおまえの意志さ。しかし、しばらくは欠員にしておくよ。ひょっとしておまえの気が変わった場合の用意に。まあ、当分かわりに技術屋の仕事をやるとして。だが、いったい――」

わたしはかぶりを振った。「いやいや、ロサンジェルス空港で技術屋をやろうってんじゃない。もとの副空港長が油まみれになって働いてる図ってのは、はたの身にしても本人のおれにしても気づまりだ。もう行先はきまってるんだよ」わたしはロリイが働き場所を変えたことと、かれからの申し出のことを話してやった。

「オーケー。どうしても、そのほうがいいと言うんなら」わたしがロサンジェルス空港で働こうとしているのではないことを知って、かれがほっとした様子をわたしは見てとった。

「クロッキイ――」とわたしは言った。「おれはあんまり新聞を読んでないんだが、あれはきまったのか?」

あれとはなんのことか、かれにはすぐわかった。かれはうなずいた。「クリーガーだ。チャーリー・クリーガーだよ」

わたしには思い出せない名前だったが、クロッキイは知っているらしい口ぶりだった。

「いい男か?」とわたしはきいた。

「ああ、とびきりだ」

それこそわたしが聞きたかった返事なので、そのことはもうそれで終わりにした。ロケット計画の人事にまつわる今度のことの真相を、クロッキイがどの程度まで詳しく知っているのか、わたしは知りもしなかったし、きこうともしなかった。それはそれでもうすんだことだ。けれども木星行きロケットの建造を監督するのが立派な男だと知らされたことは、わたしの心の中に残っていた心配を叩き出すききめがあった。

わたしは言った。「よし、こんどはエムバッシの話だ」

「よく考えてみると、マックス、おれからあらためておまえに話さなきゃならないことは何もないようだ。とにかく本人を一目見れば、それで何もかも一目瞭然だ。たぶんこれ以上おれの口からつけたさないほうがいいだろう――それに、あんまり話すこともない」

「じゃ、ここにこうしてるのは時間のむだだ。さあ、行こう」とわたしは言った。

ノックしたが返事がない。四角いピンクの何かの端がドアの下からのぞいている。わたしはそれを引張り出して開いた。それはわたしが今日ここに着く時間を知らせるために前日打った、ピンクの封筒に入った電報だった。すくなくとも二十四時間以上前に配達されたはずだった。

ドアには鍵がかかっていなかった。わたしたちは黙って通った。二人とも、わたしたちが来るのが遅すぎたこと、また何が起こったかをすでに察しながら。

室内では、滑らかなものの表面にうっすら埃が積もっているのがわかった。

例の小さな家具のない部屋――修道室に通じるドアには、内側から錠がかかっていた。わたしは一度しかノックしなかった。それからクロッキイとわたしは互いに相手を眺め、わたしのほうがうなずいた。クロッキイのほうが、わたしより五十ポンドは重い。かれはすこし後ろにさがり、それから走って勢いをつけて肩をドアに叩きつけた。錠は弾ねとんだ。

エムバッシは、そこに、微笑をうかべて横たわっていた。

かれは褌《ふんどし》一本の裸形で、粗布の上にあおむけに寝ていた。肋骨はまるで鳥籠の桟《さん》のようにはっきり浮いて見えた。大きくひらいた両眼は、じっと上に視線を釘付けにしていた。ほんの形式ばかりの検査をして、きまりきった電話をかけた。それこそ形ばかり――というのは、二人とも、外のドアをノックして返事がなかったとき、すでに間に合わなかったことを知っていたからだ。

エムバッシはそこにはいなかった。かれの肉体はそこにある。が、エムバッシは？

エムバッシはただ逝《い》ってしまったのではなくて、どこかへ行ったのだとわたしは信じたかった。

人間が一度死んだらそれっきりだというのでなく、生まれかわりとか霊魂不滅とかいうことを信じられたら、どんなにいいだろうとわたしは思う。ほかの人間になってまた生まれかわるとか、たとえ天国の雲の隙間からでも、朽ち傾いたあばら家の窓ガラスごしにでも、あるいは自分が何かの虫けらになって、その虫けらの目玉を通してでも、その他どんなものに変わってもかまわないから、見ていられたらどんなにいいだろう。どんなにひどい条件をつけられてもかまわないから、わたしはその時その場にいて見ていたい。わたしたちが星に行き着くところを、わたしたちが一つまた多くの宇宙を自分のものにするところを。わたしたちが神になる時を。神なんてものの存在を、まだわたしは信じていないし、これからだって、わたしたち自身が神にならない限り、存在するはずがないと信じているけれど。

でも、わたしはすでに過去において間違いをおかしたし、今またわたしが信じていることが間違いであるのかもしれない。どうかそうであってくれ。どうかわたしの考えが間違いであるように。神よ、わたしが間違っているということを、はっきり証明してみせてくれ。エムバッシに、微笑するだけの根拠があったのだということを証明してみせろ。

姿をあらわせ、神よ。……畜生！　神よ、証拠を見せろ、おれが間違っているのだという証拠を。

二〇〇一年

「こっちのほうが、よく見えるんだよ、ビリー」とわたしは言った。

わたしはヘリを丘のむこうに駐め、ビリーと二人してロケット出発場を縁どるその丘陵地帯の丘の一つに登っていた。視界の透明な十月のある夕方の五時。日はすでに地平線にかかっている。木星行きロケットの出発時刻まではまだ三時間あるが、わたしたちよりもっと早く来ている連中もあって、一番見晴らしのいい丘の一番見晴らしのいい場所を占領しようとしていた。出発予定時刻の八時三分すぎになるまでには、これらの丘はいっぱいの見物人で埋まるだろう。

「大丈夫、マックス伯父さん？　あっちのフェンスのすぐそばのほうが――」

「こっちのほうがずっとよく見えるんだよ。嘘はつかない」わたしは甥に笑ってみせた。

「できるだけそばに寄って見たいんだろう？　でも、心配しなくていいんだ。出発場のまわりのあのフェンスのところより、ここからのほうがもっと近く見えるんだよ」

ロケットは高さ四十三フィート。みごとなやつだった。いや、まったく。すべすべして、すらりとして、ぴかぴか光って、なんとも言いようがない。新品の、一人乗りロケット——まだどんなロケットも行ったことがない、ひとまわり遠くの別の世界に出ていこうとしているロケット。わたしたちがめざすものに、それだけ近く。

ビリーのそばかす顔が、あんまりがっかりしたように見えるので、わたしは言った。

「よしよし、時間はまだたっぷりある。フェンスのところまで行って、のぞいておいで。でも、また戻ってくるんだよ。出発するところは、ここからのほうがよく見えるんだ」

丘を駆け下りていく後ろ姿を、わたしは目で追った。十歳だ、今。やれやれ、月日のたつのは早いもの……わたしがはじめてあのロケットのことを聞き、はじめてエレン・ギャラハーの噂を耳にしたあのときから、もう四年だ。ものごとが成就する追込みの時期というものは、まったく、あっという間に過ぎてしまう。物が落ちる時の、加速度のように。エレン、待っててておくれ、とわたしは心の中で言った。もうすぐ、わたしもおまえのところへ行くよ。あと二、三年か三十年か、それはわからないけれど、どっちにしろまるであっという間だろう。光の速さとどっちかって？　そんなもの、時のたつ速さにくらべたら問題じゃない。

わたしは毛布をひろげてその上に腰をおろし、ロケットを、ビリーを眺めた。ビリーは高い鋼鉄の金網のフェンスにへばりついて、まるでできるだけ近づこうとでもするかのように、鼻を押しつけている。

わたしは十歳の自分の姿をそこに見たように思った。一九五〇年には、眺めようにも惑星間ロケットなんてものはなかったけれども、もしあったとしたら、わたしはやっぱりあの子みたいにして見ただろう。

今それはわたしの目の前にあった。わたしは声をあげて泣きたかった。それに自分が乗って木星まで飛んでいけないからだ。が、六十一にもなって、泣いちゃみっともない。もうおまえはおおきいんだよ、とわたしは自分に言いきかせた。

日が沈んでいく。それと入れかわりに、伜《せがれ》がかけ上がってくる。わたしの伜じゃない。けれどもそれに一番近い存在だ。それが、わたしのほうにむかって、丘を駆け上がってくる。目にいっぱい〝星屑〟のきらめきをたたえて。そしてわたしのそばに、毛布にちょこんと腰を落ち着ける。

放心したように、憧れるような目つき。地球に縛りつけられたロケット乗りと同じ目つき。檻にとじこめられた動物の目つきだ。

薄闇がこめ、人々の数がしだいにふえてくる。静かだ。ほとんど誰も声を発しない。わたしたちは、黙って、畏敬にうたれて、これから起こることを待ちうけている。

薄闇のせいで輝きをましたサーチライトに照らし出されたところ。あそこで、わたしたちがかたずをのんで待ちかまえていることが起ころうとしているのだ。あそこに、今しもビリーの目の中にある光と同じ光を目にたたえ、この地球から脱出していこうとして、待機している一人の男がいるのだ。人間という三次元の生物が、心にもなくぶざまにへばりつき、這いまわっている二次元の地表面を離れて。

そうだ、脱出だ。このちっぽけな世界から、誰もかも脱出したくてうずうずしている。この願望こそ、肉体的な欲望を満たす以外の方向にむかって人間がやってきたことすべての原動力にほかならないのだ。それはさまざまの形をとり、さまざまの方向にむかって発散されてきた。それは芸術となり、宗教となり、苦行となり、占星術となり、舞踊となり、飲酒となり、詩となり、狂気となった。これまでの脱出はそういう方向をとってきた。というのは、本当の脱出の方向を人間たちがつい最近まで知らなかったからだ。その方向とは？——外へ！　この小さな、平べったい、いや、丸いかもしれないけれど、とにかく生まれついて死ぬまでへばりついていなければならない地面を離れて、未知に、永遠にむかって。外へ！　太陽系の中の塵の一片、宇宙の一原子にすぎないちっぽけな地球から、外へ！

わたしははるか未来のことをあれこれと想像してみた。今わたしがどれほど奇抜な想像をしてみたところで、そんなもの、遠い未来にはきっとおそろしく古くさい思いつきとして笑いとばされてしまうだろう、と。不老不死術だって？　そんなものは百九十世紀に発明されて、二百三十世紀には誰もかえりみなくなっちまったよ。そんなもの必要なくなったからだ。宇宙を再構成するための逆行熱力学だって？　そいつももう時代おくれだ。なにしろ今じゃノラニズムと四次元空間同時再構成の法則が応用できるようになっているんだから。ばかな！　と言うのか？　それじゃ、きこう。今の人間のご先祖さまのネアンデルタール人に、物質のエネルギー移行とか量子とかいう考えを押しつけることができると思うか？　今から十万年後のわたしたちの子孫から見たら、わたしたちは今わたしたちの目から見たネアンデルタール人みたいなものさ。十万年後の子孫が何をして、何になるか、どれだけ奇抜な想像をしても、絶対に想像しきれないはずだ。

なに？　星だって？　もちろん、星なんかとっくに自分のものにしているとも。

もうすっかり暗くなった。

「いま何時、マックス伯父さん？」

「あと四分だよ、ビリー」

サーチライトの光が消えた。息づまるような緊張感。数千人の見物人が一時に息をつめている。

ああ、エレン。おまえが今わたしと一緒にここにいて、わたしたちのロケットが飛び出すところを見られたらなあ。おれたちのロケットだ。が、おれのというより、むしろおまえのロケットだ。そのために、おまえは命を献《ささ》げたんだから。

息づまる闇の中でわたしはそのロケットと、おまえと、人類とその未来と、そしてもし人間が神になる前から神というものがあるとしたら、その神に対する、言い知れぬ畏《おそ》れにひたされている……。

エッセイ

物語は続く、それこそ螺旋のように

劇作家・脚本家
中島かずき

今から三十五年ほど昔の話だ。

当時、ＳＦとミステリにはまっていた僕は、本屋から早川と創元の目録をもらってきて、それを眺めては限られた小遣いの中で次に買う本を決めていた。

昭和四十年代の九州の田舎町だ。書店も小さければ、インターネットがあるわけでもない。角川文庫の星新一作品を買おうにも、書店に注文して三カ月待ちというのが普通な場所であり時代だった。だから、出版社が出している目録がその頃手に入れられる既刊本情報の唯一の手段だったのだ。

先日なくなられた野田昌宏氏は「ＳＦは絵だねえ」という名言を残されたが、それでいえば僕は「ＳＦはタイトルだねえ」という気分になる。

『月は無慈悲な夜の女王』『アンドロイドは電気羊の夢を見るか？』『地球人のお荷物』

『百億の昼と千億の夜』……。ロマンチックだったりシャープだったり不条理だったり、タイトルが与えてくれるイメージの豊かさにわくわくとした。目録を眺めながら「あーもあろうこーもあろう」と読んでいない物語を夢想していたのだ。

『天の光はすべて星』もその頃から大好きなタイトルだった。

マイSFベストタイトルでは、『月は無慈悲な夜の女王』と双璧をなす。

もちろんフレドリック・ブラウンそのものも相当好きだった。

星新一経由で知って『スポンサーから一言』『宇宙をぼくの手の上に』などの短篇集を読んだ。創元文庫だとなぜか田舎の本屋にも結構並んでいて、『73光年の妖怪』などの長篇やミステリ作品も含めて、あらかた買えた気がする。

その頃はSFシリーズでしか読めなかった作品が、高校の頃に文庫化されて読めるようになり、ようやく名のみ高かった『火星人ゴーホーム』や『発狂した宇宙』にお目にかかることができた。

だが、肝心の『天の光はすべて星』はずっと品切れで文庫も出ず幻の作品だったのだ。

アイデアストーリーが得意で、どちらかといえばシニカルな作風のブラウンにしてはロマンチックにもほどがあるタイトルだ。いったいどういう内容なのか。

本篇の主人公のマックスが宇宙に激しく憧れるように、僕はこの作品に憧れ続けた。

年月が過ぎ、読書傾向も変わっていった。実際に読んだのは、SFに対してもブラウンに対しても若い頃のような情熱はもてなくなった三十前だったと思う。

想像していたよりも遙かにリアルで渋い物語だった。読んだ当時の感想があまりかんばしくなかったのは、その頃の自分が夢と現実の着地点を描いたこの物語をとらえあぐねていたからだろう。自分自身の夢と現実の折り合いのつけ方を模索していた時期だから仕方なかったのかも知れない。

再読したのは、『天元突破グレンラガン』のシリーズ構成に入ることが決まってからだ。そして驚いた。この小説のラストシーンが、ぼんやりと思い描いていた『グレンラガン』のラストシーンにそっくりだったことに。

今石洋之監督とはかなり初期から、アニメ『宝島』のような、男の一生を描くドラマにしようと話し合っていて、そのイメージで作ったラストだったのだが、よもやこの作品とこんなにシンクロしているとは思わなかった。すっかり忘れていたのだ。

物語そのものも、以前読んだときよりも遙かに沁みた。自分が宇宙に行きたいために、宇宙開発計画に好意的な政策を掲げる議員を応援するというプロットは、むしろ21世紀の今の方が遙かに説得力を感じる。

タイトルの詩的な美しさと内容のリンク。『グレンラガン』の最終話にこれほどふさわしい物語はない。

ガイナックスのアニメの最終話がＳＦ作品の引用になるのは当然だと思い込んでいたの

で、意気揚々とその思いをシナリオ会議で告げると、ガイナの武田プロデューサーに「いや、それは決まってるわけじゃなくて、庵野くんの趣味だから」と軽くいなされた。

確かに『トップをねらえ!』も『不思議の海のナディア』も『新世紀エヴァンゲリオン』も庵野秀明監督作品だ。

鶴巻さんが『トップをねらえ2!』の最終話のタイトルをテッド・チャンの作品から引用してるのは、続篇だったかららしい。

「いや、それはいかんですよ。『グレンラガン』は〝意志の継承の物語〟です。その作品が庵野さんの魂を継がんでなんとするのですか」

まあ、こんな大げさなことを言わなくても、各話タイトルくらいシリーズ構成の僕が決めるのは何の問題もないのだが、この時期には、最終話はこのタイトルしかないと思い込んでいたのだ。

できればこれがきっかけで、ブラウンの中でも地味な扱いのこの作品に陽の目が当たるといいな。ファンとしては少しはそういう思いもあった。

だが、最終話放映の後、古本の値段がぐんぐんとあがり、それまではアマゾンのユーズドで千円以内で買えていたのに、七～八千円の値がつくようになってしまったのは想定外だった。熱心なグレンラガンファンが興味を持ってくれたのは嬉しいが、高いお金を払わないとこの本が読めないとなると本末転倒だ。その責任の一端が自分にあると思えて、申し訳なかった。

だから、今回の新装版の発売は、ほんとに嬉しい。

これで適正価格でこの物語を読んでもらうことができる。

決断してくれた早川書房さん、ほんとにありがとう。

そして読者のみなさんには是非、タイトルにふさわしい、静かに熱くリアリスティックでロマンチックな物語巧者の技を堪能してもらいたいと思う。


余談になるがもう少し。

『天元突破グレンラガン』に関してはアニメ関係の雑誌では随分と発言する機会があった。でも、そこで言っても詮無いことだと、触れなかった思いがある。

実はこの作品、僕なりのワイドスクリーン・バロックがやりたかったのだ。

バリントン・J・ベイリーの『カエアンの聖衣』が、〝服〟というガジェットであれだけの法螺話がやれたように、今回〝ドリル〟というキーワードでどこまで大法螺が吹けるか挑戦してみたかった。

強力な敵メカにラゼンガンというのが出てくる。別の意味もあるが僕の中では「ラ・禅《ゼン》銃《ガン》」という語呂合わせにもなっている。この『禅銃《ゼンガン》』もベイリーの小説の題名だ。

一度リタイアしたロートルSFファンのささやかな遊びだけど、もののついでに絶版となっている『カエアンの聖衣』も復刊してくれないかなあという願いを込めて書いておこう。

本書は、一九八二年五月にハヤカワ文庫SFより発行された作品の新装版です。

フィリップ・K・ディック

アンドロイドは電気羊の夢を見るか?
浅倉久志訳

火星から逃亡したアンドロイド狩りがはじまった……映画『ブレードランナー』の原作。

高い城の男
〈ヒューゴー賞受賞〉
浅倉久志訳

日独が勝利した第二次世界大戦後、現実とは逆の世界を描く小説が密かに読まれていた!

ユービック
浅倉久志訳

月に結集した反予知能力者たちがテロにあった瞬間から、奇妙な時間退行がはじまった!?

流れよわが涙、と警官は言った
〈キャンベル記念賞受賞〉
友枝康子訳

ある朝を境に〝無名の人〟になっていたスーパースター、タヴァナーのたどる悪夢の旅。

火星のタイム・スリップ
小尾芙佐訳

火星植民地の権力者アーニイは過去を改変しようとするが、そこには恐るべき陥穽が……

ジョン・スコルジー

老人と宇宙《そら》
内田昌之訳

妻を亡くし、人生の目的を失ったジョンは、宇宙軍に入隊し、熾烈な戦いに身を投じた！

遠すぎた星 老人と宇宙《そら》2
内田昌之訳

勇猛果敢なことで知られるゴースト部隊の一員、ディラックの苛烈な戦いの日々とは……

最後の星戦 老人と宇宙《そら》3
内田昌之訳

コロニー宇宙軍を退役したペリーは、愛するジェーンとともに新たな試練に立ち向かう！

ゾーイの物語 老人と宇宙《そら》4
内田昌之訳

ジョンとジェーンの養女、ゾーイの目から見た異星人との壮絶な戦いを描いた戦争ＳＦ。

アンドロイドの夢の羊
内田昌之訳

凄腕ハッカーの元兵士が、異星人との外交問題解決のため、特別な羊探しをするはめに！

訳者略歴　1926年生，1948年東京商科大学卒，1998年没，英米文学翻訳家　訳書『日光浴者の日記』『歌うスカート』ガードナー，『ハリーの災難』ストーリイ，『特別料理』エリン（以上早川書房刊）他多数

HM=Hayakawa Mystery
SF=Science Fiction
JA=Japanese Author
NV=Novel
NF=Nonfiction
FT=Fantasy

天《てん》の光《ひかり》はすべて星《ほし》

〈SF1679〉

二〇〇八年九月十五日　発行
二〇一八年一月二十五日　四刷
（定価はカバーに表示してあります）

著者　フレドリック・ブラウン
訳者　田《た》中《なか》融《ゆう》二《じ》
発行者　早川浩
発行所　株式会社　早川書房
郵便番号　一〇一－〇〇四六
東京都千代田区神田多町二ノ二
電話　〇三－三二五二－三一一一（大代表）
振替　〇〇一六〇－三－四七七九九
http://www.hayakawa-online.co.jp

乱丁・落丁本は小社制作部宛お送り下さい。
送料小社負担にてお取りかえいたします。

印刷・信毎書籍印刷株式会社　製本・株式会社川島製本所
Printed and bound in Japan
ISBN978-4-15-011679-8 C0197

本書は活字が大きく読みやすい〈トールサイズ〉です。